ARMENGAUD

SCAPADES

D'UN

OMME SERIEUX

PRIX : 3 FRANCS

PARIS
E. DENTU, ÉDITEUR
LIBRAIRE DE LA SOCIÉTÉ DES GENS DE LETTRES
PALAIS-ROYAL, 13 ET 17, GALERIE D'ORLÉANS
1861

ESCAPADES

D'UN

HOMME SÉRIEUX

(C.)

Imprimerie de H. PICAULT, à Saint-Germain-en-Laye.

ARMENGAUD

ESCAPADES

D'UN

HOMME SÉRIEUX

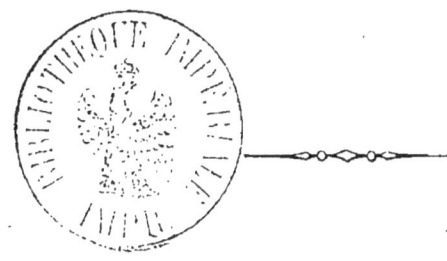

PARIS
E. DENTU, ÉDITEUR
LIBRAIRE DE LA SOCIÉTÉ DES GENS DE LETTRES
PALAIS ROYAL, 13 ET 17, GALERIE D'ORLÉANS
1861

DE PARIS AU PONT DU DIABLE

A PROPOS DE BOTTES

Dès que les blés commencent à jaunir sur leurs tiges, dès que la cigale, dans les pays chauds, entonne ses chansons criardes, —je songe à prendre mon vol loin des villes, impatient des montagnes, des sites pittoresques, des mille curiosités de la grande nature.

Mais si par goût je suis oiseau, je reste homme par les besoins. L'oiseau n'a pas souci d'une toilette — ses mémoires de tailleur sont légers — qu'il est heureux! Il n'en est pas ainsi de l'homme, il n'en est pas ainsi du voyageur.

J'endosse donc une chemise de flanelle avec un vêtement vaste, sinon léger; je chausse des bas de laine, doublés de bottines dites *blanches*, à fortes semelles garnies de gros clous; des guêtres à boutons et en toile inusable, comme les fournit Meyer, rue Gaillon, à Paris, — bien que le cuir ait le pas sur la toile, au dire des Guides-manuels et de M. Alexandre Dumas. Je coiffe mon chef d'un chapeau bien mou, qui soit tenu en laisse par un fil élastique, ou même par une simple ficelle, et j'abrite mes yeux d'un voile, si je ne préfère des besicles à verres de couleur. Superfluité d'équipement : un col et une cravate, dont je fais usage seulement dans les villes que je traverse d'aventure.

Je suis porteur d'un sac à courroies, qui contient une chemise de rechange en flanelle; une troisième, très-légère, en fil, pour la nuit; trois cols, deux foulards de poche; une paire de bas de laine, et quelques menus objets de propreté; en un mot, les articles les plus indispensables.

Sur ce sac, j'attache un *mackintosh* anglais, du poids de quinze onces. A Paris, les manteaux en caoutchouc sont pesants à l'excès, et beaucoup trop courts pour être utiles au touriste qui ne prend qu'un pantalon. Ledit sac, ainsi réduit à sa plus simple expression, pèse cinq livres et demie.

Dans mes poches, je glisse un couteau, huit épingles et quatre aiguilles avec étui, du fil, quelques boutons, un foulard, un diminutif de gourde, un cuir servant de verre et une petite longue-vue. Au premier village, j'achète un alpenstock. Enfin, je recommande aux fumeurs, comme utiles accessoires, une blague-vessie et une pipe en racine, garantie contre la casse. Sur quoi, Dieu les garde, et vogue la galère!

Il serait, je crois, superflu d'énumérer les causes multiples qui m'ont amené à prendre si peu de bagage; je prierai seulement les novices d'être sans dédain pour les sages conseils d'une rude expérience, le plus sûr de tous les mentors.

Cependant, malgré la réserve que je m'impose, il est une critique à laquelle je veux répondre publiquement, parce qu'elle est persistante, et que je la trouve embusquée au coin de toutes mes excursions. On me dit : — « Vos souliers sont trop grands; leurs semelles ont le défaut d'être raides comme du bois; les rebords en sont exagérés; enfin le cuir noir est préférable. »

— Ah ! messieurs, vous êtes bien savants! Mais, si les chasseurs de chamois avaient eu recours à votre science pour la confection de leurs souliers, je gage que les pauvres diables auraient piqué, par suite, plus d'une tête dans les précipices. Qu'ils ont été bien avisés de faire fi de votre art! Ces braves gens ont tout simplement étudié le pied du chamois et copié la nature, sans plus de malice. Je les imite, et en dépit des cordonniers citadins, respect à mes bottes, ne vous déplaise!

Que si elles sont grandes, c'est par bonne prudence : le pied se gonfle à la marche, et se blesse vite dans une prison. A mes fortes semelles « de bois » je suis redevable de ne pas sentir les cailloux. Placées d'ailleurs sur une pointe de roc ou de glace, elles restent inflexibles, gardant au corps la plus parfaite sécurité et l'équilibre qu'il perdrait à la moindre flexion. Or, foin des excursions qui ne peuvent profiter qu'aux vautours! — Les rebords « exagérés » me permettent des glissades d'amateur et des bonds gigantesques sur les cailloux roulants, qui s'écartent, sans blesser les pieds, comme devant le chasse-pierre d'une locomotive. Faites l'ascension de la Dent du Midi de Champéry et du Gérard, et vous n'oserez plus médire du rebord de mes semelles.

Quant à la couleur du cuir, je la crois plus convenable blanche que noire, parce qu'elle ne réclame pas les soins du cireur-décrotteur, un industriel parfois absent dans les gorges des montagnes, — car vous couchez un peu partout, si vous ne suivez niaisement les sentiers battus par la foule. Or, on peut dans ce cas frotter soi-même avec un chiffon ses souliers — opération qui n'est urgente qu'après la pluie, notez bien! — Et si on les enduit par intervalles d'un cosmétique quelconque, ils gardent un air charmant de coquetterie.

Jadis, comme tant d'autres, sur la foi de nos Itinéraires, je voulus être un voyageur gentilhomme, et penser aux mille et une futilités que nécessitent les rencontres, les soirées, l'étiquette des villes. J'eus tant à souffrir de mes velléités malencontreuses, que je conclus qu'il faut être loup parmi les loups. Donc, beaucoup de sans-gêne en voyage, et nargue aux grand'routes. A moi les anfractuosités, les sentiers ardus, les glaciers, les moraines, les neiges, les cimes pyramidales! A moi la passion des aventures! — Autant vaudrait voir la Suisse d'entre les bras de son fauteuil, à travers les stéréoscopes modernes, si l'on n'a souci de prendre au chamois quelque peu de sa hardiesse. Les montagnes sont de rudes châtelaines — belles, mais fantasques. Elles ne livrent leurs beautés, leurs trésors d'admiration, leurs miracles d'éternelle grandeur, qu'au touriste qui les affronte résolûment, — de même que nos belles duchesses de jadis n'accordaient leur main qu'au preux chevalier qui cultivait de pair l'amour et l'invincible valeur.

Mais dans une escalade difficile, dans un tour de force d'ascension, il n'y a d'intérêt que pour l'acteur. Comment faire vivre, en effet, sur le papier ses périls, ses fatigues, ses émotions poignantes, toutes les péripéties en un mot du duel entre l'homme et l'obstacle?

Donc, élaguons de ce livre tout ce qui n'a que le mérite d'une prouesse. Le public aime qu'on l'amuse : est-ce bien amusant pour lui de vous poser en héros? Il aime à rire, et j'en suis fort aise — s'il ne rit pas à mes dépens.

I

UN ANGLAIS QUI NE PARLE PAS ALLEMAND

A beaucoup près, un voyage ne serait pas aussi plaisant, si le hasard n'avait la galanterie de vous servir dans les wagons, sur les cimes, derrière les plus petits bouquets d'arbres, ou un Anglais excentrique, ou un Américain féroce, ou un Allemand têtu. A Dieu ne plaise que je veuille jeter la pierre au trois nations ici représentées! J'entends seulement parler de leurs verrues, et l'on sait que tout peuple a les siennes, plus ou moins saillantes. Ce sont au demeurant d'excellents compagnons de voyage que ces messieurs, très-agréables comme intermèdes à l'ennui des chemins de fer, à la monotonie d'une course longue et pénible, au grandiose des merveilleux spectacles de la nature.

Mais le pompon, sans contredit, appartient à ce *gentleman* pur sang qui, passant chez lui pour trop *stiff*, débarque pour la première fois sur le continent. En pareille occurrence, je ne céderais pas ma place pour deux loges aux *Folies-dramatiques*.

Donc, je fis le trajet de Paris à Bâle dans la compagnie d'un de ces Anglais. M. Jones me parut même le plus excentrique de tous les excentriques d'Albion. J'eus un instant l'idée d'entrer dans son compartiment, flairant au visage de ce gros John Bull, quelque passe-temps burlesque; mais à la vue de sa *lady*, grande comme une tour, maigre comme une planche et sérieuse comme un poteau; à la vue d'une jolie petite *miss*, pleurnicheuse comme une fontaine, et d'un capharnaüm de boîtes, de cartons, de bouteilles, de châles, de parapluies, de manteaux et d'ombrelles, je reculai d'effroi, jugeant prudent, de peur d'encombre, de m'insérer dans le bocal voisin: Cette mistress Jones, dont le nez, par parenthèse, était singulièrement fleuri du bout, savait peu de français, car je l'entendis dire qu'elle n'avait rien compris à ce *théâteur*, qui se trouve non loin des *Toulouries* et *dou Louveur*, dans la *roue de Ritchliou*.

A la première station, le conducteur eut l'idée, je ne sais trop pourquoi, d'ouvrir la portière. Mais Jones, se rappelant qu'on lui avait déjà fait exhiber son *bilette*, la referma avec tant de colère, que le wagon en fut tout ébranlé. Il était évidemment résolu à repousser toute invitation de ce genre, comme aussi toute invasion d'intrus dans son fort, et à déchirer bel et bien de ses griffes quiconque oserait encore s'approcher d'un personnage de son importance. Jones était d'un *awistocwatic bweeding*, identique à cette classe qui mit un instant à la mode parmi nous ce parler grotesque : — C'est châ-mant, ma pâ-ole d'hô-neu. — Le conducteur mit bien la tête à la portière; mais entendant l'étranger jurer dans une langue inconnue de lui, il se retira sans insister, en grommelant : C'est tout de même curieux, qu'un pareil boule-dogue!

« Troyes! Troyes! Dix minutes d'arrêt! »

A ce cri, toutes les portières s'ouvrirent pour inviter les voyageurs à faire une visite au buffet. Jones trépigna d'abord et jura. Puis réflexion faite, il descendit, non sans vives recommandations à mistress Jones de ne laisser, bien entendu, monter personne.

Néanmoins à son retour, il trouva un nouvel hôte dans son terrier. C'était un Allemand, qui avait réussi à se faufiler à travers le pêle-mêle des ustensiles susdits. Jones rouge-pourpre lui ordonna d'un ton impératif, dans sa langue que je traduis, de sortir de *son* compartiment. La tête carrée regarda sans souffler mot, ne comprenant pas à qui en avait ce gros homme à figure enluminée.

— Oh! oh! Si vous ne voulez comprendre mon lan-

1.

gage, vous comprendrez mes coups de poing. Une, deux, sortez-vous?

— Monsieur, répondit le Saxon, che ne zais zi fous barlez à moi, gar che ne gombrends bas l'anclais. Exbliquez-fous en maufais vrançais gomme moi, ou pien en hallemand.

John Bull fut abasourdi de cette harangue à laquelle il ne comprenait goutte, et crut que le Teuton lui faisait des grimaces, à voir ses mâchoires s'ouvrir avec effort et toutes grandes, comme pour avaler un plumpudding d'une bouchée.

— *By Jove!* hurla-t-il.

Et lui prenant le bras d'une force herculéenne, il le tira violemment en dehors et le fit tomber plutôt que descendre, le tout sur une gamme discordante de vociférations.

L'Allemand se redressa vite sur ses jarrets, et il aurait tenté seconde escalade, si la portière n'eût été déjà refermée sur son farouche antagoniste, qui s'essuyait le front en disant à sa lady : Sont-ils impertinents, ces vilains petits Français, les mangeurs d'escargots et de grenouilles!

Wewy! répondit la tour, avec une légère inflexion du nez rouge.

Quant à l'autre, il se hissa sur le marche-pied, et à hauteur de la fenêtre, il brandit son poing, donnant cours à son ire par un torrent d'injures. Puis, pendant qu'il cherchait à se loger, on l'entendait encore grognant : La zote hanimal, la crôsse pête!

A la frontière, ce fut une nouvelle scène. La porte s'ouvrit. — « Vos passe-ports, s'il vous plaît, vos passe-ports! » — Jones furieux se leva pour renvoyer l'impertinent, qui répéta du même flegme sa question.

— Mon très-cher (dearest), dit tout bas mistress Jones, il te demande le passe-port.

— Le passe-port! exclama le mari. Mais ne l'ai-je pas montré à Calais, le passe-port? Ce doit être assez, c'est même trop, et ce gredin à moustaches peut bien aller se faire pendre! — Allez-vous-en, grand escogriffe, ou je vous écorche! vociféra-t-il au naïf questionneur qui, avec un commencement d'impatience, répéta cette phrase apprise par cœur pour l'occasion : — *Your passport, if you please.*

Jones, blême de colère, se précipita sur le malotru, les poings levés. Celui-ci esquiva la charge et referma la portière avec une telle rapidité, que le carreau vola en éclats sous les coups de milord.

Survint bientôt le chef de gare qui, d'un ton sec, réclama non-seulement l'exhibition du passe-port, sous peine de loger au violon six fois vingt-quatre heures, mais encore le prix du carreau. Et ce disant, il fit descendre le fou furieux, sa femme, sa fille et tout son capharnaüm, au milieu des rires bien accentués des autres voyageurs, auxquels notre Allemand ne manquait pas de faire chorus avec une splendide addition d'épithètes, comme : zot animal et pête véroce! Jones, cramoisi de rage, criait comme un perdu : J'écrirai au *Times*, et nous verrons, *by Jove*, nous verrons!

Une fois les passe-ports visés, le douanier s'approcha pour ouvrir les paquets de toute nature. Jones refusa les clefs : il s'ensuivit une nouvelle et intéressante discussion, où furent échangés force injures et quelques horions de part et d'autre. Pour clore la comédie, on lui dit enfin qu'il retrouverait son bagage à Bâle.

A Bâle, le lendemain, tandis que nous mangions avec délices les fameuses truites au bleu de l'hôtel des Trois-Rois, la foule se rassembla soudain dans la rue, et ce fut un hourvari formidable, coupé de rires et de huées, qui nous parvint jusque dans l'immense salle à manger, où nous étions attablés.

— Qu'est-il arrivé? demandai-je au garçon.

— Oh ! Monsieur, répondit-il en se tenant les côtes, c'est bien le plus étrange bipède que j'aie jamais vu, et le plus grand bouffon, sans aucun doute, de la Grande-Bretagne.

Je me précipitai dans le corridor.

Mister Jones se débattait comme un possédé dans un cercle étroit formé par la populace curieuse, et vociférait, et gesticulait comme un homme ivre. Le vin de la colère l'avait grisé; sa face rubiconde à l'excès figurait à merveille une écrevisse cuite.

— L'entendez-vous, l'entendez-vous? m'interpella le garçon,

Le bruit de la foule dominait la voix, et l'écho ne m'apportait que des sons rauques, à travers lesquels, comme un volant sur des raquettes, bondissait le nom du *Times*.

— Oui, oui, m'insinua le garçon, il menace les autorités de la bonne vieille ville de Bâle d'une lettre formidable au *Times*, si les *correspondants* de la douane ne lui restituent pas de suite les boîtes enlevées à la frontière. Oh! Monsieur, j'en mourrai de rire.

— Et sait-on, lui dis-je innocemment, si elles sont arrivées?

— Arrivées? mais non, certes. Et voici le plus drôle. Le gentleman a, paraît-il, accaparé pour lui seul tout un compartiment, dont il a refusé l'accès aux voyageurs. Il a de plus insulté, frappé même un douanier, et persisté net à ne pas donner ses clefs, comme à ne pas ouvrir lui-même ses colis à la frontière. Or, il ne s'agit présentement de rien moins que de payer les huit places du compartiment qu'il s'est réservé, peut-être même des dommages-intérêts à l'employé frappé dans l'exercice de ses fonctions, et dans tous les cas, de retourner à la frontière avec ses clefs.

En cet instant, il y eut un crescendo dans le charivari de la foule. Je plongeai mes regards dans la rue, et partageai l'hilarité commune, en voyant arriver au trot la majestueuse mistress Jones, dont la face, d'ordinaire flegmatique, trahissait une violente émotion. En dépit de l'étiquette, elle avait galopé un mille ou deux; et son chapeau, détaché de l'occiput par les soubresauts de la course, flottait ridiculement sur ses épaules, à la façon d'une hotte, et retenu par les brides nouées autour du col. Sans mot dire, elle s'accrocha au bras de son époux, et voulut l'entraîner dans la direction de leur hôtel. Jones, épuisé d'arguments et de forces, se laissa conduire comme un mouton. De temps à autre pourtant, son refrain favori réapparaissait sur ses lèvres, et au tournant de la rue, il vociférait encore : Le *Times!* le *Times!*

J'appris le soir qu'il avait rebroussé chemin vers la frontière, jurant ses grands dieux qu'il voulait rentrer tout de suite dans la noble terre d'Albion, et ne plus jamais remettre le pied sur ce polisson de continent, où l'on pourrait être tenté de l'exhiber, dans une cage, aux regards des curieux, à l'instar des singes et autres intéressantes créatures.

Puisse la fortune lui filer des jours de soie et d'or, et mistress Jones une demi-douzaine d'enfants ! — dodus, frais et vermeils, — mais non semblables à leur papa, — pour le moral s'entend.

II

LE RIGI

Ce livre n'a pas la prétention d'être un Itinéraire, encore moins un Guide; j'appellerais volontiers mon voyage un vol d'oiseau, pour en peindre le caprice et la mobilité.

Donc, de Bâle je courus au village d'Arth, au pied du Rigi. Je trouvai là, conformément à nos lettres réciproques, trois compagnons de route, jeunes échappés de l'école, que leurs parents m'avaient recommandés à Paris, et auxquels j'avais le droit de servir de mentor, vu mon âge plus respectable de quelques années.

J'ai eu trop à me louer de leurs bons procédés, de

leur caractère franc et cordial, de leur compagnie en un mot, pour ne pas leur consacrer ici quelques lignes d'estime collective. Ce sont trois Anglais : Henry de Northumberland, Enée Robert Alison et Seymour, familiers avec la langue française par un long séjour aux environs de Paris, où ils venaient de terminer, sous mes auspices, cette sommaire éducation qui est la clef de toutes les carrières.

Ils gravitaient tous les trois autour de la vingtième année, fiers de leur barbe naissante qui serpentait souple sur leurs mentons, et luxuriante le long des joues, comme un manteau de lierre sur un ormeau, à l'exception toutefois d'Henry dont le visage imberbe accusait des traits un peu féminins, — tous trois riches d'espérances, d'illusions, de fortune, et d'une bonne mine qui se mariait bien à leurs vingt ans.

Une fois toutes les mains cordialement serrées : Eh bien ! leur dis-je, sommes-nous prêts pour l'ascension du Rigi, que je vois là se dresser devant nous comme une échelle assez commode ?

— Quoi ! m'objecta Henry, sans vous reposer seulement une heure !

— Bah ! fis-je avec dédain, j'ignore à peu près jusqu'ici ce que c'est que la fatigue ; j'ai des pieds d'éléphant dans la plaine et de chamois sur la montagne. C'est donc là une question secondaire. Mais voici l'importante : Que pensez-vous du temps, mes dignes gentilshommes ?

— Hou! hou! grommela mon interlocuteur, je me récuse, attendu que l'astrologie et moi, nous sommes complétement brouillés.

— Tout comme le temps alors, insinua Seymour, avec un léger sourire pour son innocent jeu de mots.

Le ciel était sombre en effet, et tacheté de nuages, quelques-uns d'un blanc sale, le plus grand nombre gris aux extrémités, noirs dans le milieu comme un flot d'encre sur du vélin. Le soleil pourtant, à de rares intervalles, souriait encore, mais d'un sourire pâle et maladif.

—C'est Jean qui pleure et Jean qui rit, exclama Alison, jaloux peut-être de faire voir qu'il n'était pas étranger à nos proverbes de France.

L'hôtelier hochait la tête sur le pas de sa porte, mais sans oser émettre son avis, de peur qu'il ne fût taxé d'intérêt.

L'indécision se manifestait sur tous les visages.

— Je conseille le départ immédiat, m'écriai-je.

— A quoi bon? fit Henry. Sommes-nous mal au village d'Arth? L'auberge est assez bonne, l'hôtelier pas trop vilain (ce dernier fit un salut), et je ne vois pas ce qui nous pousse à grimper, grimper encore et grimper toujours.

— Mais, le coucher du soleil?

— M'est avis que le soleil se couchera bien sans nous, et qu'il fera la figue à tous les badauds qui l'attendent sur le Rigikulm.

— Soit. Mais le coucher suppose le lever. Tous les voyageurs attestent que c'est un spectacle sublime, grandiose. Or, pour en jouir demain matin, force est bien d'escalader le Rigi ce soir.

— C'est encore une idée, folle probablement. A votre aise toutefois ! J'ai dépensé là, ce me semble, bien des paroles inutiles. Le vote donc, le vote par mains levées. Et je donnerai aux minorités rebelles, le cas échéant, l'exemple de la soumission.

Six bras s'agitèrent en l'air et d'ensemble. Restait le mode de trajet. J'opinai pour le voyage à pied.

— Un instant ! réclama Seymour. Je demande la parole.

Et se tournant vers l'hôtelier :

— Brave homme, il y a bien moyen, n'est-ce pas, de se procurer des ânes ou des mulets dans le pays ?

Signe affirmatif.

— Aux voix donc ! poursuivit-il.

Trois cris s'élevèrent en faveur des montures, et j'inclinai la tête, — docile.

Dix minutes après ce colloque, nous montions triomphalement sur le dos de quatre mulets, escortés de quatre guides — un vrai luxe, car l'ascension du Rigi n'offre point de difficultés ; c'est la montagne la plus verdoyante et la plus bénigne des Alpes. Nous voilà partis gaîment, parmi les adieux ironiques de l'hôtelier et de quelques oisifs autour de lui rassemblés, lesquels pointaient en riant leur index vers le ciel, et chuchotaient comme des oiseaux de sinistre augure.

Cependant nous allions, impassibles et confiants dans notre bonne étoile. J'avais allumé un cigare au départ, je le terminais en entrant dans Goldau.

Goldau est un souvenir historique. A l'instar d'Herculanum et de Pompéies, il fut le théâtre d'une de ces catastrophes terribles dont les hommes gardent éternellement la mémoire, comme un témoignage de leur néant et de l'irrésistible puissance de la nature. J'eus le cœur serré; et sans vouloir contrister mes jeunes compagnons par des allusions importunes, j'essayai de me rendre compte des éboulements, et je consigne ici le plus brièvement possible mes réflexions.

« L'air atmosphérique, la pluie et la glace, me dis-je, agissent sur les montagnes physiquement et chimiquement pour désagréger les couches supérieures. Celles-ci, décomposées par fragments, glissent d'abord, s'arrêtent bientôt contre le plus léger obstacle, et s'agglomèrent enfin pour former des escarpements plus ou moins élevés, qui retiennent l'eau comme des digues. Cette eau, gênée dans son cours, s'infiltre lentement dans les couches argileuses et les ramollit : peu à peu la dégradation s'opère ; de petites cavités se manifestent ; la neige s'y entasse sous l'effort des vents ; les ruisselets, nés des fontes supérieures, s'y engouffrent comme dans des entonnoirs, se créent des issues dans les entrailles du mont qu'ils imbibent comme des éponges, et un jour vient que le mont, miné à l'intérieur, perd enfin son équilibre. Alors il craque dans ses fondements avec des roulements sourds et formidables, comme de plusieurs chariots sur un pont de bois. Les craquements se multiplient sous la première impulsion, les parois sonores du voisinage font d'un écho le bruit de mille tonnerres, et le mont avec fracas s'abîme. C'est ainsi qu'en 1806 s'abîma le Rossberg sur les trois villages de Goldau, de Röthen et de Busingen. C'est ainsi qu'en 1818 s'écroula le monte Conto, dont la chute engloutit la riche ville de Pleurs et les délicieuses villas, en foule éparses dans la vallée. C'est aînsi, enfin, qu'en 1714 et en 1719 s'éboulèrent les montagnes des Diablerets, lesquelles couvrirent d'un linceul de mort les pays circonvoisins jusqu'à deux lieues.

« La tradition parle d'un ressuscité des Diablerets, pauvre homme du village d'Avent, lequel demeura trois mois enseveli sous les décombres, vivant de trouvailles faites au hasard et des filets d'eau que suaient les pierres de son sépulcre, sans le moindre rayon de lumière, dans le silence des tombes (silence lugubre, une fois éteints les derniers râles des écrasés). Il en sortit à tâtons, par miracle, — et vrai squelette. Les premiers qui le virent, se signèrent d'effroi, comme devant un fantôme; d'aucuns crurent à une apparition de Satan, et supplièrent leur curé d'en pratiquer l'exorcisme, sans prendre haleine. L'infortuné eut grand' peine à se faire reconnaître de sa femme, de ses enfants, de sa famille, et il tomba sur leur seuil. mort de froid, de fatigue, de souffrance et de faim. »

Ces pensées rétrospectives m'avaient plongé dans un océan de réflexions tristes, demi-sommeil de l'imagination dont je me réveillai sur le pont de Goldau, au bout duquel commence l'échelle du Rigi. La pente est d'abord assez douce ; mais elle devient raide graduellement, et très-escarpée à mi-côte.

D'autres voyageurs avaient apparemment suivi notre exemple, car ils nous rejoignirent ici, montés comme nous sur des mulets. Rien de plus curieux, le long de ces escaliers formés de troncs d'arbres enchâssés dans le roc, qu'une pareille cavalcade, surtout si l'on a le bonheur, comme moi, de fermer la colonne. Certes, avec tant soit peu de joviale *humour*, un artiste eût fait un dessin grotesque par la caricature de ces dix ou douze mulets superplombés, pauvres d'encolure et l'œil patiemment morne — des cavaliers d'iceux, divers de tailles, divers de manteaux, divers de feutres, ce qui formait un bariolage d'Arlequins multiples d'allures — enfin des guides espacés entre les mulets, et dont les dix ou douze nez flottaient gracieusement sur les dix ou douze queues de leurs bêtes, ce même appendice dans leurs mains droites, et dans leurs gauches les longs bâtons ou alpenstocks des voyageurs — lesquels bâtons, tour à tour inclinés et relevés comme en cadence, semblaient être les rames de notre aérienne navigation.

Cahin-caha, nous atteignîmes l'auberge d'Unters-Dächli, où les mulets s'arrêtèrent court, de longue main façonnés à cette halte par leurs maîtres, qui ont la louable habitude d'inviter d'exemple leurs voyageurs à se rafraîchir en cet endroit. Ces derniers en effet paient fort cher une bouteille de méchante bière, ce qui permet aux guides d'ingurgiter gratis un grand verre de schnapps. Nous bûmes à la façon des singes, c'est-à-dire par imitation, — mais à peine du bout des lèvres. Après quoi successivement passèrent sous nos yeux les treize stations, semées sur la route comme une longue préface à la quatorzième, qui est dédiée à la Vierge, sous le nom de Sainte-Marie-des-Neiges. La fête de cette église se célèbre le 22 juillet, et elle devient le rendez-vous de tous les vachers de la montagne. Une particularité de cette fête, c'est que les danses sont suppléées par des exercices gymnastiques.

A la hauteur de l'église, le brouillard, définitivement vainqueur du soleil, devient plus dense et distille sur nos vêtements une pluie microscopique, mais froide et peu récréative. Jusque-là mes jeunes gens s'étaient assez bien accommodés de la route, et l'écho m'avait apporté à l'arrière-garde la joyeuse musique de leur gaîté fréquemment accentuée par le rire. Mais les fronts insensiblement s'étaient assombris sous le brouillard ; et Seymour, avec un soupir, regretta que l'on eût dédaigné son conseil, de rester chaudement tapis à l'hôtel d'Arth. Ce reproche m'atteignant le premier : — Savez-vous, lui dis-je, que j'ai plusieurs fois fait l'escalade du Rigi, sans jouir jamais de l'indescriptible panorama dont la renommée est universelle? J'étais parti chaque fois par le beau temps, j'ai voulu faire l'inverse aujourd'hui ; nous verrons si j'aurai raison contre mon mauvais sort.

— Et c'est bien pensé, conclut Alison, car, dit le proverbe : après la pluie, vient le soleil.

— Où sommes-nous donc enfin, guide? exclama le taciturne Henry, visiblement contrarié de l'inclémence du temps et avide d'un bon feu.

— Patience, patience! répondit le guide. En moins d'une petite heure, nous serons à destination. Voici le Staffel, et un peu à gauche le Rostock, d'où la vue du lac est des plus pittoresques.

— Par le beau temps, m'écriai-je, c'est possible ; mais non pas à coup sûr aujourd'hui.

Car rien de plus borné que mon horizon. Je vois mon mulet qui, roussâtre à Arth, est d'un gris sale au Staffel. Je vois encore le chapeau de mon guide, lequel vieux au service, a pris toute les formes possibles et autres, sauf la bonne. Je vois sa veste, couleur de rouille, rapetassée en trois endroits avec des lambeaux d'étoffe bariolée, dont les couleurs font un contraste peu harmonieux. Plus loin, je vois le brouillard, et rien que le brouillard monotone. L'esprit est noyé malgré soi dans une vaporeuse philosophie, et le plus complet silence s'établit dans nos rangs jusqu'au sommet.

Nous arrivons enfin à la porte de l'hôtel du Kulm. Les voyageurs abondent de toutes les nations ; c'est un affreux tintamarre d'idiomes. L'hôtelier accourt tout essoufflé, ouvre des yeux formidables à l'apparition de notre caravane, prétend qu'il n'a pas de lits pour la moitié d'entre nous, et jure; les guides jurent, les voyageurs jurent; les domestiques et sommeliers qui se dirigent comme des ombres vers la salle à manger, ont un air tout particulier de mauvaise humeur, d'où je conclus qu'ils jurent aussi. Finalement, tandis que les voyageurs font le cercle autour du maître d'hôtel, qui pérore au milieu d'eux, leur proposant peut-être de les entasser par bandes, comme dans une caserne, je tire par la manche mes trois jouvenceaux, et avisant sur le seuil une vieille commère toute ratatinée, qui me fait l'effet d'être l'aïeule maîtresse de l'hôtellerie, nous la poussons devant nous avec une douce violence, et lui demandons deux chambres seulement pour quatre. Enchantée de notre réserve, elle s'empresse de nous satisfaire, et nous voilà bientôt procédant à une toilette sommaire, pour descendre à la table d'hôte, où nous ferons honneur au festin, si toutefois l'abondance des convives n'est pas cause d'une disette partielle. Seymour et moi, nous sommes voisins d'un 65e n°, où une multitude d'étudiants fument, jurent, tempêtent, et, de leurs pas sonores, ébranlent ma table-toilette, où dansent un pot de terre et une cuvette ébréchée. Notre cellule est froide, l'eau glaciale, le lit humide, le plafond à hauteur de la main, et les cheminées sont un luxe, hélas! inconnu. Force nous est de battre la semelle, si nous voulons nous réchauffer. Le dîner tarde, l'impatience nous saisit, la contagion de nos voisins de gauche nous gagne, et nous sommes prêts à jurer aussi pour faire chorus. Mais, silence! De la chambre qui nous avoisine à droite, s'élève une douce voix de femme, répondue par une voix mâle. La conversation meurt et renaît tour à tour, sur ce ton mignard qui trahit les amoureux de la lune de miel. A la conversation succède soudain la lecture, — la lecture d'un Guide-manuel probablement; et les deux époux alternent, lisant chacun leur verset, comme on procède au chant des vêpres. Je sténographie leur lecture sans rien omettre, d'autant qu'elle m'intéresse vivement par le festin des yeux qu'elle promet. C'est la description qu'offre le panorama du Rigi.

La femme : — « 1° Le regard plonge au nord dans le lac de Zug et d'Egéri, dans le village d'Arth, sur le clocher de Cappel, où le réformateur Zwingle fut tué, sur le champ de bataille de Morgarten, sur la chaîne de l'Albis, au delà de laquelle se dessine le lac de Zurich, et jusque dans la Forêt Noire... »

— Ce sera beau, mon fifi!

— Oui, bien beau! ma nini.

L'homme : — « 2° Du côté de l'ouest, la vue est plus vaste. Elle se porte sur la chapelle de Tell de Küsnacht, à l'endroit même où Gessler fut frappé au cœur d'une flèche, sur presque tout le canton de Lucerne, où se dresse distinctement la capitale de ce ravissant pays, avec sa guirlande de tours et de créneaux. L'Emme borde au lointain le paysage comme d'un fil d'argent; la Reuss se laisse çà et là entrevoir. Plus à l'ouest, le sombre Pilate montre ses cimes dentelées. La chaîne du Jura est, de ce côté, la limite du tableau. »

— Mais, ce sera superbe, nini !

— Mais oui, mon fifi !

La femme : — « 3° Du côté du sud : fragments du lac des Quatre-Cantons et du lac de Sarnen. Au centre, vallées toutes boisées; plus loin la majestueuse chaîne des glaciers de Berne, d'Unterwald et d'Uri, la Youngfrau, l'Eiger, le Moine et autres montagnes grandioses, à travers lesquelles on voit serpenter la route du Saint-Gothard. »

— Ce sera vraiment splendide ! mon fifi.

— Oui, très-splendide, ma nini !

L'homme : — « 4° Du côté de l'est la chaîne des Alpes s'étend sans interruption. Au premier plan le Dödi, le Glärnisch, et le Sentis. Au second, Schwytz, les deux Mitres, la vallée de Muotta, célèbre par la rencontre de Souwarow et de Masséna, le lac de Lowerz, en partie comblé par l'accident du Rossberg, et le Rossberg lui-même. »

— Oh ! mais ce sera grandiose, sans pareil, éblouissant, ma nini !

— Oui, oui, oui, mon fifi !

— Et voilà le programme du spectacle, achetez le programme, qui veut le programme ?

— Mais tu n'as pas tout lu, s'écrie la jeune épouse. Regarde encore. Vois donc : 5 ?...

— Comment, un quinto ? Mais, si je n'ai la berlue, il n'y a que quatre points cardinaux de par le monde !...

J'étais intrigué, comme fifi et nini, de ce quinto. Mais leurs deux têtes penchées sur le livre, mon couple amoureux lut ensemble en fredonnant à mi-voix ; la lecture fut achevée par deux baisers sonores, et ma curiosité ne reçut point satisfaction. J'allais à mon tour me précipiter sur mon Manuel, lorsque retentit la cloche du dîner. Le ventre l'emporta sur la tête, et je descendis sans retard, suivi de Seymour ; et, rejoints par nos deux camarades, nous nous assîmes à table, tous les quatre affamés de vivres tout ensemble et de distractions.

Je dîne et me couche, en me berçant de la douce illusion que si le soleil s'est couché de très-bonne heure aussi, il n'en sera que mieux portant et plus radieux le lendemain. Avant de souffler ma bougie cependant, je veux avoir le cœur net de ce quinto. Qu'est-ce donc ?... Ah ! c'est le spectre du Rigi, phénomène atmosphérique par lequel les spectateurs, se trouvant placés entre le soleil et un nuage perpendiculaire, se voient projetés avec l'hôtel, comme des ombres gigantesques, sur ce nuage, qui fait alors l'office d'un miroir réfléchissant. Quand la nue est très-épaisse, l'image est double (1).

(1) V. Baedeker.

Mais, ventre saint-gris! comme s'exclamait Henri IV, tout cela promet un spectacle féerique! Et dire qu'il suffira, pour assister à ces multiples merveilles, de pirouetter sur un talon! — Descends donc sur mes paupières, bienfaisant sommeil, abrége la longueur de la nuit; je brûle d'être à l'aube, éveillé par le son du cor. Dormons!...

Prrr! qu'il fait froid! ces maudits draps conservent l'humidité comme des éponges!...

— *Le lendemain.* —

Quoi! il fait grand jour!... Neuf heures sonnent!... Je n'ai pas entendu le son du cor!... — Ces imbéciles auraient bien dû nous appeler! — Seymour, Seymour!

Seymour est déjà sorti; aurait-il à ce point respecté mon sommeil? Ce serait une insigne niaiserie... Mais non; il pleut, il pleut à verse, comme hier au soir, comme à minuit, comme l'année passée, comme toujours. Je n'ai pas de chance au Rigi; — bien fin qui m'y rattrapera!

Je descends, à demi consolé, résolu de compenser mes déceptions par les plaisirs de la table. Mais arrivé au rez-de-chaussée, mes trois compagnons de voyage m'entourent et insistent pour que nous allions déjeûner à Weggis, où il fait moins froid. La pluie s'est calmée: *ergò* nous partons à jeun. Le brouillard couvre d'un crêpe sinistre tout le paysage.

En route, nous faisons la rencontre d'un brave Anglais accompagné de trois demoiselles, dont il est apparemment le chaperon. Elles sont fort jolies — la plus jeune surtout, dont le visage pâle est encadré de magnifiques cheveux blonds. Elle a le regard d'un velouté tendre, et irrésistible de sympathie. Elle est plus frêle que ses sœurs, moins correcte aussi de type, mais plus adorablement séduisante. On l'appelle miss Cécily. Nous leur offrons à l'envi quatre bras qu'elles refusent par charité, quatre salutations qu'elles acceptent par bienveillance, et quatre œillades admiratives qui provoquent sur leur figure un délicieux coloris. Deux heures après, nous sommes à Weggis, crottés jusqu'à l'échine, mais assez respectés par la pluie.

Les cuisines de la Concordia n'ont pas encore allumé leurs fourneaux, ce qui n'est pas gai pour des estomacs à jeun, surexcités par la marche, par la déception, par je ne sais quelle fièvre d'impatience. « Ah! que n'ai-je au moins des côtelettes d'ours ou un beefsteak de cheval aux pommes! » Nous faisons tous tempête, à l'exception de Seymour qui rêve à l'écart, sans doute à miss Cécily. De guerre lasse, je me réfugie dans une chambre, et j'écris mes impressions aux absents, — parmi les quolibets qui pleuvent sur *Roméo*, de la bouche de ses deux amis. On le raille de sa *Juliette*, et il soupire... serait-ce d'amour? Je saisis au vol ce jeu de mots, dont Robert est l'éditeur responsable.

— Sais-tu bien, disait-il, que l'hôtelier du Kulm eût été enchanté de Cécily?

— La plaisanterie me semble au moins de mauvais goût, répliqua Roméo.

— Non pas. Car avec *ces six lits*, vois-tu, le digne aubergiste eût pu confortablement héberger six voyageurs de plus....

Hélas! la pluie maintenant tombe à flots. Je suis distrait dans ma correspondance. Involontairement je songe à nos voyageuses. Ces jolis papillons, — brillants mais fragiles, — comme l'orage doit salir leurs ailes mignonnes!

Elles arrivent enfin, les chères créatures, mouillées comme Gribouille, ruisselantes comme des gouttières. O douleur! elles ont fait plusieurs chutes — sans gravité toutefois. L'ignoble boue, couleur de rouille, dont leurs vêtements sont enduits de la tête aux pieds, en est un indice manifeste. Qui donc a médit de la crinoline? Ah! sans ce précieux ustensile, les pauvres petites feraient piteuse mine, — pareilles à ces statues antiques dont la draperie colle sur les membres, et leur donne de faux airs de saucissons ficelés. Elles entrent en rougissant.

Mais laquelle des trois est donc Cécily? Hélas! elles se ressemblent toutes maintenant... Non! ses sœurs ayant glissé en avant, sont tombées en arrière, et ma chère Cécily a glissé en arrière pour tomber en avant. — La commisération qui se peint dans nos yeux, excite chez elles un pudique embarras, dont le charme est indescriptible. Je fais un pas vers elles :

— Voyons, Mesdemoiselles, leur dis-je du ton le plus persuasif, à la guerre comme à la guerre! Point de fausse honte qui pourrait devenir perfide. Otez vos bottines, et pendant que nous ferons sécher vos bas devant un bon feu, vous abriterez, dans nos plaids, vos petits pieds mignons des regards jaloux et du froid.

Un refus accompagné d'un sourire.

Je me console en voyant l'eau ruisseler de leurs talons avec persistance, comme elle dégoutte des arbres longtemps encore après l'orage, — ce qui eût fait infructueux tous nos bons efforts. En même temps le maître d'hôtel nous annonce le déjeûner. Nous prenons congé de ces demoiselles, le chaperon nous remercie chaleureusement de nos offres de service, et je lui glisse pour adieu cette phrase :

Vivent les ascensions du Rigi!

III

MONSIEUR PONCE PILATE

A Lucerne nous étions quatre voyageurs; nous sommes cinq à Meyringen.

Le nouveau venu, indépendamment de sa beauté aristocratique, se fait aimer et chérir par ses qualités intellectuelles. Loin d'être orgueilleux de son mérite, comme il en aurait certes bien le droit, il est au contraire d'une extrême affabilité, prodigue pour nous de ses talents, de ses bonnes grâces, de son courage. Il pressent nos désirs, il épie nos volontés dans le moindre signe de l'œil, du doigt ou de la tête; il est tout feu dans l'accomplissement de son devoir, tout zèle, tout fidélité, — nature d'élite, pleine de noblesse, de dévouement, d'abnégation. Quoique très-prévenant, sa politesse est exquise; il ne blesse aucune des convenances sociales et se conforme admirablement à nos habitudes, à nos particularités, à nos caprices. En un mot, il est serviable, mais point importun. Nous sommes avec lui d'une excessive familiarité : cependant il n'a garde de s'en autoriser pour entrer jamais dans notre chambre, sans appeler d'abord et frapper ensuite d'une manière toute spéciale, pour nous faire bien comprendre que c'est lui et non point quelque autre, nous laissant ainsi parfaitement libres d'ouvrir ou de ne pas ouvrir — à notre gré. A table, où nous l'invitons toujours, il n'abuse jamais de nos charitables dispositions et se contente même des rebuts.

Voici maintenant, comme nous avons fait la connaissance d'un si aimable piéton.

Pour parvenir à Lungern plus rapidement, nous prîmes à Lucerne une voiture. Or, près du mont Pilate, le particulier dont s'agit, se met à notre poursuite et arrive en même temps que nous à Sarnen, où nous demandons incontinent le chemin de l'hôtel; monsieur nous suit et entre sur nos pas. Alison crut alors de son devoir de le menacer de son alpenstock, avec injonction de retourner à son maître. Monsieur refusa net, non-seulement de rebrousser chemin vers le mont Pilate, mais même de sortir de la salle à manger. On le chassait d'un côté de la table, il allait de l'autre, — sans mauvaise humeur, mais avec résolution. Las enfin de tourner sans succès comme un toton : « Eh bien ! s'écria Robert, soit ! tu seras mon ami ! » Puis il partagea son déjeûner, composé d'une tranche de jambon, de trois rondelles de saucisse et d'une douzaine de pruneaux au jus (le tout mêlé selon la coutume du pays), et lui en offrit une part, qui fut acceptée avec reconnaissance. Dix heures après, il avait traversé Lungern et le Brunig avec nous ; et sans fatigue, il faisait sur nos talons son entrée triomphale à l'hôtel des Alpes de Meyringen, où il obtenait la permission de dîner à la table commune.

On lui demanda son nom ; pour toute réponse il présenta la patte droite. C'était peu catégorique. A une seconde interpellation, il présenta la patte gauche et se tint en parfait équilibre sur son arrière-train. Une troisième interrogation le mit au désespoir. Il persista dans son refus de répondre, mais avec une douleur vraie que trahissaient ses aboiements traînards et pleureurs ; il y aurait eu cruauté d'insister. A quoi bon d'ailleurs ? Son silence était significatif : peu lui importait le nom dont on voulût le nommer, l'essentiel étant qu'on lui permît de voyager dans notre compagnie.

Il fallut donc procéder à la cérémonie du baptême, et il s'engagea une discussion fort animée. Les appellations de Brunig, Azor, Sultan, César, Bob, Coco, Rigi, Tip, Tray, Dash, Snaps, furent successivement mises aux voix et rejetées. Enfin le malheureux nom de Ponce Pilate bondit dans l'air, et fut acclamé avec une bruyante unanimité, ce qui n'empêcha pas que monsieur Ponce Pilate ne fût, dès le lendemain, appelé Pilate tout court.

Quatre jours durant, dans toutes nos excursions, il nous accompagna; il parcourut donc plusieurs vallons, visita force glaciers et fit l'ascension du Faulhorn. Le jarret était bon, la poitrine solide, et la société de monsieur Ponce fort distractive. Mais, hélas! il paraît que les solides amitiés sont un mythe sur cette terre, car il nous quitta soudainement à l'hôtel du Giessbach, pour aller à de nouveaux voyageurs, auxquels l'hypocrite fit les mêmes protestations d'estime et de sympathie. Nous eûmes beau le combler de caresses, l'avertir des dangers inhérents à la mobilité de ses affections, lui soumettre enfin les offres les plus séduisantes, cet aventurier de nouvelle espèce nous fit une grimace des plus significatives, fronça le sourcil et passa outre.

Intrigué de cette conduite, j'ai voulu scruter à loisir le passé de ce mystérieux personnage, et voici les renseignements que j'ai pu recueillir.

Strasbourg fut son berceau. Mais l'oubli couvre le nom de son père et même de sa mère. On sait seulement que le premier était un bâtard de la noble famille de Terre-Neuve, un demi-prince, on le voit, lequel s'était allié à une chienne du bas peuple, qu'il avait délaissée à la naissance de monsieur Ponce Pilate. Comment un si puissant seigneur put-il permettre que sa femme fût livrée à la misère, et son fils au cours des ruisseaux, c'est ce qu'on ne dit pas. L'éducation du petit *fanfan* dut se ressentir de cet abandon. Madame sa mère en devint hargneuse, et si par hasard l'avorton voulait jouer avec elle familièrement, celle-ci le grondait de colère et le mordait avec violence : fâcheux système d'éducation, par suite duquel généralement périssent tous les bons instincts dans leur germe, pour laisser les mauvais croître et s'embellir. Donc le jeune Ponce Pilate, impatienté de ces traitements, quitta vite le giron maternel, pour vagabonder avec d'autres jeunes chiens de son âge, pauvres comme lui et semblablement éduqués, aux hasards du grand air. Etant le plus petit de la troupe, il mena une piètre existence; car ses camarades, connaissant mieux que lui les us et coutumes de la ville, prenaient toujours les meilleurs morceaux; et s'il lui arrivait parfois de faire quelque heureuse trouvaille, une demi-douzaine de ses confrères le bousculaient sans pitié, jusqu'à ce qu'il eût lâché prise.

Une fois cependant, que sur un tas d'ordures, il déchiquetait bel et bien certaine carcasse de dinde, deux vagabonds de sa taille voulurent procéder à son égard comme d'ordinaire, lorsque Pilate, furibond, se précipita sur les voleurs, et les mit en fuite tous deux. Il est vrai qu'il avait reçu, dans cette escarmouche, deux blessures à la tête et un accroc dans son habit.

Cette glorieuse victoire lui valut une position dans le monde, car un banquier de Francfort, ayant besoin d'un chien qui, pour remplir son devoir, ne craignît pas le tapage, le prit à son service. Le va-nu-pieds fut traité avec tous les égards possibles : bien nourri, bien peigné, bien lavé, instruit avec art et logé comme un millionnaire, il ne tarda pas à prendre un certain embonpoint qui le rendit méconnaissable. Sa distinction native réapparut bientôt, comme le poli d'une lame dont on nettoie la rouille; et sa bonne éducation, sa figure intelligente, son noble caractère, lui valurent les compliments de tous les visiteurs. Le banquier ne tarissait pas d'éloges sur la fidélité, le dévouement, le courage et l'intelligence de son honnête serviteur. Je dis « honnête » avec intention, car il me semble évident que son caractère ne s'est assombri plus tard, qu'à la suite de plusieurs injustices et d'un bon nombre de malheurs, dont mes correspondants m'autorisent à me faire l'historiographe.

Un jour, le riche banquier avait prié deux de ses confrères de Paris, trop universellement connus pour être nommés, et entre autres convives, un ambassadeur autrichien et un prince russe, à un dîner splendide. Pour procurer une agréable surprise à ses illustres hôtes, le Crésus de Francfort avait fait venir, de l'autre côté de la machine ronde, un mets des plus délicats et des plus friands. Peste soit des correspon-pondants qui ne donnent pas les noms techniques des curiosités de ce genre ! — Le banquier, jouissant donc d'avance du coup de théâtre qu'il avait ménagé, souriait d'aise à la disparition des potages, des entrées, des rôts et des entremets. Tout à coup, il voit sa femme pâlir, les domestiques se regarder les uns les autres, avec un ébêtement mêlé d'effroi. Quitter la table était chose impossible; et cependant, quand il comprit que son diamant culinaire s'obstinait à ne point paraître, la colère le suffoqua, ses idées se troublèrent, et ses invités furent frappés à tel point du décousu de sa conversation et des divagations de son esprit, qu'ils se retirèrent incontinent, persuadés qu'un coup de bourse lui avait joué un tour fatal. Le lendemain, on le déclarait sur le bord du gouffre des banqueroutes, et ce ne fut qu'en satisfaisant aux demandes d'une multitude d'effarouchés, qu'il put rétablir son crédit un instant ébranlé.

Le fameux plat avait disparu au moment de faire son entrée sur la scène : de là le désespoir de madame et de monsieur. On n'avait plus trouvé que quelques restes, près de la niche de Ponce Pilate, ce qui attira à ce dernier une violente gourmade, appuyée d'une douzaine de coups de cravache. Le banquier furieux fit même le serment de tuer le chien vingt-quatre heures après.

Pilate, qui se savait innocent du crime qu'on lui imputait sans preuves certaines, fut grièvement blessé, dans son honneur personnel, des procédés barbares dont on avait usé à son égard; et édifié sur les projets canicides de son maître, il décampa sans mot dire, et se rendit à Berlin.

Après avoir erré une semaine environ dans les rues de cette grande ville, il entra comme *monsieur de compagnie* chez un célèbre professeur de l'Université. Ce jour-là, Pilate était encore à jeun à quatre heures du soir, — et non par disette, mais par un acte de charité digne des plus grandes louanges. Voici le fait : vers midi, notre gueux gentilhomme, en quête de vivres, avait fini par trouver un morceau, sinon volumineux, du moins fort appétissant. A peine y avait-il porté les dents, qu'il aperçut venir un pauvre roquet famélique et qui paraissait épuisé de jeûnes, lequel, n'osant approcher d'un Goliath de son espèce, agita piteusement sa queue, remua les cailloux de sa petite patte flûtée, et jeta sur lui un regard que l'on pouvait ainsi traduire : « — J'ai faim, et les confrères ne me laissent ni une bribe de chair, ni une miette de pain. Prends pitié de moi ; et si je grandis, un jour je t'en serai reconnaissant. » Cette prière fut orchestrée de deux grosses larmes qui inondèrent les joues de ce petit déguenillé. Pilate, saisi de compassion, lui céda sa proie bénignement. Reculé d'une dizaine de pas, il jeta un regard sur le bébé, un second sur le voisinage pour s'assurer qu'aucun vorace confrère ne viendrait piller son protégé, et se retira l'estomac vide, mais le cœur content.

— Un bienfait n'est jamais perdu ! s'écria le professeur philosophe, témoin de tant de générosité, et il fit, séance tenante, des propositions au bienfaiteur, qui les accepta en agitant sa queue, ce qui dans la langue canine signifie : « — Vous êtes bien bon, Monsieur, de daigner vous intéresser à moi. »

Nouvelle ère de prospérité pour Pilate — mais courte, hélas! Le voisinage l'avait pris en grippe, par jalousie très-probablement de ses mérites, et la calomnie lui décocha toutes ses flèches, comme elle fait aux grands hommes. Le philosophe fit longtemps la sourde oreille : mais un jour de malheur, trop absorbé dans ses savantes méditations, il oublia complétement de servir à son féal compagnon sa pitance accoutumée. Notre chien, sur le qui vive, se faufila chez la voisine, par la porte entre-bâillée. La vieille, bâtée d'énormes lunettes, lisait attentivement une lettre, dont elle faisait sonner syllabe après syllabe. — O régal ! une splendide côtelette de mouton chantait sur le gril : Pilate se précipite avec la rapidité de l'éclair. Mais il avait compté sans... le feu. La douleur l'emporte sur la prudence. Il pousse un cri aigu, et laisse tomber la précieuse conquête. Fatale pièce de conviction ! Tout le quartier s'ameuta. Le philosophe hué, vilipendé, se décida net, bien qu'à contre cœur. Il administra une verte correction à Pilate, et lui montra la porte, avec défense expresse d'en jamais refranchir le seuil.

De nouveau livré aux caprices du hasard, Pilate alla trouver le roquet, son obligé, pour lui demander les lumières de son intelligence et son aide au besoin. Hélas ! dix ou onze mois s'étaient écoulés depuis lors : le bébé avait grandi dans une maison ducale, et pris des airs de dandy et de petit-maître, qui offusquèrent tout d'abord l'honnête Pilate.

— Que voulez-vous ? lui dit finalement le freluquet bouffi de vanité.

— Rien ! répondit-il, et tout aussitôt tourna les talons en murmurant: « Est-il donc vrai qu'on ne trouve partout que calomnies et injures, ingratitude, insolence et cruauté ? Eprouvons une dernière fois les hommes : je ne puis me résoudre à les croire tous pétris de petites passions. »

Ce disant, il se dirigea vers Munich, et se donna cordialement à un professeur de musique. On voit que Pilate avait le goût de l'école. Il fut enchanté de son nouveau maître, car la musique était pour lui l'art sublime, le roi des arts. Par malheur il avait l'oreille fausse, ce qui ne s'accorde guère avec la mélomanie, et une voix discordante au suprême degré. Avec cela, toujours intrépide à vouloir faire chorus. Dès que le professeur touchait d'un instrument, ou entonnait un chant quelconque, mon drôle, grimpant les escaliers au galop, glapissait d'aise, et bon gré, mal gré, mariait aux accords du maëstro ses glapissements. On l'a vu même noyer, dans ses hilarantes improvisations, tout le tintamarre d'un quintetti. M. Pilate fut dès lors enchaîné, par prudence, au fond d'une cour; mais inutiles précautions ! Dès que la brise lui apportait la moindre note d'une symphonie, de suite il s'asseyait, et soufflant avec force dans l'orgue de ses poumons, il mettait un zèle opiniâtre à délecter de sa verve musicale toute la population circonvoisine, au grand préjudice de l'orchestration du digne professeur. La patience a des bornes : Pilate, assailli à coups de nerf de bœuf, rompit violemment sa chaîne, et s'esquiva sans dire bonsoir.

Une fois dans la plaine libre, il donna cours à son indignation :

« Pars, s'écria-t-il, et fais-toi misanthrope. Les cœurs sont incapables de constance et de sincérité dans leurs affections. Voyage de pays en pays, oublie ton nom et ta race, sois le juif-errant de la civilisation fétide qui règne dans les villes. Arbore l'égoïsme, si tu peux. Mais non, tu as des sentiments trop nobles pour nourrir un vice pareil. Du moins n'aime personne, si tu restes bon pour tous. Saisis toutes les occasions de faire le bien, mais défie-toi de ton affectuosité. Si par hasard tu rencontres de la bienveillance, si tu crains de t'attacher à personne, fuis, fuis sans retour; cette bienveillance n'est qu'un masque... Ne l'as-tu pas éprouvé cent fois? C'est une illusion folle, et quand vient l'heure du réveil, les regrets sont cuisants, les déceptions amères, — ne t'y expose pas encore ! »

Si ces renseignements sont authentiques, — ce qu'il n'est pas permis de révoquer en doute, — je plains ce cœur aigri par l'adversité ; et en donnant de la publicité à cette biographie, je fais la prière aux lecteurs, qui auraient la chance de rencontrer Pilate, de ne pas le traiter comme un chien vulgaire. Quelque fausse que soit sa philosophie, orgueilleux peut-être ses dédains, coupable sa résolution, — triste est au demeurant, et bien triste son existence. Plaignez son sort. Condamnez — libre à vous — ses raisonnements, mais de grâce, ne lui jetez pas la pierre!

IV

LES GÉANTS ET LES NAINS

LE KILTGANG

« Si les habitants du Hassli avaient été plus sages, ils pourraient attacher leurs vaches avec des chaînes d'or. »

(*Proverbe.*)

L'Ostfriesenlied est une chanson nationale, un feuillet des vieilles chroniques, lequel, annexé aujourd'hui au recueil des lois de la vallée, prétend faire descendre les habitants de Meyringen de je ne sais quelle peuplade suédoise.

Sans entrer dans les discussions contradictoires des savants, dont les uns affirment, dont les autres nient, avec une égale dose de parchemins et de convictions, voici la tradition toute vive :

Il était jadis un royaume, encaissé dans le pays des Frisons et des Suédois, qui fut visité par une épouvantable famine. Le roi Gissbert désespéré assembla dans un solennel concile l'élite de ses sujets, pour aviser avec eux aux moyens de conjurer l'homicide fléau. L'assemblée statua que le dixième de la population famélique serait charitablement expulsé, et que l'on trancherait la tête aux récalcitrants. On procéda par la voie du sort. Les expulsés, au nombre de 6000, firent le serment de ne point se séparer dans leur exil; et le pays natal pleuré, ils sortirent avec leurs femmes et leurs enfants, comme autrefois les Hébreux de l'Égypte, et s'en allèrent à la grâce de Dieu. Tel était leur dénûment, qu'ils se virent contraints de piller sans miséricorde les châteaux, les villages, les villes, qui eurent la maladresse de se trouver sur leur passage. C'est ainsi qu'ils arrivèrent sur les rives du Rhin, où les ducs d'alentour, commandés par le seigneur de Moss, se préparèrent à leur livrer bataille. Suédois et Frisons, dans ce péril suprême, donnèrent la souveraine dictature à Schwytzer, et combattirent comme des lions. La mêlée fut sanglante : l'armée ennemie, bien que quatre fois supérieure en nombre, fut en partie taillée en pièces, et les débris dispersés comme la balle au vent.

Les vainqueurs, après avoir gaîment partagé le butin, prièrent Dieu qu'il les conduisît sur une terre où ils pussent paître des troupeaux, et vivre loin de l'inique violence des autres humains. Leur prière fut exaucée : parvenus dans le beau pays de Brochenburg, ils y bâtirent une ville qui prit le nom de leur dictateur Schwytzer, d'où l'on a fait Schwytz. La colonie s'accrut rapidement, et fut obligée de se séparer en deux branches. Une partie de la population passa la montagne Noire, le Brauneck ou Brunig, sous la conduite de Wadislaüs, et s'établit dans les vallées voisines, qui furent baptisées *le Hassli*, du nom de Hasius, lieu de naissance de leur chef.

Quoi qu'il en soit, les habitants de Meyringen, la capitale du Hassli, me semblent, au physique, plus richement doués que les autres peuplades alpestres. Les hommes y sont plus grands de taille, ce qui porterait à croire qu'ils descendent en effet des géants frisons et suédois,—courageux aussi, calmes, fiers, mais hypocrites, très-attachés à leur vallée, passionnés pour l'indépendance, d'une force prodigieuse, d'un penchant très-décidé pour la chasse au chamois, bien qu'ils soient un peu lourds de corps — d'une féroce opiniâtreté, d'une excellente mémoire locale et d'une imagination fantastique.

Les femmes du pays, prenant une part moins active qu'ailleurs aux travaux des champs, conservent une certaine fraîcheur de teint, ce qui (*mirabile dictu*) est si rare dans les autres parties de la Suisse. Aussi pendant les ardeurs du soleil, sont-elles armées d'un énorme parapluie qu'elles décorent risiblement du nom de parasol ou d'ombrelle; et j'ai vu, de mes propres yeux vu, deux jolies paysannes mettre des gants pour faner les foins.

A la sortie de la messe, me dit un garçon d'hôtel, les filles s'arrêtent sous le porche de l'église pour voir passer les jeunes gens, lesquels, après quelques coups d'œil laudatifs, se rendent nonchalamment au cabaret, où ces mêmes filles les ont précédés. Elles entrent par bandes dans une chambre réservée, où leurs admirateurs n'arrivent que par une porte secrète, et elles prennent la précaution d'étendre devant les fenêtres leurs tabliers et leurs mouchoirs, en guise de rideaux, pour s'abriter des regards indiscrets. Ce qui se passe dans cette chambre, je l'ignore; mais je suis convaincu que tout y est convenable, car la moindre peccadille deviendrait le texte de toutes les conversations villageoises. Des danses, des rires, des plaisanteries plus ou moins agaçantes, quelques privautés de bon goût, voilà le menu de leurs amusements, et la liberté jamais n'y dégénère en licence. Ce qui surprendrait un peu nos parisiens efféminés, ce serait de voir les hommes danser le plus souvent seuls, et laisser regarder les jolies filles. Habitués à vivre loin des femmes, ces rudes montagnards savent se passer du beau *sesque*, au lieu d'être constamment pendus à leurs jupes, pour les mépriser tout en les aimant. La conséquence est qu'ils les estiment et les respectent. Aussi ces jeunes paysannes, qui boivent le vin des amoureux et fournissent les craquelins et les noix, ne se font-elles aucun scrupule de passer avec eux une grande partie de la nuit. « Dans les villes, dit Mayer, l'homme devient faible comme la femme; dans les montagnes, la femme devient forte comme l'homme qu'elle aime. »

Il existe à Meyringen et dans d'autres parties de la Suisse, une originale habitude, qui dépérit trop vite, pour la passer sous silence. Je veux parler du *kiltgang*, cette méthode patriarcale de *faire sa cour*, à laquelle les Minnesinger, ou troubadours allemands, ont consacré leurs plus délicieuses inspirations.

Le kiltgang confère aux jeunes indigènes le privilége de visiter nuitamment les jeunes filles de leur bourgade. Le jour choisi pour de semblables équipées est d'ordinaire le samedi, parce que le dimanche permet de réparer au lit le temps perdu la veille. Or donc, les jeunes lions, familiers avec les us et coutumes du logis, grimpent sur un volet vers la onzième heure du soir, et de là lestement atteignent la galerie du cottage. En cas de difficultés matérielles, l'on fait tout simplement usage d'une échelle, non point de soie, comme dans les romans imaginés à grands frais d'invention, — mais de vrai bois, et toute prosaïque.

Disons tout d'abord que les parents des jouvencelles n'ignorent point ces escalades nocturnes. Il arrive même encore fréquemment que la mère, l'imagination pleine des charmes du bon vieux temps où elle était l'héroïne, donne à sa fille, dès qu'elle quitte l'école, la chambre la plus accessible aux *chilters* ou héros du kiltgang, et une bourse rondelette pour qu'elle soit à même de les bien fêter.

Souvent plusieurs chasseurs courent à la fois le même lièvre. Or, arrivés au pied de la fenêtre, nos lionceaux annoncent leur visite au moyen de quelques petits coups sur le volet. La jeune fille fait la sourde oreille. On frappe de nouveau — son cœur palpite. On frappe encore — elle pousse un petit cri de frayeur, comme une gazelle effarouchée. Les coups redoublent. Elle supplie alors les assaillants de partir —avec des semblants de colère adorable. Voici un échantillon de cette sorte de speech : — « Voulez-vous bien déguerpir, méchants tapageurs qui troublez mon sommeil ! — O les vagabonds qui rôdent la nuit comme des loups, loin de leurs vieux parents solitaires ! — O les paresseux, qui sont sans fatigue, parce qu'ils ont économisé leurs forces dans les labeurs du jour ! — Voulez-vous déguerpir vite et bien vite, coureurs maudits, et me laisser dormir en paix !... »

Les jeunes gens n'ont garde de la prendre au mot. Tout au contraire, ils deviennent bruyants, et multiplient les appels. La jeune fille, jugeant la résistance assez longue pour permettre une honorable capitulation, se lève enfin, passe son jupon et ouvre la fenêtre, d'où elle apostrophe encore les effrontés coquins qu'elle est scandalisée de voir en manches de chemise — le costume officiel. L'escalade néanmoins commence bon gré, mal gré, les protestations demeurent sans effet, et la chambrette est envahie. La belle se console vite, et pousse un franc éclat de rire. Puis, comme ils font patte de velours, elle les trouve maintenant gentils et raisonnables : aussi leur offre-t-elle gracieusement du kirsch et des fruits secs. La collation est gaie : fusées d'esprit, feu de file de cajoleries, de mignardises, de provocations ; longue artillerie d'œillades et de compliments — c'est un vrai feu d'artifice !

Par intervalles, la colombe élève la voix pour presser le départ de ses hôtes. Elle allègue le besoin de dormir — solitaire dans son petit nid.

Cependant le feu d'artifice expire, le dernier bouquet s'éteint dans un flot d'hilarité. Nos compagnons se tiennent debout, prêts à la fuite : mais, dans une attitude humble et respectueuse, ils supplient l'hôtesse de faire choix dans leur nombre d'un galant cavalier, d'un féal servant d'amour.

Elle hésite. On insiste.

Séduite à la longue par leurs beaux discours, par leurs éloquentes prières, la donzelle se prononce, et donne droit à son élu d'escalader la fenêtre quand bon lui semblera. Puis elle congédie galamment son monde.

La bataille gagnée, le vainqueur se gaudit d'aise, et ses compagnons d'armes se consolent de leur échec dans la pensée d'une plus heureuse expédition, dont ils font l'essai très-souvent le même soir. A tout hasard, ils conquièrent toujours une copieuse libation de kirsch,

Cependant le *chilter* remonte, et trouve sa bien-aimée mollement étendue sur son lit, dans la toilette d'usage, c'est-à-dire avec ses bas et son jupon. L'étiquette veut qu'il n'y ait point de lumière. Est-ce pour narguer les bienséances? Jadis il n'en était rien. O temps fortunés de courtoisie chevaleresque, où l'on pouvait jouer avec le feu sans se brûler les doigts! — Quoi de plus doux que ce prologue du mariage, enivrant comme un parfum de fleur, poétique comme un chant d'oiseau — cousu d'extases, d'espérances, d'illusions — un charmant lever de rideau qui précédait le drame conjugal!

De nos jours, les classes intelligentes commencent à faire la guerre au kiltgang, parce que les mœurs sont moins patriarcales, et la délicatesse plus souvent violée. L'abus flétrit toutes les institutions humaines. L'on a vu, par exemple, des hommes mariés, dans l'exaltation du souvenir, courir les nocturnes aventures et roucouler leurs virelais d'amour à quelque belle délaissée, dont l'âge a franchi les zones de la verte jeunesse. Souvent tel maraudeur est pris en flagrant délit : alors les jeunes gars le promènent en chemise et nu-pieds dans les principales rues du village, le livrant à la risée de leurs concitoyens. On le jette ensuite dans le premier bourbier venu, où il prend le bain de Marius dans les marais de Minturnes. Je me suis laissé conter que mari et femme, coupables tous deux la même nuit d'avoir pratiqué le kiltgang adultère, douze ans après leur union, durent subir ensemble le châtiment d'usage. On les traîna par la ville, liés dos à dos sur un âne, parmi les huées de la population — scène qui ne devait pas manquer d'un certain piquant d'horreur et de scandale.

Du reste le Sittengericht, ou tribunal des mœurs, est d'une juste sévérité pour les commerces clandestins. La jeune fille séduite, si son amant refuse de l'épouser, est mise à l'index, et punie d'une incarcération de deux jours et demi. À la récidive, punition double. Une troisième faute, et on l'envoie dans une maison de réclusion. Le jeune homme qui refuse de légitimer son enfant par le mariage, est également condamné à deux jours et demi de prison; il doit payer une amende de 100 francs à la commune, et une pension annuelle de 30 francs pour le bâtard, jusqu'à l'âge de quinze ans environ.

Le jour des noces, la fiancée vierge porte une coiffure en forme de couronne, parsemée de verroteries coloriées, que l'on décore pompeusement du nom de perles, et d'autres clinquants. Les tresses de sa chevelure sont entrelacées d'un joli ruban, rouge ou bleu, dont les bouts vont se nouer à ceux de son tablier. Quant au fiancé, il est bleu dans le haut du corps, bleu dans le bas, bleu dans le centre; et n'étaient une guirlande de romarin sur son bras droit, un joli bouquet de fleurs diverses sur son chapeau, des boutons d'habit brillants comme le cuivre, et un blanc *collet* de chemise, grand comme la pèlerine d'une sœur de charité, on n'y verrait que du bleu.

Une autre particularité des habitants de Meyringen, c'est que leurs croyances superstitieuses portent invariablement sur les gnomes et les nains, double appellation qu'ils donnent à ces êtres fantastiques dont leurs légendes sont pleines. N'est-ce pas encore un indice de leur origine suédoise, et le souvenir de ces nains, que la tradition perpétue de père en fils, ne désignerait-il pas les Lapons, jadis voisins de leurs ancêtres? Il va sans dire que les esprits cultivés n'acceptent ces légendes qu'à titre de poésie : mais vous seriez mal venu, par exemple, d'en contester au pâtre l'existence.

Ces nains possèdent des troupeaux de chamois, dociles pour eux, comme les brebis et les chèvres pour l'homme. Ils vivent de lait et de fromage, ou simplement de rosée, à l'instar des cigales. Ils sont pieux et charitables, bons pour les pauvres, sur les pas desquels ils répandent l'aumône; pour l'ouvrier des champs, dont ils fécondent les moissons; pour les bergers, dont ils rappellent les agneaux perdus ; pour les voyageurs égarés, qu'ils remettent dans le bon chemin.

Qui est-ce qui avertit les montagnards du beau et du mauvais temps? Qui est-ce qui enseigne aux moissonneurs l'approche de l'orage, pour qu'ils se dépêchent à rentrer leurs blés? Qui est-ce qui coupe les arbres dans les forêts pour les familles indigentes, et disperse le bois sec dans les sentiers, pour que les petits enfants des pauvres trouvent aisément les charges fréquentes qu'on les force d'aller quérir? — Ce sont les nains ou les gnomes, les gnomes ou les nains.

L'hiver, après avoir rôdé tout le jour à travers vallons et montagnes, pour assister les infortunes dont ils sont témoins, ils se rassemblent autour d'un grand feu, dans un magnifique palais creusé dans les entrailles de la terre, et s'esbaudissent parmi les chants et les danses, leurs deux passions favorites. Les oreilles humaines ne sont point assez délicates pour ouïr leurs concerts : pourtant la vierge, dont le cœur est pur, les sentiments nobles, l'âme bénie de Dieu ; la vierge, vers son quinzième printemps, peut entendre l'écho de ces ravissantes mélodies, et les yeux fermés, voir nains et gnomes danser en rond sur les vertes pelouses émaillées des fleurs alpestres. N'est-ce pas un délicieux symbole des visions et des rêves, et des poëmes d'espérance ineffable, qui splendidement s'épanouissent dans nos cœurs innocents encore, au sortir de l'enfance et sur le seuil de la jeunesse?

Si au printemps, sur les prés fleuris, on les voit danser gaîment au son d'un invisible orchestre, c'est d'un bon augure pour la récolte : l'année doit être abondante. Mais s'ils poussent par intervalles des cris de détresse, comme les hiboux dans le silence des nuits, ce sont, hélas! des signaux d'alarme : —ou la moisson sera chétive, ou quelque désastre menace la vallée : la chute d'une avalanche peut-être, peut-être un éboulement prochain, peut-être la descente d'un glacier.

Une nuit, — il était environ deux heures; le ciel était noir de nuées, la rafale, précurseur de la tempête, sifflait dans les gorges et passait au vol sur le front du Hassli, tordant les arbres qui craquaient d'angoisse, et secouant les maisons jusque dans leurs fondements, — certain gnome, attardé dans le vallon, où il avait prodigué ses bienfaisants secours à plusieurs pauvres malades, ne savait plus s'orienter dans les ténèbres; et marchant à l'aveuglette, il chutait çà et là, dans un ruisseau, dans une mare, dont il avait grand' peine à dépêtrer ses petites jambes, car il était vieux d'âge et décrépit. Soudain, à travers les ais mal joints des volets, il vit luire une lumière dans la cabane du pâtre Linder. Le pâtre était couché près de sa femme, comme aussi leur fille Wilhelmine dans une alcôve voisine. Wilhelmine avait dix ans à peine, et rêvait dans son sommeil, et de temps à autre, en rêvant, prononçait des paroles indistinctes, mais dont le timbre annonçait un rêve plein de joie. Quant au couple, il ne dormait pas; il écoutait siffler la rafale dans une muette horreur.

Le gnome frappe à la fenêtre. Epouvantés, les deux époux se serrent l'un contre l'autre. Qui peut en effet voyager par une nuit semblable, si ce n'est les démons ou les spectres des morts?

Les coups se succèdent, plus violents, plus désespérés. Même silence, avec un redoublement de frissons anxieux.

— Ouvrez! ouvrez-moi par pitié, bonnes gens ! crie le pèlerin.

— Entends-tu, femme? hasarde le mari.

— Si j'entends? Jésus-Dieu!

— Ouvrez! je suis transi de froid, et je souffre!

— Il prie, continue le pâtre; dis donc, femme? les gens qui prient ne sont pas à redouter...

— Oui.... mais si c'était une ruse du diable? Le chat fait patte de velours avant d'égratigner.

— Père! mère!... articule tout à coup Wilhelmine, j'ai rêvé des gnomes, et j'entends près de nous, au dehors, la voix d'un de leurs frères, qui se lamente....

La femme, à ces mots, bondit hors de sa couche; elle crie par la fenêtre : J'ouvre,—et vole à la porte, où le gnome paraît clopin-clopant.

Il entre; les époux racontent leurs terreurs et se fondent en excuses. Le gnome sourit d'aise, car il lit sur leurs lèvres la sincérité. On allume un grand feu, puis on sert la table avec luxe; — le luxe des paysans pauvres, c'est l'hospitalité cordiale. Mais le gnome ne mange point. Il défraie ses hôtes par une série de jolies historiettes, qui dérident leurs fronts; et tous rient dans une franche allégresse. Puis devenant sérieux, il leur dit, avec des larmes, qu'il a frappé à plusieurs portes, qu'il s'est nommé pour ôter tout prétexte de terreur et de refus, et que néanmoins les portes sont restées closes. Quant à vous, dit-il en terminant, puisse Dieu vous bénir, âmes généreuses!

Il dit, et prit le chemin de la montagne.

Vers le point du jour, la pluie devient torrentielle; les eaux, fouettées par l'ouragan, entraînent d'immenses rochers et des forêts entières. Le village est secoué comme un navire sur mer, la pauvre maison de Linder tremble sur sa base. Mais, ô merveille! voici venir le gnome à cheval sur un énorme bloc de granit, qui s'arrête juste au-dessus du toit hospitalier, et le couvre de sa protection toute-puissante. Il était temps: sauf le logis protégé, tout le village est fauché par la tempête, comme un champ de blé mûr.

Linder, sa femme et sa fille voulurent se jeter aux pieds du gnome. Il avait déjà disparu, laissant sur la pierre ces mots, qu'ils n'ont jamais oubliés: « — Dieu vous bénisse, âmes généreuses! »

— Mais, disais-je à un habitant de la montagne, vos nains et vos gnomes sont des fils de l'imagination qui n'ont jamais existé!

Il eut sur les lèvres ce sourire de l'homme d'esprit, devant lequel un imbécile soutient une thèse imbécile.

Je me hâtai donc d'ajouter, pour que son jugement sur mon compte ne fût pas trop sévère:

— Ou du moins ils n'existent plus?

—Ne plus exister! s'écria-t-il. Mais, ils sont immortels! Parvenus aux limites d'un certain âge, ils rebroussent chemin vers la jeunesse, et toujours ainsi, jusqu'à la fin des siècles.

O Hylas ! ô mythologique Hylas ! pensai-je tout bas. Et tout haut :

— Mais enfin, vous m'accorderez du moins qu'on ne les voit plus. Si leur race ne s'est pas éteinte, ont-ils donc émigré ?

— Vous l'avez dit, Monsieur, fit-il en hochant la tête d'un air triste ; ces génies bienfaisants n'habitent plus nos vertes pelouses. Aussi les pauvres ont-ils perdu leurs amis, les petits mendiants leurs bûcherons, les voyageurs leurs anges gardiens, et l'homme des champs les conseillers sages qui l'avertissaient des futures intempéries.

— Quel est donc présentement le lieu de leur asile ?

— Si nous le savions !...

— Et d'où leur est venue cette fantaisie subite d'émigrer ?

— Du désir d'échapper aux regards indiscrets. Ils font le bien par nature. Mais on ne doit pas épier leurs démarches, ni soulever les voiles dont ils aiment à s'entourer. Eh bien ! l'homme est un curieux, qui a voulu savoir — toucher du doigt, dévisager en un mot ces mystérieux personnages — et ils ont fui. Lisez, pour vous en convaincre, l'*Oberland bernois* de M. Ober, et vous y trouverez les raisons de leur exil.

— Et que chante M. Ober ?

— Il ne chante pas, Monsieur ; car chanter, comme vous l'insinuez malicieusement, c'est inventer ; et il n'invente pas, il écrit de l'histoire — de bonne et belle histoire authentique.

— Je ne demande pour ma part qu'à être convaincu ; racontez-moi donc, de mémoire, ces faits en question, s'il vous plaît ; je suis pour vous tout oreilles.

— Eh bien ! vous saurez alors qu'il y avait en ce temps-là un grand sot du nom de Rupert, lequel possédait un cerisier magnifique, lequel cerisier produisait abondance de fruit. Or ces cerises étaient les meilleures du canton, et l'on jalousait mon nigaud, et il avait peur qu'on fît la cueillette avant lui. Nonobstant, il ne montait pas la garde autour de l'arbre précieux, car tous les matins, à sa grande surprise, il trouvait son fruit déposé sur sa table, dans une corbeille *ad hoc*, et tout frais cueilli par un esprit invisible. Au lieu de laisser agir en paix ce bienfaisant ami, qu'il aurait dû bénir dans ses prières, mon niais de Rupert se mit un jour en tête de l'espionner. Mais la nuit est longue ; le sommeil le prit, et il en fut pour ses frais de veillée. Il s'obstine toutefois. Adoncques, pour être sûr de son fait, il étend autour de l'arbre un sac de cendres et de sable fin. Au point du jour, le lendemain, il aperçoit les vestiges d'un pied d'oie, et va divulguer partout sa sotte trahison. Le nain n'eut garde de reparaître ; Rupert eut ses fruits volés. Le voilà contraint de faire sentinelle, — et une belle nuit, la coqueluche l'emporta. Je ne le plains guère — lui — pour mon compte, mais bien la population de la vallée, que l'absence du nain, son génie tutélaire, plongea longtemps dans un déluge de maux. — « Ah ! si les habitants du Hassli avaient été plus sages, ils pourraient attacher leurs vaches avec des chaînes d'or. »

Je fis chorus, et mon digne conteur poursuivit :

— Quelque cinquante ans plus tard, on découvrit un jour que les gnomes venaient souvent s'abriter sur les branches d'un érable, pour apprendre, à la conversation des villageois, quels malheureux avaient besoin de leur aide. Or, le croiriez-vous? les branches furent traîtreusement sciées des deux tiers; et quand les nains crurent s'y asseoir en toute sécurité, comme d'ordinaire, elles se rompirent sous leur poids, parmi les éclats de rire des spectateurs. Les pauvres petits se relevèrent écloppés, en murmurant : « Ah ! que le firmament est haut, et grande l'ingratitude des hommes ! Partons ce jour, pour toujours ! »

Sur ce, j'éternuai bruyamment, afin de dominer mon hilarité, et prêtai de nouveau l'oreille.

— Mais, continua mon naïf villageois, avant qu'ils fussent arrivés à leur royale habitation, la malice de l'homme avait encore renchéri sur son premier méfait.

Il faut vous dire qu'il y a certain rocher dans la montagne, sur lequel les gnomes passaient d'ordinaire. On y alluma un feu capable de rôtir dix bœufs et quatorze chamois. Puis, quand le roc fut devenu rouge comme le feu, les méchants balayèrent soigneusement la braise et les cendres, pour que rien n'y parût, et se cachèrent, à portée de voir la mine que feraient ces inoffensifs bienfaiteurs de l'humanité. Les monstres durent être satisfaits. Car à peine les gnomes eurent-ils posé sur la pierre leurs petits pieds nus, qu'il s'éleva une fumée épaisse et une nauséabonde odeur de roussi. Sur quoi, le plus vieux de ces infortunés se retourna vers la vallée, et s'écria : « *O böse welt ! o böse welt ! Sei verpflucht !* O méchant monde, tu seras puni ! »

Mais tenez, je m'arrête, car la colère me suffoque, à l'idée d'une perversité si grande et des catastrophes qui en furent le châtiment. Qu'il vous suffise de savoir que le diable emporta les malins, que les gnomes bouchèrent l'entrée de leur palais pour vivre ailleurs, et que la disette désola le pays pendant un demi-siècle.

Dieu les bénisse, ces âmes généreuses !

« Ah ! si les habitants du Hassli avaient été plus sages, ils pourraient attacher leurs vaches avec des chaînes d'or. »

V

EN GRAVISSANT LE FAULHORN

Comme de Meyringen au sommet du Faulhorn, il faut environ dix ou douze heures, nous crûmes utile d'aller coucher à Rosenlaui, afin d'en abréger d'autant l'ascension, et d'être sur pied le lendemain de bonne heure. Nous partîmes donc après le déjeûner.

Je me souviens que, jusqu'au Rosenlaui, ma bourse poussa trop de gémissements, pour ne pas noter ici, en quelques mots, ses doléances légitimes. Je profiterai de l'occasion, pour donner aux touristes économes, qui n'ont pas encore visité l'Oberland, le conseil de se hâter, car les indigènes, du train dont ils y vont, doivent bientôt finir par faire que les merveilles en soient inexplorables, si ce n'est aux rois de la finance.

Et d'abord, dès que vous quittez un hôtel, vient une longue note, que l'honnête bourse paie à regret, tout offusquée de ses airs de grandeur. Vient ensuite le garçon, qu'elle paie pour vous avoir bien servi; la blanchisseuse, que vous payez, bien qu'elle vous ait égaré un mouchoir et un col; le décrotteur, que vous payez, parce qu'il *n'a que ça pour vivre;* le guide, auquel vous glissez un nouveau pourboire dans la main, parce qu'il vous intéresse à sa vieille grand'mère et à ses huit enfants. — Et la bourse gémit. — Vous partez enfin, de peur qu'une vieille fille de service et un second garçon ne viennent fouiller dans vos poches, — et vous croyez en être quitte? Quelle naïveté! — Voici un petit gamin qui, tout en vous souhaitant un bon voyage, vous tend sa main crasseuse: comme il est vêtu de lambeaux, et capable de vous persécuter tout un kilomètre, vous payez son vœu. Survient une jeune femme qui, s'accompagnant d'un instrument sans nom, chante le *ranz des vaches* avec tant de charme, qu'il faut bien payer son talent. Plus loin, c'est un campagnard carré des épaules, bouffi des joues, lequel a mis une barrière sur votre sentier. Il l'ouvre d'une main, et de l'autre vous présente son chapeau déformé, tronc portatif qui doit recevoir le prix de la barrière. — Vous donnez, et la bourse gémit. — Quelques pas encore, et vous voilà devant la belle cascade du Reichenbach. Tout en face, certain manant a dressé une cabane, ce qui vous oblige d'admirer la chute d'eau à travers un petit verre rouge, que vous payez. Plus haut, vous trouvez un méchant artiste qui vous offre des bois sculptés au couteau. Ce n'est rien moins que joli : mais vous avez des amis, auxquels il faut rapporter un souvenir ; mais ce sont là d'excellents cadeaux pour les enfants — vous achetez à prix d'or, et la bourse gémit. — Ici, c'est un vieillard aux yeux caves, au front ridé, au visage maigre et décrépit, lequel vous montre une grosse marmotte qui pue comme un bouc, et vous supplie de lui donner quelque chose pour la patiente bête : vous jetez une aumône. Mais... quelle délicieuse musique ! Ah ! le sonneur du cor des Alpes ! Donnez, donnez donc une petite pièce, car cette musique est pour vous, pour vous seul. — Encouragé par votre largesse, le puissant souffleur vous apostrophe : Monsieur ! désirez-vous entendre un écho formidable, répercuté quatre fois par des échos plus formidables encore ? Je n'ai qu'à mettre le feu à la mèche de ce canon. — Comment résister ? La poudre éclate, vous payez — et votre bourse gémit. — Çà et là, sur votre passage, on tire force coups de pistolet : histoire d'éveiller l'écho tout ensemble et vos petites pièces de 10 centimes. Ailleurs, disséminés par intervalles, d'autres fainéants soufflent dans une trompe des Alpes : autant de souffleurs, autant d'impôts. Plus loin, voici venir un montagnard trapu, l'œil fixe et menaçant, insolent et délibéré d'allure, le bras nerveux : il tend son chapeau. Est-ce un mendiant, un voleur ou un assasin ? Si vous êtes en puissance de femme, elle vous dit avec effroi : « Mon ami, donne-lui vite ! » Et vous payez son insolence. Si vous voyagez en garçon, escorté d'un guide ou d'un compagnon de route, vous trouvez les façons du rustre trop cavalières, et vous passez dédaigneusement, sous une grêle d'épithètes. Plus loin, comme il fait chaud et que vous avez soif, les quinze fraises qu'on a étalées dans une soucoupe vous tentent, et vous calculez *in petto* : « un sou pour les fraises, ce sera bien payé, un sou de lait pour les rafraîchir, cela fera trois; quatre serait un prix exorbitant ! » Vous avalez le lait et les fraises. — « Combien, Madame? » — « Dix sous seulement, Monsieur. » Vous soldez, un peu surpris. — Quelques pas plus loin, c'est une nouvelle édition du ranz des vaches; un solo, plus souvent un duo, — un trio même — un quatuor ! — Et les multiples officieux, à votre approche, réclament bien hautement le prix de leur peine ! — Encore deux ou trois barrières sur votre route, lesquelles n'ont aucune raison d'être, si ce n'est une absurde exploitation par de gros gaillards, qui croupissent ainsi dans la fainéantise. Vous payez, vous payez toujours, — et de plus belle gémit la bourse. — Vous parvenez enfin sur le plateau du Rosenlaui : là, nécessairement, vous accompagne le propriétaire du châlet voisin — lequel, après force renseignements, donnés dans un dialecte auquel vous n'avez rien compris, vous demande un franc. La rougeur vous monte au front, l'impatience vous excède — mais vous payez !

4,

Ah! certes, la Suisse ferait bien de mettre un terme à ce brigandage; et si tous les ans des milliers de voyageurs lui apportent, à poignées d'or, le tribut de leur admiration, elle devrait du moins leur épargner ce flot de vexations mesquines!

Mais ne gémis plus, ma bourse honnête! Trève à ces misères devant les grandioses merveilles de la nature. Nous avons en face le glacier du Rosenlaui, lequel « est fait, dit Dargaud, de la candeur des anges et de la chasteté des vierges. »

Voilà, j'espère, des matériaux immaculés,—dont nos architectes seraient bien en peine d'édifier un palais!

M. Dargaud poursuit : « Le Rosenlaui est bien plus qu'un fleuve; c'est un lac dont le sein a été saisi par le froid et glacé pour toujours, avec son ondoiement. Il a conservé la couleur bleue, et il étincelle comme le lapis. Cette couleur est multiple dans ce lac solide, comme dans les lacs liquides. De loin, elle est étain, argent, azur; de près, elle est azur et turquoise; de telle sorte que le glacier n'est pas fait d'une seule pierre précieuse, mais de plusieurs espèces de pierreries. »

Puis, entré dans la profonde entaille, le ravissement le saisit, et il ne voit qu'un « monde de scintillements et de rêves. Des stalactites multicolores pendent en girandoles de dais de turquoise. Des splendeurs d'écume se jouent à travers des lueurs de cristaux. Des marguerites d'émeraudes fleurissent sous des serres de lazulithe. Des oiseaux, couleur du temps, dorment dans des nids d'opale des sommeils lumineux. Des coupes d'albâtre, pour leur soif, surmontent des colonnes de marbre. Les fortes rafales des Alpes embaument de leurs odeurs ces cavernes, dont les plafonds distillent des millions de perles. »

— Guide, passez-moi des lunettes — car j'ai beau écarquiller mes yeux, je ne vois pas les différents articles de cet inventaire. Convenons toutefois que ces phrases sont jolies, pures et transparentes comme le glacier; mais nées capricieusement d'une riche imagination, et nullement propres à décrire les indescriptibles merveilles que j'ai devant moi.

Faute de poésie, arborons la vérité; livrons-nous aux plus vulgaires investigations.

Le Rosenlaui descend des hauteurs du Berglistock et du Wetterhorn, et reste suspendu à une élévation de 4,700 pieds environ. La roche qui le soutient, est polie et striée dans le sens du glacier. Elle est d'un calcaire noir, rongé sans miséricorde par la glace qui, dans ses oscillations, triture toutes les rugosités du roc, et de ses triturations dessine des lignes blanches, parallèles aux stries, lesquelles lignes ne doivent pas être confondues avec les veines spathiques, qui y sont fort rares. Un massif de roches divise le glacier du Rosenlaui en deux branches. Le touriste ne doit pas se contenter de visiter celle qui est à sa gauche, comme plus proche et d'un plus facile accès, car c'est dans la branche droite que se trouve la fameuse grotte aux scintillements et aux rêves de M. Dargaud, que je lui conseille d'admirer sans vouloir la décrire, non plus que le gouffre effrayant, au fond duquel gronde cette bête féroce qu'on appelle le Wiessbach. On a jeté un petit pont sur ce gouffre. De là, écoutez la chute des pierres qu'un jeune gars vous apporte; et par le temps qu'elles mettent à toucher le fond, vous jugerez de la puissance diabolique de ce monstre, qui a pu mordre son lit jusqu'à une si épouvantable profondeur.

— Mais, qu'est-ce encore?

— S'il vous plaît? Monsieur.

— Ah! c'est juste; voilà 10 centimes pour tes pierres.

— 10 centimes!

— En voilà 25.

—Mais, Monsieur, tous les voyageurs me donnent 10 sous; pour mon travail et pour mes pierres, ce n'est pas trop. Et puis, vous savez, c'est prix fixe.

— En ce cas, bien obligé. Je remets dans ma poche mes 5 sols, te recommandant à la bienveillance de ta mère et de saint Cupertin.

Le lendemain matin, un gentilhomme allemand, M. Schleinitz et son guide Michel nous offrent, le premier son agréable compagnie, le second ses puissantes épaules. Seymour est ravi de ce dernier, car il déclare que son sac s'est fait effrayamment lourd depuis Meyringen, sans qu'il en sache la raison mystérieuse.

Moyennant 2 francs, Michel prend le sac et le mystère, en disant qu'ils sont *très-beaucoup-fort* légers. Ce pléonasme est son expression favorite, le terme significatif par excellence. Sur la Grande Scheideck ou Dos d'Ane, je m'aperçois que la fatigue de Seymour est contagieuse, car tout le monde se plaint. Nous nous étendons sur la maigre pelouse qui verdoie au flanc de la montagne, à près de 7000 pieds au-dessus du niveau de la mer.

La jolie vallée de Grindelwald, que nous avons sous les yeux, a de fraîches prairies, quelques méchants cerisiers, des pâturages, des glaciers et des forêts. Les avalanches y sont fréquentes, mais elles n'engloutissent plus guère de villages, ni là ni ailleurs, car l'expérience a démontré aux montagnards qu'il n'est pas prudent de bâtir des huttes sous des masses superplombantes de neige, pas plus que de laisser à Paris les bains de la Samaritaine flotter sans amarres. Il n'y a que les crétins valaisans qui ne profitent pas des salutaires avis, que la nature donne à profusion.

Cette prudence, toutefois, n'était pas jadis à l'ordre du jour. Ainsi le village de Bueras fut englouti vers 1749, sous une avalanche monstre. Pareil sort échut au Val Calanca, dont la forêt fut transportée sur la colline opposée, où elle eut le caprice de planter un arbre sur le toit de la cure. Ainsi disparurent également, au mois de février 1720, quatre-vingt-cinq habitants, cent dix-huit maisons et plus de quatre cents têtes de bétail, à Obergestelen, sous un linceul de neige.

Les avalanches n'ont lieu généralement que lorsque la température est douce, l'air ambiant peu dense, ou encore par une pluie abondante.

Nous eûmes la chance d'en voir deux énormes, dites *avalanches d'été,* en faisant l'ascension du Faulhorn. Elles ne sont dangereuses que pour les voyageurs aventureux, qui vont chercher, dans les plus hautes régions, le spectacle des sublimes horreurs.

Nous étions à examiner la route que Forster avait pu suivre pour son infructueuse ascension du Wetterhorn, lorsque éclata un craquement horrible, pareil à la détonation de la foudre. Nos regards ébahis se dirigèrent soudain sur une paroi formidable, qu'on remarquait près de la crête septentrionale, tandis que les échos faisaient fracas dans la vallée. On eût dit, à ce tintamarre, que des Titans renversaient les monts colosses dont nous étions cernés. En même temps un bloc de neige énorme se détache, bondit sur une première corniche de roc qui le renvoie à une seconde, celle-ci à une troisième ; et d'une saillie à l'autre, l'avalanche glisse, avec le vol de l'hirondelle, dans une gorge entre deux rochers, pour tomber en poussière sur un entassement de neige provenu d'avalanches antérieures. Un de nos compagnons de route la compara à la cascade du Giessbach ; mais cette image me parut insuffisante à représenter une rivière de neige tombant des sommités, avec une violence extrême, sur des parois sonores, où elle faisait des ressauts gigantesques.

—Hein ! s'écria Michel, en v'là-t-i une colique d'avalanche, et ben sûr que si nous fussions tant seulement à deux cents pas plus près, nous aurions senti-z-une très-beaucoup-fort importante commotion.

— M'est avis qu'elle nous aurait proprement-z-emportés à Grindelwald du coup, que nous serions très-beaucoup-fort malades, dis-je avec un sourire, et que nous ne songerions guère à escalader le Faulhorn. Mais partons ; j'aperçois là-haut un châlet, où l'on nous donnera bien sans doute une écuelle, voire même un baquet de bon lait, et-z-un peu de fromage, n'est-ce pas, gombère Michel ?

Arrivés au chalet, où force fut, en entrant, de faire la révérence, vu la hauteur de la porte, le chaletier nous servit, sur une pierre, du lait froid dont nous bûmes quelques écuelles ; de plus, en dépit de nos protestations, du lait chaud, du sérac caillé, de la crême, et du fromage vieux et frais — fastueuse exhibition qui ne tenta point nos appétits. A Paris, notre dépense eût approximativement coûté dix sous ; mais notre hôte, lequel récolte *manu propria* le lait et les accessoires qui en découlent, nous demanda modestement cinq francs.

— Cinq francs pour un litre de lait ? mais vous rêvez, brave homme !

— Houm ! houm ! grommela-t-il emphatiquement, je

vous ai donné du pain, du beurre, de la crême, du sérac...

—Auxquels nous n'avons pas touché.

— Oh ! que si !... Oh ! que si !...

Donc il fallut s'exécuter, tout en méditant sur la simplicité pastorale, sur la conscience pure, sur la généreuse hospitalité de ce rustique voleur — toutes vertus dont les poëtes nous font des peintures si pathétiques !

Mais si les hommes nous sont inhospitaliers, en revanche les animaux nous témoignent beaucoup de sympathie. Sans parler de notre compagnon Pilate, lequel probablement nous a flairés un peu chasseurs, voici une génisse qui s'attache à nos pas, tout simplement parce qu'elle nous aime. A notre vue, elle a cessé de paître ; et fixant sur nous un regard mouillé de tendresse, elle a beuglé débonnairement et pris sa course. En vain nous cherchons à l'effrayer : l'innocente bête poursuit et met, autant que possible, une sourdine à sa voix, pour la convertir en prière. Survient un porc, couleur de marron grillé, lequel agite d'aise sa queue virotante comme un tire-bouchon, et solfie par saccades ces joyeuses notes que l'on appelle « des grognements » en langue vulgaire. Jaloux de la génisse, qui se dandine devant nous, il prend la tête de la colonne, et veut décidément faire l'ascension du Faulhorn, dans notre honorable compagnie. Pilate n'a pas l'air de se soucier des deux intrus. Il leur fait une grimace éloquente, dans laquelle ses yeux flamboient et ses crocs s'épanouissent de toute leur taille. Mais Pilate fait fiasco, car loin d'inspirer de la terreur à ses ennemis, voilà que ces derniers opèrent une charge agressive, la demoiselle bondissant comme un chevreuil, et le muscadin rasant la terre comme un renard. Et nous de rire ! Cette chasse se continue pendant une demi-heure ; après quoi nos trois champions, également épuisés, concluent une trêve tacite, et viennent se ranger sur nos talons, en façon d'arrière-garde. Nous serions, certes, fort honorés de leur escorte, si maître cochon ne s'avisait (une caresse, sans doute!) de happer la jambe de Seymour qui, n'entendant pas badinage sur ce chapitre, lui assène un tel coup d'alpenstock, que l'imbécile en pleurant nous tourne le dos. Sa musique ne manque pas d'intérêt. Elle avait fini par se perdre dans le lointain, lorsque tout à coup, au moment où nous croyions le pauvre diable tapi dans sa hutte, nous l'apercevons à un demi-kilomètre, qui retourne ventre à terre.

Je m'écrie : — Compagnons ! l'ennemi fait volte-face. Portez...armes ! — Et nous sommes prêts à faire une décharge d'alpenstocks.

Mais grande erreur ! Le cochon s'arrête à portée du trait, et s'assied tanquillement sur son arrière-train pour parlementer. Nous abaissons spontanément nos armes, et il nous suit — inoffensif, jusqu'au lac de Bachalp. Il reste là comme en extase devant les eaux bleuâtres, plongé dans mille poétiques réflexions. Satisfait enfin, il s'approche de la génisse pour lui parler en catimini ; le résultat de la conférence est que tous deux nous jettent un dernier regard pour salut, et s'en retournent.

Nous étions encore préoccupés de cette aventure en arrivant au sommet du Faulhorn, et presque tristes de la séparation.

Le Faulhorn mérite d'être grimpé, si l'on veut avoir une idée juste et sommaire des glaciers et des montagnes. L'ascension n'en est pas difficile, bien que l'auberge du lieu soit située à 2790 pieds au-dessus de l'hôtel du Rigi et à 339 au-dessus de l'hospice du Saint-Bernard. La vue y est peut-être moins vaste qu'au Kulm, mais plus distincte et plus grandiose. On a tout autour de soi les colosses des Alpes bernoises, dont la hauteur varie de dix à quatorze mille pieds, — panorama sublime de neiges éternelles. En bas, le regard plonge sur le lac bleu moiré de Brienz, dont on est séparé par un affreux précipice, duquel il faut se tenir un peu loin, car les schistes du Faulhorn sont cassants et pourris, comme son nom l'indique. A l'horizon se dessinent en partie les lacs de Morat et de Neufchâtel, avec les têtes du Pilate et du Rigi.

Le guide commence la nomenclature des géants alpestres disséminés, comme des comparses, dans l'amphithéâtre dont nous occupons le centre.

— Ah ! faites-nous grâce, m'écrié-je, honnête

Michel, de tous vos noms baroques, qui finissent invariablement par *horn*, et dont j'ai depuis longtemps les oreilles déchirées.

— A vos souhaits, répond-il; mais faites excuse, Monsieur, pour la Blumelisalp. Oui-dà, c'est un joli nom, que j'espère !

— J'en conviens très-volontiers. Mais disons aussi que cette appellation me paraît tant soit peu drôle, car, si mes faibles connaissances de la langue allemande ne m'abusent, Blumelisalp signifie « montagne de fleurs. » Or il y a des fleurs, j'imagine, comme des cheveux sur un crâne chauve.

— C'est vrai pour le quart d'heure, Monsieur. Mais jadis la Blumelisalp était couverte des plus beaux pâturages de toute la Suisse.

— Vous me faites apparemment un conte de fées ?

— Non pas, non pas ; c'est de l'histoire, et de l'histoire très-beaucoup-fort historique encore.

— Allez donc ! je vous écoute.

Et je recueillis de la bouche de Michel la légende suivante, que j'ai le tort peut-être de déflorer, en la privant de ses très-beaucoup-fort et autres accessoires tudesques.

« En ce temps-là donc, la Blumelisalp n'était pas une montagne taillée à pic, couverte de neiges et de glaces, — mais une succession de coteaux vêtus de prairies, où brillaient même quelques arbres fruitiers. A ses flancs était suspendu tout un village, comme un essaim d'abeilles à sa ruche ; trois cents vaches paissaient l'herbe abondante des prés ; le lait sans cesse ruisselait dans les pressoirs, d'où journellement sortait une cargaison des fromages et des beurres les plus renommés de l'Oberland. Tout ensemble laboureurs et bergers, les habitants étaient heureux comme des rois, et on ne les voyait jamais que couverts de guirlandes de fleurs. En un mot, la Blumelis était le paradis des Alpes. Il n'y avait point de neige au sommet — qu'une simple bande, en forme de diadème, comme une couronne d'oranger sur le front de la vierge.

» Cette félicité, vous le pensez bien, était le prix des mœurs patriarcales qui florissaient parmi les habitants de la Blumelis. Mais on a beau dire que les chats ne font pas des chiens, il advint un jour que cette tribu sainte d'adorateurs du Christ vit éclore un athée — diablotin dans son enfance, vrai diable dans l'âge viril. Il scandalisait tout le monde par ses actes d'ostensible impiété, — comme d'enfoncer son béret jusqu'aux sourcils, au lieu de saluer humblement, quand passait un mort; de ne mettre le pied dans l'église que pour bafouer la dévotion des fidèles, de nier toute vertu, et d'arborer tous les vices. — Les vieilles femmes, qui d'aventure le rencontraient hors du logis, se signaient vite comme pour conjurer l'esprit malin, et hochaient la tête en disant : « Tout ceci finira mal ! »

» A vingt ans, il fit la conquête dans le voisinage d'une jeune fille plus belle, dit-on, que les roses des

Alpes, et la prit bel et bien pour épouse, au nez de l'Eglise et des sacrements. Le bon prêtre de la paroisse, voulant ramener au bercail le bouc et la brebis égarés, s'en vint un beau soir frapper à leur porte. Elle était close. Non découragé de cet échec, il se campe en face de la fenêtre, et voyant leurs silhouettes au travers, entame un discours plein d'éloquence, à l'effet de les convertir. Mais à peine l'exorde terminé, la fenêtre s'ouvre *presto*, et l'orateur reçoit sur la tête cette douche athénienne que madame Xantippe administra galamment à son époux, monsieur Socrate.

» Dès lors, le couple déhonté ne connut plus de frein. Notre jeune pâtre, riche comme Crésus et puissant comme un roi, se bâtit une citadelle au sommet du roc, espérant peut-être de réduire ses concitoyens en serfs. Pour y atteindre, il fit construire, depuis le fond de la vallée jusqu'au seuil, un escalier géant, dont chaque marche était une meule de fromage, et il employa pour mortier la meilleure crême et le meilleur beurre de la Blumelis.

» Cependant le couple maudit nageait dans un océan de joies et de débauches, et le spectacle de leur prospérité pouvait devenir pernicieux. C'est ce que craignit saint Benoît, qui parfois quittait le ciel pour flâner sur les montagnes. Il fit part de ses craintes au bon Dieu, lequel, dans sa miséricorde, voulut avant de sévir, tenter une dernière épreuve. Inspirée du Ciel, la mère de la jeune fille quitta son village, un beau dimanche, et se dirigea vers le castel du pâtre, pour exhorter à la pénitence le couple impie. Elle les rencontra dans les prés : sa fille était montée sur une génisse, suivie de son chien favori ; son amant la promenait.

» La pauvre femme s'assit, épuisée de fatigue, et comme préparatif à son long chapelet d'admonestations, demanda un peu de lait pour étancher sa soif. Il y eut un colloque entre les deux amants, après quoi la jeune fille disparut, riant toujours, et traitant sa mère de sotte bique et de vieille folle.

» Cependant le pâtre apporte une écuelle sale qui contient un lait aigre, qu'il présente dédaigneusement. La mère y trempe les lèvres, et grimace. L'autre fait le goguenard, et fuit en lui lançant une bordée de sarcasmes.

» La sainte femme, indignée de tant de scélératesse, se lève tremblante ; puis tombant à genoux, elle s'écrie : « O mon Dieu, que votre juste vengeance châ-
» tie les coupables ! »

» Un signal mystérieux est donné, auquel tout le monde obéit d'instinct, — les hommes et les animaux, sauf la vache et le chien favori du pâtre. A peine le village est-il évacué avec la rapidité de l'éclair, que la foudre gronde, que le ciel s'obscurcit de nuées soudaines, que la terre tremble sous les convulsions d'une fièvre ardente, et qu'une mer de glace engloutit la prairie et ses quatre victimes.

» Dans les jours d'orage, on entend le mugissement distinct d'une vache, les hurlements plaintifs d'un chien, et des cris effarés d'homme et de femme : — « Au secours ! au secours ! venez traire la vache qui » me poursuit impitoyablement ! Venez appâter le » chien qui me met en pièces ! »

» C'est un supplice d'éternelle angoisse.

» Il est dit que, si quelque courageux mortel osait s'aventurer à traire la vache et à museler le chien, les deux amants revivraient une seconde vie, et la montagne revêtirait sa robe de verdure. Mais où trouver le Guillaume Tell qui veuille pénétrer dans les entrailles de la montagne, en se glissant à travers les fissures des crevasses ? »

— C'est très-bien, Michel ! lui-dis-je, quand il eut terminé sa narration. Me voilà maintenant édifié sur la Blumelisalp. En échange, me permettez-vous de vous offrir ce cigare, que j'ai acheté tout exprès pour vous ?

— Enchanté, Monsieur, enchanté ! En avant le briquet !

— Tenez donc ! et répondez sans ambages. Pouvons-nous aller tout droit au Giessbach ?

— Sans doute. Mais le sentier est long, escarpé, dangereux.

— Ce qui veut dire qu'il nous faut un guide ?

— Ya wohl, meinherr.

— Eh bien ! si votre gentilhomme le permet, vous

nous accompagnerez seulement jusqu'au bas de ces précipices.

— Tope ! Je suis sûr de mon Allemand. Il veut coucher ici pour jeter le cap en droite ligne demain sur Grindelwald.

— Nous aurons donc la chance de l'y rencontrer. Or çà, quel est votre prix, honnête Michel ?

— Dame, Monsieur, je suis très-béaucoup-fort fatigué, — le seul guide présentement disponible, — à la guerre comme à la guerre, je me contenterai de 4 francs.

— Vous êtes un franc coquin ! Mais, comme vous le dites judicieusement, il n'y a pas à choisir. Partons.

Et nous voilà tous en route, à l'exception de Seymour, qui se fait l'illusion peut-être de trouver au Faulhorn les délices de Capoue.

Les amateurs de la mélancolie pourront en faire un vrai régal, s'il leur prend l'idée de parcourir une fois la distance qui sépare les deux hôtels, — du Faulhorn et du Giessbach. Est-il un lieu plus monotone, plus triste, plus stérile, plus fatigant ? La mort y a établi son empire et ses désolations. Aux éboulis escarpés, succèdent eaux stagnantes, collines pétries de fange, monticules décharnés, précipices—menaçants, il est vrai, mais où manque la poésie même de l'horrible. Çà et là, capricieusement naissent sept ou huit sentiers, qui conduisent on ne sait où. Comme nous sommes trois touristes à jarret ferme, la fantaisie nous prend de nous livrer un peu à l'aventure, et chacun de nous enfourche un chemin différent. Le mien n'eut-il pas l'impertinence de me mener à un puits abandonné? Je revins donc sur mes pas, pour aboutir à une petite mare, où je n'eus pas la consolation de dépister la moindre naïade! Pour le coup, fouetté par la colère, je m'orientai longuement, après quoi je fis irruption dans la forêt, courant en droite ligne vers Giessbach. A cent pas de l'hôtel, j'aperçus mon ami Robert Alison, qui faisait des sauts de carpe sur une pente affreuse. Je volai à son secours. Il était suspendu sur l'abîme, sans peur, sinon sans reproche, car il avait voulu, me dit-il, se passer le caprice de bondir à la façon des chèvres. Il s'en tira sain et sauf, quitte pour quatre ou cinq déchirures. Henry nous attendait à l'hôtel, en avance de vingt minutes. Là, notre premier cri fut de nous plaindre en chœur de la rareté des poteaux. On mit la faute sur le dos des paysans, accusés de cet odieux larcin. Si le fait est vrai, je propose au Conseil fédéral de pendre sans miséricorde les susdits voleurs, car en l'absence de poteaux, il y a pour moi, en cas de retour, péril de casse-cou.

Les ennuis de la route s'effacèrent vite au spectacle des merveilleuses cascades du Giessbach. Que vous dirai-je? Imaginez une pyramide de rochers qui s'entassent les uns sur les autres, non pas à la façon des pierres de taille, mais en manière de gradins inégaux. L'eau tombe du sommet pyramidal, et crée sur son parcours une succession de chutes, dont l'ensemble offre un coup d'œil ravissant, — théâtre grandiose dans un cadre de forêts.

Le soir, l'admiration de mes amis ne connut plus de bornes. On avait disposé des feux de Bengale sur les plates-formes qui règnent entre chacune des sept nappes d'eau. Puis, au signal de deux coups de canon, sept hommes, armés de longues torches, qu'ils agitaient dans les airs, partirent ensemble pour mettre l'étincelle aux poudres. Rien de plus fantastique aux regards que cette course de feux follets, ici devant les cascades, là derrière les rideaux d'arbres qui ferment la scène. Les feux de Bengale allumés d'ensemble, on vit scintiller les nappes d'eau, comme des diamants multicolores : rouge, bleu, vert, orange, rose. C'était un spectacle vraiment féerique, auquel l'imagination ne saurait rien ajouter, que ce paysage, que ces flots de cascades, splendidement baignés dans un océan de couleurs. Il faut renoncer à peindre de telles merveilles d'illumination : on se croit momentanément loin de cette terre, et porté dans un coin du ciel.

VI

TRIO DE LÉGENDES

Sur le bateau qui va de Giessbach à Interlaken, je fus agréablement surpris de rencontrer certain campagnard de mes connaissances. Il me rappela le fait suivant que je n'hésite pas à consigner ici, comme preuve qu'il y a des filous même parmi les voyageurs-amateurs, et parfois des Gil Blas sous la casaque des plus grossiers paysans.

J'allais, dans un voyage précédent, d'Interlaken à Giessbach. A peine le port quitté, je m'aperçus qu'il me manquait mon petit sac à bandoulière, dans lequel se trouvaient quelques fleurs rares, quelques pierres curieuses, des bimbeloteries, mon petit journal et un bijou d'une valeur de 80 à 100 francs. Tout bouleversé de cette éclipse, je demeurai bien un quart d'heure immobile et raide comme la femme de Lot après sa pétrification, — autant consterné que si mon banquier eût fait faillite : ce bijou m'avait été donné !

Apparemment, bien visible était mon anxiété, car j'entendis une voix inconnue me demander en glapissant s'il m'était arrivé quelque grand malheur.

Je jetai sur l'importun un de ces regards hargneux qui ne sollicitent pas une seconde interpellation. Mais en apercevant un jeune montagnard à la mine luronne et à l'œil intelligent, je fis un pas vers lui, résolu de lui donner le premier rôle dans la comédie que je venais d'échafauder pour rentrer dans mon bien.

— Oui, lui dis-je, je suis vivement affecté. J'ai perdu mon sac, et bien qu'il ne contienne aucune valeur importante, j'y tiens pour des raisons toutes personnelles. Or, l'honnête garçon de mon hôtel me l'ayant apporté sur le bateau, je crains fort d'être la dupe de quelque fripon. Et tenez ! avez-vous remarqué ce monsieur qui, deux minutes avant le départ, s'est esquivé comme l'éclair, avec un paquet sous le bras? J'ai de violents soupçons, car je connais l'homme. Auriez-vous le cœur à gagner 20 francs ?

— On y tâchera, Monsieur.

— Une fois débarqué, vous devrez revenir à Interlaken sans retard; et si ce personnage a quitté son hôtel, courez-lui sus! J'ajouterai vos frais de route à la récompense promise. Donc, retenez bien le nom et le signalement que voici.

— J'écoute...

Mais, dit-il, vous me parlez de deux hôtels, et vous ne savez même pas le numéro de sa chambre!

— De l'esprit! mon cher. Inventez des prétextes pour vous introduire. Faites des recherches, ouvrez, fouillez, furetez. J'augure à merveille de vos yeux malins.

— Bon, bon! L'entreprise est difficile, mais *j'ons* été à Paris, et vous aurez des nouvelles du sac à bandoulière, ou j'y perdrai ma réputation de fin matois.

Le lendemain, réussite complète! Mon héros revenait en triomphateur, et chargé de ses dépouilles opimes.

Je lui glissai 30 francs dans la main, en le priant de me donner quelques détails sur son expédition.

« Ah! Monsieur! s'écria-t-il, je ne sais plus le nombre de sacs, d'armoires et de malles que j'ai fouillés, sans encourir aucune semonce. Jamais de ma vie je n'avais vu tant de rubans, de franges et de fleurs, de chapeaux, de mantilles, de cols et de châles, de gants, de fichus, de manchettes et de bijoux. Armoires, sacs et malles — peine inutile. De guerre lasse, je me suis penché sous tous les lits. — Toujours même insuccès! — Ah! pour le coup, c'était violent. Mais je m'entêtai. « Je mettrai la main dessus, que je me dis, ou le diable sera fin ! » Bref, à huit heures je savais que le voleur se faisait appeler d'un faux nom à Interlaken, qu'il n'était pas dans le premier hôtel par vous indiqué, et enfin qu'il n'était point parti de voyageurs du second. « C'est bon ! dis-je à part moi, la pie est au nid, comme on dit *cheux nous*, et nous la dénicherons *ben !* »

» Je me postai donc négligemment près de la porte de l'hôtel, examinant avec attention tous les entrants et les sortants, pour appliquer sur la figure de l'un d'entre eux le signalement dont j'étais pourvu. Soit maladresse de ma part, soit absence du quidam, je perdis mon temps ; et certain désormais que nul ne pouvait plus quitter l'hôtel avant le lendemain six heures, je me fourrai dans mon lit, pour retremper dans le sommeil mon courage et mon flair, tous deux émoussés.

» J'étais sur pied dès cinq heures. Il pleuvait à verse. N'importe ! j'abordais bravement tous les voyageurs l'un après l'autre, me proposant pour guide, en dépit des satires qui tombaient dru sur mes épaules. Le déjeûner sonne enfin. Je me poste à l'entrée de la salle à manger. Dès que passait quiconque avait une binette à peu près analogue au signalement, je lui disais avec aplomb : — « Monsieur B. m'a prié de vous demander si vous n'auriez pas vu son sac à bandoulière, qu'il a eu le malheur d'égarer. » — « Que me chantes-tu là ? je ne connais ni l'un ni l'autre, » me répondait-on d'impatience. Je tiens ferme. Arrive enfin un méchant drôle, que je flaire cette fois avec une certaine espérance. Même question, même réponse. Cependant, comme je suivais de l'œil tous les mouvements de sa physionomie, je remarquai sur sa face un léger soubresaut et une certaine hésitation. — « C'est bien, me dis-je, compris! malgré ton flegme national. Tu sais que ta chambre est ouverte, et si tu l'osais, tu volerais bien vite la fermer. J'irai pour toi, mon bon! »

— Garçon, quelle chambre occupe ce monsieur, celui qui est assis sur la septième chaise, là à droite, entre ces deux antiquités?

— Le numéro...

— Merci. Il m'a recommandé d'aller porter ses bottes chez le cordonnier.

— Mais il part dans une heure!

— C'est justement. Ses bottes ont besoin d'une demi-douzaine de gros clous.

« Arrivé dans sa chambre, je fouille, je bouscule tout, mais infructueusement. O misère! une femme de chambre survient! J allais donc repartir sans le bissac, quand l'idée me vint de regarder entre la tête du lit et le mur. Une fière idée! car l'objet s'y trouvait suspendu. Je détalai sans souffler mot, toujours courant — et me voilà. »

Je remerciai derechef et fouillai mon sac. Quel ne fut pas mon étonnement de découvrir qu'une pierre ayant percé la première peau, le bijou s'était réfugié dans un angle invisible; qu'en outre le maladroit voleur avait retiré mon journal et mes brimborions, pour y substituer un roman et un portefeuille vide, où se trouvait son nom, doublement écrit : au crayon et à l'encre. Si par hasard ces lignes tombent sous les yeux de F..., je lui conseille de ne pas me redemander ces futiles objets; car, comme il y a des juges à Berne et un préfet à Interlaken, je pourrais leur donner quelques détails assez inquiétants sur certaines affaires des bords du Rhin, sur sa conduite envers « Monsieur l'ambassadeur, » et enfin sur las Torreadas, — lesquels suffiraient, je pense, pour le livrer à l'exécration des honnêtes gens, et aux griffes des gendarmes et des maîtres d'hôtel de trois ou quatre nations. Si je connaissais son adresse actuelle, je la transmettrais au journal anglais qui a dévoilé à l'Europe les nombreux méfaits de ce fripon.

Mon Gil Blas, qui s'en allait à Thun cette fois, nous accompagna jusqu'à Interlaken. Ayant, comme on dit, la langue bien pendue, il tint constamment le dé de la conversation, ce qui accommodait fort mon humeur rêveuse, et me laissait admirer çà et là le paysage, tout en lui prêtant une oreille distraite. De la pelote de sa verbeuse éloquence, je détache les trois récits qui suivent, comme trois épingles de similor. Si j'en exagère la valeur, on me fera grâce, à l'idée qu'en voyage l'esprit est indulgent et s'accommode à bon marché.

Donc, je piquai ma première épingle au revers de

mon habit, en face même des ruines du château de Schadenbourg — le théâtre de cette légende.

« Au XIIe siècle, Wolf de Ringgenberg, était un seigneur cruel et farouche. On l'appelait expressivement le loup-garou. Gigantesque de taille, la barbe très-longue et rousse, l'œil féroce et luisant derrière une broussaille de sourcils, il était toujours armé pour la chasse, toujours en campagne à martyriser ses vassaux.

» Un jour, sur la rive gauche du lac de Brienz, il rencontra un homme libre, du nom de Nicolas.

— Où demeures-tu? lui dit-il.

— Sur le bord du lac, car je suis pêcheur.

— Allons! file devant, je désire voir ta cahute.

» Cahute était le vrai mot. Mais jamais palais de roi ni de fée n'abrita plus jolie fille que cette cahute. Le nid ne faisait pas tort à l'oiseau : l'oiseau et la fleur doublent de prix, si on les rencontre d'aventure sur les flancs d'un abîme hostile à toute végétation.

» Wolf, ivre d'appétit, souhaita faire pour l'oiseau les frais d'une cage. Il mande donc au château le bonhomme et sa fille pour le troisième jour, sous prétexte d'importants travaux de pêche, qui devaient les enrichir. Nicolas eut bien des soupçons : mais comment résister — lui vilain — à si haut et si puissant seigneur?

— Que la volonté de Dieu soit faite! dit-il au jour indiqué, et il s'embarque avec son trésor sur un joli bateau. Il aborde au castel. Dans la cour, il trouve un valet fendant du bois, et lui demande poliment de l'annoncer à son maître.

— Annoncer des badauds fainéants comme vous ? J'ai bien d'autres chiens à fouetter !

» Et il se remet à enfoncer le coin dans la fente du hêtre.

— Triple sot ! répond le pêcheur en colère. Encore si tu avais la force de couper ton bois, drôle !

» Et lui prenant sa hache de vive force, il assène un tel coup, que le hêtre et le coin volent tous deux en éclat.

— Voilà ta besogne faite, lourdaud ! Va dire maintenant à ton maître que le pêcheur Nicolas s'est rendu à son appel, suivi de sa fille.

» Le valet s'incline, obséquieux et humble pour le coup, comme il avait été insolent et hautain tout à l'heure, et monte au galop l'escalier du tyran.

— Ce gredin va me perdre dans l'esprit du comte ! soupira le pêcheur.

» Le comte parut sur la tour, escorté du valet qui riait sous cape.

— Je l'avais prévu, dit encore Nicolas ; le temps est à l'orage.

— Approchez ! crie une voix sévère.

» Nicolas s'approche, sa fille sur ses talons.

» Au même instant, le seigneur bande son arc, y appuie une flèche homicide, et vise le pêcheur. Sa fille jette un cri, et d'instinct se précipite au-devant de son père, qu'elle couvre de sa poitrine. Noble victime ! La flèche siffle et s'enfonce dans son cœur. — « Lâcheté ! lâcheté ! » vocifère Nicolas, et les larmes débordent sur sa face. Il prend dans ses bras sa fille inanimée, la couvre de baisers ardents, et fuit vers le rivage. On dit qu'il la coucha lui-même dans la terre sainte sans proférer une parole, et qu'abandonnant sa chaumière, ses filets et sa barque, il disparut tout à coup.

» Les années s'écoulèrent, et le terrible Wolf, dont la férocité empirait avec l'âge, voulut bâtir une forteresse plus redoutable que la grosse tour de Ringgenberg. Les chars allaient et venaient remplis de pierres; les haches, les marteaux martelaient sans relâche l'écho des montagnes; les infortunés vassaux suaient toutes les larmes de leurs corps, pour édifier l'aire du vautour.

» Dans l'intervalle, certain jour, vint un vieillard, dont les cheveux et la barbe étaient blancs à l'égal de neige et remarquablement longs. Il se présenta comme architecte de Rome, détroussé sur sa route par une bande de voleurs. Le comte fut charmé de cette bonne fortune, car les architectes étaient rares dans le pays, — et celui-ci venait de Rome, la cité merveilleuse ! Il l'accueillit donc avec beaucoup de prévenance, lui fit inspecter ses travaux, lui demanda ses lumières. Le vieillard, pour sonder la solidité des murs, prit un énorme marteau de forge et frappa trois coups. Les murs résistèrent ; ils étaient à l'épreuve; le comte en parut satisfait.

— Et quel est le nom, dit enfin l'architecte, que votre seigneurie compte donner à cette redoutable forteresse?

— Schadenbourg (château malfaisant)! soit dit à qui veut le savoir! répondit le comte avec un ricanement diabolique.

» Les yeux du vieillard s'enflamment. Levant son marteau des deux mains, il le laisse retomber sur la tête de Wolf, en s'écriant : — Plutôt Fribourg (château libre)! à qui peut l'entendre!

» Le tyran mort, le vieillard salua les ouvriers, aussi heureux qu'éblouis de ce coup de maître, et disparut de nouveau pour jamais.

» C'était Nicolas! »

Voici ma seconde épingle :

« Dans la seconde moité du XVe siècle, la sœur d'un baronnet du château d'Unspunnen, que nous voyions du Höheweg au delà du Schlössli, allait prendre le voile au couvent de ce dernier village, que les papes ont bien fait de supprimer depuis longtemps, car on s'y occupait peu de religion. Notre héroïne, Elisabeth de Scharnachthal, avait une répugnance avérée pour le cloître : la vie mondaine lui souriait davantage. Mais, comme le frère convoitait sa fortune, il fallait bien se soumettre, bon gré, mal gré. Vous dire les torrents de larmes de la jeune fille, me paraît superflu. On les devine de reste, surtout à la pensée de ces moines dodus qui foulaient aux pieds sans vergogne leurs serments de chasteté, comme tout respect de religion, de vertu, d'honneur. On la traîna donc un beau jour à l'autel, pour consommer l'horrible sacrifice. Son frère n'avait osé paraître : le bourreau redoutait l'agonie de sa victime. Elisabeth, sommée de prononcer les vœux sacramentels, refuse d'abord, au grand scandale des assistants. On la circonvient, on la sermonne, on la prêche ; — elle va céder enfin, épuisée de luttes et de volonté, lorsqu'en se retournant, elle aperçoit un jeune paysan, taillé comme un Hercule, du nom de Thomas Güntschi, lequel fixait sur elle des yeux ardents, allumés par la compassion. Elle le regarde, et saisit deux larmes qui roulaient silencieuses le long de ses joues. Il s'approche sur un signe ; et pendant que les moines procédaient à l'appareil de cette lugubre fête : — « Tiens ! lui dit-elle, je suis riche et jolie ; voici ma main ; je t'offre mon amour, si tu as le cœur de m'arracher des ongles de ces moines que je hais ! »

» Thomas sourit d'orgueil et de bonheur. Il prend la pénitente dans ses bras d'acier, et l'emporte en courant, parmi les malédictions de toute la tribu des longues robes. Ces messieurs, désespérés de perdre leur proie, jetèrent feu et flamme, et refusèrent de bénir le mariage. On se passa de leur bénédiction ; et de ce couple intimement lié d'amour, sortirent de nouveaux seigneurs de Güntschi, dont le nom n'est pas encore éteint dans l'Oberland. »

Exhibons, pour finir, ma troisième épingle :

« On doit à saint Béat la fondation de l'église d'Einigen. Or, un jour de Pâques, l'an de grâce 110, que le pieux Achate, son *alter ego*, prêchait les fidèles, saint Béat vint pour l'entendre, et fut très-heureux de trouver un grand concours de peuple. Il s'assit sur un banc, à l'entrée de l'église, et ne tarda pas à s'apercevoir que tous les assistants, sous l'influence de la chaleur, dormaient béatement au beau milieu du prêche. Tout à coup le diable parut au pied de la chaire, et prit un siége sans façon. Puis tirant de sa poche une peau de bouc, avec une plume de corbeau, il plaça son pied droit sur le genou gauche, et se mit à écrire les noms des dormeurs, comme étant sa proie. Saint Béat était au désespoir. Interrompre le sermon pour réveiller les fidèles, c'était scandale et péché; — d'autre part, quelle douleur de laisser en paix Satan lier les gerbes de son infernale moisson !... Le hasard lui vint en aide, ou plutôt la cupidité ruina le diable lui-même. Et voici comme : La peau de bouc, qui lui servait de registre, étant trop petite pour le nombre des prétendus damnés, il essaya vainement de l'étirer de long en large, de droite et de gauche, pour en augmenter la surface. Irrité de son insuccès, il la saisit des dents, et tire en bas avec ses griffes de toutes ses forces. La peau se rompt violemment, et par contre-coup le diable va butter de ses cornes contre la chaire. Jugez du bruit ! Saint Béat partit d'un sonore éclat de rire, et les deux causes concourant au même but, les dormeurs se réveillèrent en sursaut, et d'instinct crièrent : « Amen ! Amen ! » Le prédicateur venait juste d'achever son oraison. Comme il n'y avait point impénitence finale, la damnation disparaissait *ipso facto*. D'ailleurs, l'acte déchiré n'était plus valable. Satan se retira, plein de dépit et de confusion. »

VII

UN GASCON D'AMÉRIQUE

Sur la Wengern Alp, l'auberge de la Yungfrau est située, comme on sait, dans une de ces positions uniques, qui excitent l'admiration de tous les touristes, — au centre de magnifiques pâturages, où il suffit du désir, pour que les bergers entonnent un joyeux ranz des vaches, pour que la vallée de Lauterbrunnen retentisse des sons de leur immense cor; — à une portée de fusil de la Yungfrau et du Moine, — et centre elle-même, pour ainsi dire, des géants les plus curieux des Alpes bernoises. C'est un site privilégié, — le paradis des yeux — je dirai même des oreilles; car outre le ranz des vaches, outre le cor, n'y a-t-il pas l'écho puissant qu'interpelle la voix du canon, (commandez, vous êtes servi!) écho qui se répercute plus d'une minute après par un roulement saccadé, dont les vibrations causent parfois la chute d'une forte avalanche. Spectacles des yeux, concerts de l'oreille, — tous ces enchantements nous furent accordés. Eh bien! le croirait-on? au lieu de se laisser émouvoir comme nous, notre gascon d'Amérique, Jonathan Mississipi, raillait nos joies, et s'escrimait d'estoc et de taille pour atténuer notre admiration. O Dieu! quel air et quel ton de suprême dédain! A la bonne heure, les États-*Iounis!* Il y avait tel pic, dont la flèche aiguë perçait le ciel... Un maître coup de canon le fit écrouler, comme aussi l'avalanche monstre qui depuis des siècles s'entassait sur ses flancs, — laquelle avalanche, si j'ai bonne mémoire, ne mit rien moins qu'un demi-jour pour atteindre le fond de la vallée, bien que la descente en fût *devilishly quick* (diaboliquement rapide). — Ah! s'écria-t-il enfin, las de gloser (nous de rire!), moi noin voulé plous paaler. Et entrant à l'auberge, où il n'y avait alors que la femme du sieur Zurflüe :

— Gaaçone apootez à moa un beefsteak de chamois et oun boutel de vin bonne.

L'hôtesse lui servit ce que je crus être un beefsteak de chèvre, comme on en consomme tant dans les Alpes, voire même dans les Pyrénées.

— *Jupiter!* s'écria-t-il, cela viande, il a bieng dépensé quatooze djours en la aubége.

— Mais c'est du chamois, Monsieur, et du bon! Il a été tué avant-hier, aussi vrai que je vous parle, et que voici la peau et les cornes.

— Ah! bieng, cela été oun prouve que les chamois, ils été soulement bonnes en le Amérique, et je *guess* (je suppose) le vin très-beaucoup-mal aussi.

— Monsieur, c'est du pur bourgogne, la fleur du pays. Goûtez seulement.

— Oh! vitement, prénez cette boutel, il été détestabel; apootez de ivoone, et je *reckon* (je calcule, pour j'espère) il être plous meilleur.

Meilleur ou non, Jonathan n'en prit qu'un demi-verre, et l'avala comme une médecine, avec quantité de grimaces. Puis, mécontent sans doute, il lança par la fenêtre la bouteille, qui vint rouler à nos pieds — sans-façon des Etats à esclaves, soit dit en passant.

— Eh bien! eh bien! s'exclama madame Zurflüe, mais ce vin?

— Oh! misérabel gaaçone! appootez à moa de sherry, et prénez gaarde, ou je broulai la vot' aubège, et couisai vos à le même temps.

— Monsieur, vint dire la pauvre femme à l'un de nos voisins, qu'est-ce que c'est que ce *chéré?*

— Dame! répondit-il, c'est un vin que vous n'avez pas; donnez-lui du kirsch à la place; çà lui ressemble énormément.

Toute confiante, madame Zurflüe fait son entrée

dans la salle, avec une bouteille de kirsch, et disparaît aussitôt, de peur d'un éclat.

Le Yankee fut peu satisfait apparemment, car nous le vîmes jeter 10 fr. sur la table, jurant comme un démon, puis enjamber la fenêtre, et courir vers l'hôtel du *Capricorne*, à Lauterbrunnen, où nous le rejoignîmes vers le soir.

Décidé à faire la connaissance de ce phénomène exotique, j'ouvris la fenêtre à côté de lui, et regardant vers la cascade du Staubbach : — « Magnifique! ravissant! » m'écriai-je de ce ton qui appelle la réplique.

— Côment! interrompit-il, vos trové cette filette de l'eau mag-nificente? Aloors, si vous voirez le cataracte de Naïagara?

— Sans doute! lui dis-je. C'est une de ces merveilles avec qui toute comparaison est téméraire. Mais il faut se contenter de ce que l'on a : premier principe de philosophie.

— Cela été véritabel, et bieng nécessaire en cette pays. Car nos avé mille pétites filettes de l'eau comme le Staubbach, mais non djamais regaadé à elles, parce que nos avé si tant beaucoup de grandes cataractes. Les lacs de Amérique non été pétits comme ce assiette, mais ils avé cinquante lieues en longueur et autant beaucoup en largeur. Et les montanes de le Suisse été rien près les montanes de les États-*Iounis*.

Vivat! la porte s'ouvre, et donne passage à notre ami Seymour, à Schleinitz et au guide Michel. Un salut cordial aux deux derniers, à l'autre une bonne poignée de mains — l'éloquence du cœur.

Et sur ce, à table, fêtons le retour de l'enfant prodigue !

— On dîne un peu pêle-mêle, ajoutai-je en me tournant vers l'Américain. Vous ne dédaignerez sans doute pas de nous tenir compagnie. Votre conversation est si pleine de plaisir et d'intérêt pour des gens qui n'ont vu, comme nous, qu'une minime fraction de notre minime Europe !

— Téné, cela été joustement que vos disez. La Europe été non beaucoup grande, car je avé veu teutes les montanes, teutes les lacs, teutes les capitales rivières, et je avé trové tout très-bieng pétit. Téné, si vos couperiez oun, deux, terois contrées grands comme le France de not' *glorious* America, sur mon parole et sacré honneur, elle serait non plous grande, non plous pétite.

Puis mordant une côtelette :

— O le détestabel viande ! Téné, en la cité of New York soulement, mangé du *beef*. En le continent, vos avé teujeurs de le vache... Gaaçone, apootez à nos oun boutel de tchampain.

— Garçon, m'écriai-je, pour ne pas rester en arrière, apportez-en deux.

Et tout aussitôt le Yankee :

— Gaaçone, apootez terois, apootez quateur botels de tchampain.

— Mais, Monsieur, y pensez-vous? quatre bouteilles de champagne, et nous ne sommes que cinq!

— Gaaçone, gaaçone, reprit Jonathan, rouge de vanité, apootez cinque pour la cômmencemente.

— Bien! me dit tout bas Henry, voilà ce qu'on gagne à se mêler avec ces abominables fanfarons. Vous lui devrez de la reconnaissance, sans compter que tous les voyageurs nous regardent d'un certain œil.

— Que voulez-vous, mon bon? C'est le cas de dire: « Le vin est tiré, il faut le boire. »

Et au Yankee:

— Vous êtes sans doute habitué à boire du champagne comme de l'eau, en Amérique? Il ne peut plus vous étourdir.

— Etoordir? Oh! moa avé été étoordi soulement oun fois. Je avé, *in the city of New York*, un cheval très-bien bonne; il été non comme les chevals de le continent; il allé fort-beaucoup rapide. Un djour, il fut oun très-grande tonnerre et très-plusieurs de éclairs. Oun de ces éclairs allé après mon cheval; mais celui-ci maarché si tant vite, si tant teurriblement vite, que le éclair non pouvé attraper lui. Tant soulement le électricité donné à moa oune grande mal à le tête, et je été étoordi. Mais plous djamais après, plous djamais! djamais!

Je constatai effectivement que mon gascon n'était pas sensible au vin de Champagne. Donc, comme sa verve menaçait de devenir intarissable, et qu'il se faisait monotone à la longue, je crus prudent de prendre congé de lui, ce que je fis avec mille démonstrations du plus profond respect pour l'homme que la foudre ne pouvait atteindre. Après quoi, j'allai gaîment dans ma cellule, pour y chercher le sommeil, car dix heures avaient sonné.

Le temps était sombre, la vallée paraissait engloutie sous une capote de nuages couleur de fer. Adieu mes beaux projets pour le lendemain! Mon sommeil fut lourd et labouré par le cauchemar. J'étais le jouet des cascades, lesquelles m'enserraient dans leurs remous violents, pour me précipiter, de chute en chute, jusqu'au fond du lac de Brienz. Le contact de l'eau me rendit à moi-même. J'ouvris les yeux, tout émerveillé de reconnaître ma cabine et mon lit, mais l'oreille encore pleine de l'épouvantable fracas des cascades. O surprise! tout ce tintamarre provenait de mes persiennes, que le vent battait avec rage contre le mur. Je vole à la fenêtre. Misère! il pleuvait à seaux. N'importe! j'encloue bravement les deux tapageuses, et me recouche grelottant, mouillé, comme miss Cécily. Encore, si j'eusse été quitte enfin! Mais, bah! les vents, vexés de perdre leur joujou, vont chercher querelle à certaine vaste croisée ouverte sur le corridor du premier étage. Jaloux d'échapper à tout prix au cauchemar des cascades, je grimpe au secours des volets méchamment querellés. Maître Eole se fâche tout rouge: tourbillons en gueule, il me soufflette impitoyablement, et tout en m'inondant de l'eau des gouttières, il soulève sans pudeur mon vêtement de nuit, pour en faire un drapeau, qui flotte jusqu'en dehors des fenêtres, Dieu sait sous quel baptême! Irrité de cette dernière impertinence, je tire le volet avec tant de force, l'effronté, vaincu, me le pousse avec une telle colère, que la maison s'en ébranle. Mais, ô frayeur! Quel est ce cri strident? Que vois-je? une femme!... Oui mortels, une femme! Elle dormait dans le corridor, je ne sais par quelle circonstance. Brusquement réveillée, la pauvre petite, avec effroi, m'avait pris, à mon costume, pour un fantôme. Se lever d'un bond, et enjamber l'escalier quatre à quatre, ce fut un éclair. N'eût été sa note aiguë, j'aurais cru moi-même à l'existence d'un loup-garou, et je vous décrirais aujourd'hui quelque infernale vision. Sans réfléchir, je me précipite sur ses pas, pour lui prêter aide au cas de syncope. Les cris se succèdent, violents, aigus, désespérés. Je reste cloué sur le sol, et le spectre s'évanouit enfin dans l'ombre.

Alors, sans préoccupation de la pluie dont je venais d'être inondé, je portai sur moi-même ce coup d'œil sommaire du soldat qui s'est pourléché sous le coup d'une revue, et je partis d'un franc éclat de rire. Ma personne se dessinait, dans un cercle de ténèbres, comme au ciel l'étoile du berger. J'étais littéralement

« dans le simple appareil
D'une beauté qu'on vient d'arracher au sommeil. »

J'avais dû faire à cette pauvre femme l'effet du spectre

de Banquo sur Macbeth, — au point de vue, s'entend, de la terreur, — car mon linceul, blanc comme neige, ne me donnait-il pas l'air d'un échappé des tombes?

Je regagnai mon lit; grelottant comme le vieux bonhomme Hiver, riant par saccades, d'un fou-rire inextinguible, où se noya le sommeil.

Le lendemain, quand je m'assis à la table d'hôte, je devins le point de mire de mille regards indiscrets des convives. Ma nocturne scène avait fait du bruit. On ricanait, on chuchotait, — j'étais mal à l'aise d'être la proie de leur malignité. Les épithètes même de don Juan et de Lovelace sonnèrent à mes oreilles comme un grelot diabolique. Je n'y tins plus : l'indignation, qui moussait déjà dans mon cœur, fit place à la gaîté sonore, — et le fou-rire, ce hoquet moral — inexpliqués tous deux — tourbillonna de nouveau sur mes lèvres, au grand ébahissement du public. C'était ridicule, je le sais; mais que voulez-vous? indécent, soit! Mon excuse est dans ce mot : j'étais passif! Le fou-rire ne serait-il pas l'ivresse des nerfs? Je fis un effort toutefois sur moi-même, résolu de me disculper dans une courte harangue. Frappant du pied pour demander le silence, je me lève, je redresse mon col, je tousse, ma voix s'étrangle à prononcer : « Mesdames et Messieurs! » — Je me trouble : que dire? par où débuter? par où conclure? Ma bouche reste benoîtement ouverte, sans que la moindre syllabe s'offre à sortir. On murmure; j'entends le cliquetis des couteaux et des fourchettes qui battent d'impatience. Alors j'éclate de plus belle : nouveau carillon de fou-rire, — sonnez, clairons! sonnez, timbales! — Et rouge comme un coq sous l'effort de mes convulsions, honteux de mon rôle, qui pouvait être celui d'un manant, je volai comme une flèche dans le salon, où sur un mauvais sofa, loin des yeux importuns, je pus me rouler à satiété. Si mon exorde fit long feu, j'amènerai du moins à terme la péroraison que voici : — Dieu vous garde du fou-rire!

VIII

OMBRES ET RAYONS

Je laissai à l'hôtel du *Capricorne* trois ou quatre compatriotes, décidément hostiles aux escarpements. Certains touristes, en effet, ont une singulière façon de voir la Suisse. Enthousiastes au départ, ils ne rêvent qu'aventures et miracles, projettent l'ascension de la Yungfrau et du mont Cervin, voient danser devant leurs yeux, comme des ombres fantastiques, et les glaciers sublimes, et les insondables précipices, et les ravissantes bergères, et les poétiques chalets. Puis, un fois sur le sol fédéral, s'éteint leur fièvre d'enthousiasme. En revanche, se rallume l'amour du pot-au-feu, de la table d'hôte, du confort bourgeois et sédentaire. N'était un peu de respect humain, vous les verriez se mettre en pension dans quelque helvétique cité, comme on le pratique aux environs de Paris pour prendre l'air de la campagne, oubliant qu'ils sont venus en chasseurs de merveilles. Ils se déplacent de çà, de là, par acquit de conscience, et où vont-ils ? De ville en ville, d'hôtel en hôtel, sur les routes nationales et poudreuses, chemins battus par tout le monde. Ils viennent ensuite se plaindre de l'encombrement des voyageurs, de la civilisation qui envahit tout, qui dépoétise tout, parce que la solitude est le premier thème de la poésie. O les inconséquents ! Ils cherchent la foule, et se plaignent d'elle. « A nous les cafés, les cigares et le boulevard de Gand ! » disent-ils *in petto*, fatigués bien vite du spectacle dont ils furent un jour avides. Et que voient-ils des merveilles suisses ? Rien, que superficiellement. C'est pour eux comme une coupe dont on se contenterait de mouiller ses lèvres ; — un livre dont on ne lirait que la préface ; — un drame que l'on prétendrait juger sur le prologue. Je l'ai dit : ils regardent de loin, sans plus d'enthousiasme ; ils fréquentent les routes carrossables, au lieu de violer la montagne depuis l'orteil jusqu'à la tête. Ce qui ne les empêche pas (esprit d'imitation toujours !) de mettre plusieurs dièzes à la clef de leur admiration, et d'accentuer vivement, aux oreilles de leurs auditeurs, ces emphatiques adjectifs : — « C'est grand ! c'est sublime ! c'est indescriptible ! » — Les plus honnêtes se contentent de dire : — « Sais-tu, mon bon, que c'est bien beau la Suisse! » mais du bout des dents, d'un ton paterne qui, chez autrui, n'émeut nulle conviction. Il faut dire cependant, pour être juste, que d'aucuns se fatiguent de la vie monotone des hôtels, et se risquent à une ascension quelconque. Mais quand ils s'aperçoivent que les ampoules croissent sur leurs pieds comme les truffes en Périgord, qu'il faut porter, sous les ardeurs du soleil, un sac, un gros bâton ferré qui fait leur gloire, ou un lourd parapluie dont ils rougissent, ces messieurs changent bientôt de système, et voitures de les voiturer encore, et mulets de les muleter. Comme dernier exploit, ils aborderont peut-être un glacier, peut-être la neige : puis tirez le rideau, la pièce est finie. On rentre. On conte ses faits d'armes à papa, à maman, à petite sœur, — et là-dessus, chorus d'exclamations. On les trouve trop aventureux. On pleure d'attendrissement au souvenir des dangers courus ; l'orgueil rit parfois à travers les larmes. C'est une jolie scène dont le héros triomphe : que ma critique ne ternisse pas ses lauriers!

Donc, le village de Mürren est le plus élevé du canton de Berne et même de toute l'Europe. Il est situé au milieu de gras pâturages, et se compose d'une quarantaine de pauvres chaumières, qu'habitent hommes et bestiaux pêle-mêle et par indivis. Suspendus toute leur vie sur l'épouvantable précipice qui les sépare de la Yungfrau, ces villageois sont incultes et ignorants du monde. Leur nourriture est aussi simple que possible : quelques choux, des pommes de terre, un *soupçon* de beurre dans l'éternelle soupe, du fromage de troisième qualité et du pain d'orge : une vraie frugalité d'anachorète. Je demandai à un jeune pâtre s'il n'avait jamais mangé de viande de boucherie. — « Oh! oui, me répondit-il, *une fois* à Lauterbrunnen, chez mon oncle, où j'ai goûté aussi du pain blanc. »

On y a bâti un hôtel en bois. Est-ce un progrès? Je crains, hélas! que la simplicité charmante ne tarde pas à déserter ce village, comme aussi l'enfantine curiosité des habitants, qui mettaient le nez à la fenêtre pour nous voir passer.

Le froid étant glacial, nous courûmes audit hôtel, où l'on nous fournit un excellent feu. Affamé, fatigué, résolu de ne plus sortir jusqu'au lendemain, je fis comme le lièvre de la Fontaine dans son gîte. Mais comme il n'est point de songe qui n'ait son terme, je passai du monde idéal au monde réel. « Où suis-je donc? Pourquoi ne pas prendre un état des lieux? » Et sitôt dit, sitôt fait.

L'hôtel est adossé au Schilthorn. La façade, dont nous occupons une fenêtre, ouvre sur une prairie. Cette prairie est en pente rapide, bornée par une ligne d'arbres rabougris, au delà desquels règne l'abîme. Au fond, tout au fond de cet abîme, serpente, invisible pour nous, la vallée de Lauterbrunnen, au-dessus de laquelle nous sommes étayés par un roc perpendiculaire. L'imagination battant de l'aile, on éprouve un malaise indéfini. « Ouf! si le Schilthorn s'avisait de rompre! Comme il broierait en poudre cette espèce d'île montueuse où flotte l'hôtel, notre arche de salut! Si le roc de la vallée, sur lequel nous perchons, avait le soudain caprice de fléchir! S'il nous prenait l'idée d'enjamber la fenêtre, comme nous irions rouler, pareils à des boules, de la prairie verte au fond du gouffre béant! » Toutes ces suppositions, que vous direz gratuites, ne naissent pas dans les plaines, mais bien sur le flanc des abîmes : ne seraient-elles pas les avant-coureurs du vertige? Le plus prudent est de les battre en brèche, quand elles abordent à fleur d'esprit. Je sifflai donc un air du pays, le malaise disparut par degrés; et portant mes regards devant moi, vers le ciel, j'aperçus, comme un cadre à mon horizon, les géants bernois étagés, pour ainsi dire, dans un amphithéâtre grandiose. On les reconnaît sans peine à leurs cimes diverses, blanchies sous les neiges comme sous une immense volée de cygnes. Voilà le Breithorn, des flancs duquel sort la cascade du Schmadribach, qu'au moyen d'une longue vue l'on voit bondir en courroux vers la vallée; voilà le Grosshorn, la glorieuse Yungfrau accoudée sur le Silberhorn, le Moine, le Faulhorn; et entre ces deux derniers, pour ne pas grossir notre liste, voici la Wengern Alp, avec ses deux jolies auberges et ses riants pâturages. Du front des neuf ou dix premières montagnes descendent autant de glaciers. Nous avons placé le décor : tentons maintenant d'esquisser le spectacle sublime qu'il nous fut donné de contempler de notre fenêtre, sans péril comme sans fatigue.

Le soleil qui se couchait loin, bien loin derrière nous, n'éclairait déjà plus la terre, mais il éclatait encore sur les neiges des colosses dressés en face de nos yeux, dont l'amphithéâtre, sous le pinceau de ses derniers rayons, offrait à l'œil trois bandes saisissables, bien qu'imparfaitement distinctes. La cime neigeuse semblait une mer d'argent; au-dessous régnait une bande horizontale de la couleur d'un gris sombre à la surface, espèce de rideau derrière lequel apparaissait çà et là comme une demi-teinte blanchâtre; la base enfin, bleuâtre à la superficie, tombait sans gradation dans une couleur de jais, qui ne permettait plus de distinguer ni la ligne de jonction des montagnes avec la vallée, ni plus haut la chute du Schmadribach. A nos pieds, comme devant nous, un océan de ténèbres : — l'effroi ! — Près du ciel, sur les crêtes, un océan de splendeurs : — la sérénité ! — O l'admirable écharpe tricolore ! blanche au sommet, gris-sombre au milieu, noire comme l'aile d'un corbeau dans la base : — quels contrastes !

Cependant l'obscurité montait peu à peu, le noir envahissait le gris; le gris à son tour azurait le blanc, prêt à le dominer; gradin par gradin, bande après bande, le panorama devenait sombre; et l'œil, inquiet de ces métamorphoses de couleurs, roulait une larme involontaire, qui semblait dire aux ténèbres : « Ah ! grâce ! grâce du moins pour les cimes ! » — O nouvelle merveille ! A mesure que l'ombre grandit, la coloration des sommets devient plus vive ; elle double d'éclat. Telle une lampe, au moment d'expirer. Soudain le blanc immaculé s'évanouit : succède un jaune paille, qui progressivement devient orangé vif. Les diverses nuances tour à tour s'éteignent, remplacées par une de ces couleurs que je croyais n'exister que dans les rêves ou dans l'empyrée, couleur indéfinissable, mais que j'appellerai rouge-aurore ou rose-aurore pour l'intelligence de cette esquisse. Ce fut un éblouissement : je crus le ciel ouvert ; et complétement détaché de moi-même comme de la terre, je n'attendais qu'un souffle pour dissiper les rideaux qui nous cachent le trône de la gloire, Jéhovah et ses anges, entourés des mille lumières étincelantes qui doivent répandre sur la cité de Dieu leurs flots d'ineffable splendeur. Nous étions plusieurs conviés à ce spectacle, et nul ne me contredira, si j'affirme que pas un mot, pas un cri ne sortit de nos lèvres, tant nous étions dans le ravissement de l'extase : l'on est sans voix devant ces merveilles.

J'ai plusieurs fois admiré le coucher du soleil sur les montagnes neigeuses des Alpes et des Pyrénées : chaque cime, de la plus basse à la plus haute, reproduisait successivement le même phénomène, avec cette unique différence que, plus le soleil atteignaît le faîte, plus le rouge-feu me semblait dominer. Mais ici la Yungfrau, qui était la maîtresse géante, ne me donna pas une seconde édition de ce coloris harmonieux. On eût dit que l'œil de l'homme ne devait jouir qu'une fois de cette vue sublime; et après avoir fréquemment contemplé le lever et le coucher du soleil sur les plus hautes cimes de nos montagnes, je dirai, en dépit des nombreux croyants à l'uniformité constante, que les couleurs varient selon les temps et selon les lieux, car jusque-là, rien de pareil au luxe de ces nuances n'avait émerveillé mes regards.

Cependant la décoloration devint rapide, d'où je conclus qu'un nuage avait dû, par degrés un peu brusques, voiler le soleil. L'obscurité se propagea; l'œil ne saisit plus que deux couleurs bien tranchées, deux bandes irrégulières et frangées, l'une d'un blanc sale (la neige), et l'autre, couleur de la nuit.

La déception me rendit à la terre. J'étais gourmand de ce spectacle, comme l'enfant de friandises, et désolé de ne pouvoir m'écrier: « Encore! encore! Encore et toujours! »

O festin des yeux, festin de l'âme, que n'êtes-vous éternels!...

Le lendemain, nous fîmes l'ascension du Schilthorn, que je ne décrirai point, parce que d'abord toutes les ascensions ont un peu la manie de se ressembler, ensuite parce que ce personage ne mérite pas les éloges qu'on lui prodigue. Je ne fus que médiocrement content de lui : et ce n'est pas que le temps ne nous fût très-favorable, car il n'y avait pas dans le ciel un seul nuage, et le froid était vraiment bénin. Sans doute, les Alpes bernoises nous environnaient à inégales distances : mais le Faulhorn n'est-il pas un piédestal plus heureusement situé pour les contempler, et n'avions-nous pas vu, de Mürren, l'incomparable amphithéâtre qui domine la vallée de Lauterbrunnen ?

Du sommet nous redescendîmes vers la Furgge, et j'eus le plaisir, dans la descente, de me livrer à un adorable exercice de gymnastique, grâce aux cailloux roulants dont abondent les flancs du Schilthorn. Liberté de faire des bonds comme un cabri ! L'élan charrie les cailloux qui fondent sous vos pieds, et l'on se retrouve toujours à dix pas plus loin que le premier saut. On peut de la sorte dévorer l'espace, sans aucun danger que pour les souliers et les guêtres. Oh ! sur les montagnes, loin des humains et de leur froide étiquette, comme on se sent vivre ! Le cœur déborde d'une si innocente joie ! Une dame me racontait naguère que le vénérable archevêque de Cantorbéry, l'un des hommes, dit-on, les plus religieusement sérieux de la Grande-Bretagne, faisant un jour dans la campagne une promenade contemplative, s'arrêta tout à coup devant une haie. Jetant un rapide regard autour de lui, et ne voyant personne, il recula de quatre ou cinq pas, et palpitant de bonheur, franchit la haie d'un bond. De l'autre côté, il se trouva en présence de notre jeune dame et de sa sœur.—« Ah! dit-il en rougissant un peu, je viens d'éprouver un moment de vrai plaisir, car je suis redevenu enfant l'espace de deux minutes. Mais, n'allez pas me trahir! car pensez, je suis archevêque — et si on le savait!... un archevêque qui fait des bonds dans les champs et une cabriole dans les prés!!! »

Nous eûmes également le plaisir de faire rencontre d'une demi-douzaine de chamois qui, loin de prendre la fuite tout d'abord, s'approchèrent de nous, avec une curiosité naïve et rare, que nous eûmes la sottise de vite effaroucher. Car nous voilà rapidement éparpillés en tirailleurs, autant que le permettait la modeste plate-forme, où la rencontre avait eu lieu. D'un côté les raides pentes du Tschingelhorn qu'ils refusent de gravir; un précipice de l'autre; — d'autre part un troupeau de moutons,—et la caravane est cernée pendant plus de cinq minutes. Nos guides, chasseurs habiles, n'avaient jamais vu de chamois d'aussi près. Aussi fallait-il voir leurs trépignements! Point de fusils! Michel s'en arrachait les cheveux. — « Mille pombes! s'écriait-il, ch'èn aurais toué deux au moins! quelle chournée! million de tiables! » — Le désespoir aidant, acculés et prêts d'être saisis, nos captifs firent un prodigieux écart, et de roc en roc escaladèrent les cimes. Nous regardions ébahis, et je vis poindre des larmes dans les yeux de l'un de nos chasseurs.

La Furggè est une entaille, entre le Schilt et le Tschingel, et ressemble à une fourche, — d'où son baptême. Elle conduit de la vallée de Seefinen à celle de Kien, dont le sommet offre un agrément extrême aux glisseurs qui peuvent, au moyen de leur art, franchir en quelques minutes une bonne demi-lieue. Michel fit l'office de guide-âne.

— Voici, dit-il. Fous abbuiez zur fot alpenstock; fous afez soin de vous paisser un beu zur ce gôté, fous boussez, et foilà!

Nous partîmes comme la foudre, mais M. Schleinitz eut un accident. Son bâton s'étant rompu, il trébucha pour arriver, en forme de paquet, sur le nez de Michel qui, placé devant et averti par un juron sonore, avait fait volte-face pour lui prêter main-forte. Le choc lui fit perdre pied, et tous deux roulèrent de culbute en culbute, de la façon du monde la plus comique. A destination, le guide bondit sur ses jarrets, et avec un regard plein de tendresse paternelle, demanda vite à son protégé, s'il n'y avait point de malheur à inscrire sur le carnet.

— Si! lui répondit Schleinitz, mettez : « Michel est un sot, car il achète de mauvais alpenstocks. »

Celui-ci n'osant répondre, esquissa un rire grimaçant, et me murmura dans l'oreille :

— N'est-ce bas qu'il clisse très-beaucoup-fort pien?

Vive la Kienthal! Quoi de plus joli que ses vertes pelouses, qu'enguirlandent à flots les roses des Alpes, si coquettes parmi leurs buissons? Je ne sais si la fatigue nous avait prédisposés à l'indulgence : mais le paysage nous parut plein d'attraits. En un clin d'œil nous eûmes fait une copieuse moisson de roses, et nous étions littéralement couturés de bouquets, splendides sous nos trophées comme les arbres en fleur, dont nous avions la verte séve, — et la chanson de la jeunesse sonnant dans nos cœurs sa bruyante fanfare. Quel pillage, pauvres rosiers! Notre butin, sans contredit, était assez riche pour enrubanner de guirlandes toutes les jolies filles de la Kienthal. Inutile peine, aucune n'apparut! Et comme une bande d'écoliers fatigués de leurs jeux, nous finîmes par nous coucher sur un tertre, prêts au sommeil, dans un court entr'acte de notre gaîté.

Cependant nous étions mouillés de sueur, la brise était fraîche, le sol légèrement humide; il n'était pas sain de dormir, je voulus faire violence au sommeil. Et je m'écriai, comme autrefois la foule sous les fenêtres de M. Galand :

— Michel, honnête Michel, vous qui contez si bien, contez-nous donc quelque histoire!

— Mais che n'en ai point un blein sac; ch'en ai déchà condé plus de drois touzaines.

Je fis briller à ses yeux une pièce de deux francs. L'argument fut victorieux, car Michel toussa à plusieurs reprises, comme doit le faire tout bon orateur qui respecte son public, — puis il nous débita, pour commencer, un page d'histoire naturelle. Elle a trait au griffon, que les Allemands appellent *lämmergeier*, littéralement « vautour des agneaux. » Comme tous les oiseaux de proie, le griffon a le vol puissant, le bec en forme de croc et armé d'une pointe aiguë, qu'il aiguise sur les rochers pour le rendre plus tranchant, les pieds robustes et garnis de serres fortement recourbées. Sa force égale son audace : ce tyran peut enlever à des hauteurs considérables les chiens, les lièvres, les agneaux, les jeunes chamois, et malheur à l'homme qui tenterait de lui enlever ses petits !

Michel nour raconta de ce personnage plusieurs méfaits tragiques, lesquels l'ont rendu odieusement populaire parmi les Alpes bernoises. Un jour entre autres, près du village de Mürren, il se jeta sur un jeune garçon, qu'il saisit bel et bien sous les yeux mêmes des parents. Ailleurs, il attaquait certain jour un gros mouton, lorsque le berger se précipita sur lui à coups de houlette. Le drôle, abandonnant sa première proie, fond sur le jeune pâtre, l'enlève à quelques centaines de mètres, puis le laisse retomber dans un précipice, où il va tout à l'aise dévorer le cadavre.

— Pas n'est besoin de dire, fis-je observer à mes compagnons, que ce n'est point un être mythique et seul de son espèce. Heureusement toutefois que les griffons deviennent de plus en plus rares. Ils ont cinq pieds de longueur, dix d'envergure; poids moyen, quinze livres. La chair en est coriace, les plumes serrées. Leur fière attitude dénote une volonté énergique et des instincts fortement trempés.

On suppose que le lämmergeier est le même oiseau que le Père à la Longue Barbe, mentionné par Bruce, dans son voyage en Abyssinie. Un jour, ce dernier, avec ses compagnons, se trouvait au sommet du Lamelloon. Les domestiques, non loin de leurs maîtres, prenaient quelques rafraîchissements, lorsqu'un de ces cruels voraces s'abattit au milieu d'eux. Un cri de terreur éveilla l'attention de M. Bruce, qui vit le Père à la Longue Barbe enfoncer très-résolument ses serres dans une casserole, où rissolait un quartier de chevreau. L'insolent voleur, trouvant la température de la viande trop élevée, retira ses griffes, et saisissant deux autres quartiers crus, il s'éleva dans les airs très-tranquillement, laissant aux voyageurs ébahis le morceau qu'il avait dédaigné.

Voici un autre conte de notre guide, dont je ne reproduirai également que la substance.

« Sur les rives du lac de Thun, où je suis allé pêcher si souvent, et que nous avions revu du sommet du Schilthorn, s'élevait jadis le puissant château des Strättlingen. A cette famille appartenait Rodolphe qui, selon quelques historiens, fonda le royaume de Bourgogne en 888. Il avait épousé la reine Berthe, célèbre dans les traditions populaires, comme la bienfaitrice des églises, comme la providence des pauvres. Il fut à son exemple pieux, plein de justice et de charité. — Un jour, Dieu faisant la liste de ses mérites, dit : « C'est assez pour Rodolphe, » et le prince mourut. A peine eut-il rendu le dernier souffle, que Satan parut au chevet de son lit, pour agripper l'âme du défunt. Mais saint Michel l'avait devancé.

— Je la veux! s'écria le diable.

— Attends! répondit l'archange. Je vais convertir mon épée en balance : que Dieu prononce!

» Ce disant, il mit dans un bassin l'âme de Rodolphe et ses bonnes œuvres, et dans l'autre ses mauvaises. Le premier bassin allait descendre, lorsque Satan, s'accrochant au second, obtint un parfait équilibre.

» Saint Michel stupéfait :

— C'est à refaire. Gageons que je m'y suis mal pris.

— Recommence!

» Cette nouvelle épreuve ne fut pas plus concluante.

— Mais pourtant, Rodolphe était un pieux roi! Il y a là-dessous quelque sortilége de l'enfer. Je veux essayer encore!

—Michel! Michel! dit le diable, ne médis pas de moi d'abord, et songe à ne pas me lanterner plus longtemps. Je t'accorde cette troisième épreuve, mais fais vite!

» Saint Michel, un peu décontenancé, se mit lui-même dans la balance à côté de Rodolphe, et il ne fut pas médiocrement surpris de voir encore l'équilibre se conserver. Il allait, bien à contre-cœur, s'avouer vaincu, lorsqu'en se retournant, il vit que le diable, d'ordinaire d'un teint rougeaud, était pour l'heure excessivement jaunâtre.

— Ah! méchant drôle! s'écria-t-il, ta pâleur te trahit. Hein, tu m'as trouvé lourd! Je comprends maintenant tes manigances...—Monte au ciel, Rodolphe! — Et toi, je te conseille de détaler vite, car ma balance a repris sa forme d'épée, et tu la connais!

» Satan, tout penaud, prit ses grègues à son cou, oubliant même de dire bonsoir, en dépit des plus simples rudiments de la civilité. »

IX

UN VRAI CHALET SUISSE

Notre sieste sur le tertre de la Kienthal durait toujours.

— Ah ! çà, voyons, les amis ! s'écrie Alison, partons-nous, ou voulez-vous coucher à la belle étoile? J'ai une vague idée qu'il ne fera pas chaud ce soir. Or, admirez-moi ces chalets, suspendus à mi-côte, devant vos yeux, comme des grappes sur une treille ! Je gage que nous y trouverons des lits, durs sans doute, mais propres, une charmante bergère pour nous donner un gigot de chamois, des côtelettes de mouton, d'excellent fromage, de la crême dé-li-ci-eu-se, et son sourire par-dessus le marché. Que vous faut-il encore, ô Sybarites?

La carte était respectable en effet, et ce cri : « Partons ! partons ! » saillit de toutes les bouches. Une demi-heure après, nous étions au hameau de Bundlagen. Il se compose de quatre ou cinq chalets, qui de loin font très-bonne mine. Mais, ô déception ! nous débouchons devant une énorme mare circulaire, qui est le réceptacle général de toutes les étables, où vivent, entassés avec les habitants, vaches, porcs et chèvres. Ceci est la place publique, autour de laquelle sont parqués les châlets, que notre imagination rêvait féeriques.

Un second cri s'éleva, tout unanime de notre part comme le premier : — « Route ! »

— Mais, y songez-vous ? s'empressèrent d'exclamer les guides. La nuit tombe. Force nous est de rester ici.

— Bah ! sommes-nous donc si loin de Kandersteg ?

— A six bonnes lieues.

— Ventre saint-gris !

— Eh bien mais ! six lieues, somme toute, ce n'est pas la mer à boire ! objecta Henry.

Et les guides :

— Non, — s'il ne fallait pas côtoyer, comme sur une corde raide, les précipices et les moraines.

J'allais proférer : « En avant ! » lorsqu'un coup d'œil jeté sur les trois jouvenceaux commis à ma garde, me remémora mon rôle de papa-prudence. Je fis donc chorus avec les guides.

Pendant ce colloque, Henry s'était détaché de la

bande, et avait escaladé la montagne, pour atteindre un chalet situé plus haut, d'où les exhalaisons de la mare fétide seraient du moins plus supportables. Quand il vit notre colonne en mouvement pour le rejoindre, il se dressa comme une statue sur une saillie de roc, et nous attendit en sifflant un air national, pour suppléer les clairons d'une armée en marche.

— Dieu ! que c'est spartiate, un chalet suisse ! soupira-t-il, quand nous fûmes près de lui.

— Sommes-nous donc condamnés au brouet noir de Lycurgue ? dis-je un peu décontenancé.

— Attendez un instant, s'écrie du milieu de la mare le retardataire Seymour. Je vais vous faire servir. Appelez : Garçon !

Une minute après, il revint nu-tête, son mouchoir noué devant lui comme une serviette d'office, et criant du ton conforme à son rôle :

— Voilà, voilà le garçon demandé ! Que puis-je vous servir, Messieurs ?

— Ohé ! servez chaud ! s'exclamèrent d'ensemble Henry et Robert.

Seymour réapparut, narquoisement rieur, escorté d'une espèce de bouvier, qui traînait une table, je devrais dire un bloc d'arbre informe, mesurant un pied d'épaissseur et deux de circonférence.

— Traîne, traîne toujours, lui disait Seymour, plus loin, plus loin ; — jusqu'au ruisseau, mon brave !

Et se tournant vers nous :

— Ni nappe, ni serviettes : une lessive donc à la table, et d'importance !

— Mais, repris-je, y a-t-il au moins des siéges ?

— Oh ! que oui ! et d'un genre neuf. Figurez-vous un électrophore voltaïque renversé, c'est-à-dire un disque de bois, assis sur un soliveau qui est armé, par le bout, d'une pointe en fer comme l'alpenstock.

Il se fit apporter un de ces électrophores.

— Pour se servir de ce meuble, dit-il, on prend le disque avec ses deux mains ; on fixe énergiquement dans le sol le fer de la jambe, et l'on a de cette manière un siége immobile. Si au contraire, vous enfoncez l'ancre d'un bras faible, le disque se balance dans toutes les directions, comme une girouette au soufle du vent, et gare les chutes ! Mais soyez sans peur, il n'y a péril que pour quiconque n'en a pas pris l'habitude depuis l'extrême enfance.

Un léger sourire naquit à fleur de peau sur tous les visages.

— Mais y a-t-il au moins des cuillers, des couteaux, des fourchettes ?

— Connais pas !

Le sourire tournait à la moue.

— Et finalement, que peut-on manger et boire dans ces sordides cahutes ?

— Voici le menu : du fromage *maigre*, du pain de deux mois, du lait, — puis du lait, — puis encore du lait.

A la moue succédèrent les signes les plus visibles du désappointement.

Ce fut encore moi qui pris langue le premier :

— Eh bien donc, mon cher Seymour, mettez-moi tous les chaletiers en branle, et qu'on nous serve de suite, car nous sommes des loups affamés.

Ce fut bientôt fait, à vrai dire.

La table, dont j'ai parlé tout à l'heure, roula de nouveau jusqu'à nos pieds : immergée dans l'eau du ruisseau, nettoyée, brossée, grattée, pomponnée, on lui mit triomphalement sur le dos une miche de méchant pain, en compagnie d'un pot de méchant lait, tout émaillé de poils, de fétus et de fumier, en compagnie d'un fromage sale et détestable, par la raison toute simple que les chaletiers ne mangent que ce qu'ils ne peuvent pas vendre.

— Michel ! m'écriai-je, prenez-moi ce pot que tout le monde respecte, allez verser le contenu dans la chaudière, faites-lui subir ensuite la salutaire lessive qu'a reçue la table, et tâchez enfin de nous trouver du lait qui soit acceptable.

Pendant cette courte improvisation, l'électrophore d'Henry chancela, et s'agitant dans tous les sens sous ses efforts équilibristes, évolua si bien, que notre ami et son siége roulèrent ensemble dans le ruisseau, sur les bords duquel nous étions attablés.

Le lait de Michel fut à peu près potable. Nous lui fîmes néanmoins la grimace, parce que le dégoût antérieur avait momentanément fait taire l'appétit. Notre dîner, comme on voit, ne devait pas tourner à l'indigestion.

Essayons maintenant de décrire le chalet-hôtel, qui nous devait héberger jusqu'au lendemain.

Et d'abord, la porte en est tellement basse, qu'il faut, pour entrer, dessiner avec le corps un angle de cinquante degrés environ. Le sol, à l'intérieur, n'est pas seulement raboteux, mais il est hérissé de bosses comme un dromadaire, desquelles les intervalles sont comblés par des lacs de lait aigre, dont le bouquet n'est rien moins que suave à l'odorat. Les murs se composent de moellons irrégulièrement superposés, dont les interstices livrent à la bise un passage trop gratuit. Les toits sont percés à jour, si bien qu'on voit au travers le soleil tour à tour et les étoiles, quand toutefois ces demoiselles brillent, ce qui leur plaît rarement au hameau de Bundlagen. Le mobilier demandera pour l'inventaire peu de frais de vacations. C'est une immense chaudière qui occupe le tiers de la hutte, et qui est suspendue sur l'âtre, au moyen d'une crémaillère de bois. C'est une auge mi-remplie d'un liquide grisâtre, auquel boudent les porcs. Ce sont enfin trois siéges à disque, qui gisent cul par-dessus tête. Le foyer peut admettre deux personnes, trois si l'on se met à la presse. La cheminée consiste en un énorme trou dans le toit. Or, par cette ouverture, comme par toutes les autres déjà signalées, comme encore par la porte du logis, qui ne se ferme jamais, le chalet devient le quartier général de tous les vents qui descendent des glaciers du Dundengrat, du Tschingel et du Schilthorn. Qui prend place au feu monstre, servi dans l'âtre pour la chaudière, a l'enfer devant lui, la Sibérie derrière ; et pour se maintenir à un degré convenable de chaleur, il lui faut sans cesse exécuter, sur son électrophore, un mouvement rapide de rotation. Quant aux autres, ils gèlent tout simplement sur place.

Mais comment passer la nuit ?

Les guides, touchés de compassion, nous trouvèrent deux bottes de regain qu'ils étendirent, en guise de matelas, dans ce qu'on appelle, au pays de Bundlagen, une grange. C'était un grenier, long de dix pieds sur six de large, bâti de mauvaises planches, qui branlaient au moindre souffle, comme des dents déchaussées. Au-dessous barbotaient une vingtaine de porcs. Le long des parois, à titre de fenêtres, des échancrures multiformes, que les vitres n'avaient jamais déshonorées.

Schleinitz, Alison et Henry se décidèrent, en désespoir de cause, à profiter des deux bottes de regain. Quant à Seymour, il avait découvert, je ne sais où, quelque semblant de lit, — des chiffons, du foin, des insectes *homivores* — le tout recouvert d'un drap, et il s'en était emparé, sans souffler mot.

Moi, resté seul auprès du fromager, que pouvais-je

faire ? — Apprendre à fabriquer le fromage : d'où résulta le dialogue suivant, entre votre serviteur et mon compagnon de hasard.

— Quel est en moyenne le produit d'une vache ?

— L'*alpfahrt* est de vingt-cinq livres de lait par jour, et la reine des vaches de notre *montagne* produit bien davantage, sinon elle perdrait le privilége de mener la colonne, d'être traite la première, de porter un illustre nom et d'être armée de la plus grosse cloche.

— J'imagine que toutes ces distinctions la flattent médiocrement ?

— Erreur ! Monsieur. Car je puis vous certifier qu'elle est joliment orgueilleuse de son rang, et que si quelque rivale conquiert sur elle la prédominance, cette reine détrônée en est comme toute sotte pendant plus de huit jours. Vous savez sans doute que chaque vache, étant une citoyenne d'importance, a un nom particulier : c'est d'ailleurs plus commode pour le vacher, pour le propriétaire, pour ces dames elles-mêmes, et aussi pour le fruitier, qui doit convertir le lait en beurre et en fromage.

— Passons, s'il vous plaît, à la fabrication d'icelui.

— Donc, on verse le lait dans cette chaudière suspendue sur l'âtre. Une fois reconquise la température qu'il avait au sortir du pis de la vache, vingt-cinq degrés environ, on y ajoute la *présure*. C'est une liqueur âcre et puante, qu'on obtient en faisant tremper une caillette de veau sèche dans une lotion d'eau, mixturée de divers ingrédients, comme le poivre et le sel.

— Et après ?

— Sous l'influence de la présure, la partie caséeuse se sépare du petit-lait. La coagulation se forme. On l'agite alors au moyen d'un tampon, qu'on fait rapidement tourner. Au tampon succède un sabre de bois, pour réduire en pulpe ou bouillie cette masse quasi-solide. Après quoi, on remet la chaudière sur le feu, jusqu'à ce que le contenu possède environ trente degrés de chaleur.

— Ah ! voyons votre thermomètre ?

— Bah ! quel luxe ! Et la main du fromager donc ?

— Prend-il la peine au moins de la laver ?

— Oui, peut-être, à la fin de la saison.

— Merci ! Si petites lèvres savaient !...

— Or, il la plonge jusqu'au fond de la chaudière, et quand il la retire, c'est que la pulpe a, bel et bien, ses trente degrés. Et je vous prie de croire qu'il ne doit pas avoir la berlue, car c'est une question capitale. La bouillie, ou si vous aimez mieux, la *schluck*, trop ou trop peu cuite, donnerait un fromage détestable. Faut vous dire que, quoique la chaudière ne soit plus sur le feu, le sabre de bois continue ses évolutions rotatoires jusqu'à ce que le fond soit refroidi, ce qui se juge encore à la main. Le fromage, en se refroidissant, se dépose au fond peu à peu, d'où on le retire au moyen d'un linge, que l'on fait rouler dessous avec une baguette. Puis on le jette dans le moule ou *jarb*, cerceau élastique de quatre pouces de hauteur environ, et qui peut se resserrer à mesure que le fromage se dessèche. Une fois dense, on le porte dans le *magasin*, où on le sale des deux côtés, deux fois par jour, pendant six semaines.

— C'est très-bien. Puis, la préparation terminée ?

— Surviennent alors les divers propriétaires, qui se partagent le produit de la montagne, qu'on transporte dans la vallée sur une espèce de crochet — le *tragráf*. Ils se réunissent ensuite dans un cabaret, où les employés de ces messieurs vont recevoir leur salaire.

— Oh ! à coup sûr, il y a là l'occasion de quelque royale fête ?

— Mais certainement, et c'est le fromage qui en fait les frais. On le mange rôti, par gourmandise.

— Et quel est le mode de rôtisserie ?

— Oh ! simple comme bonjour. Vous prenez une tranche de fromage, vous la piquez au bout d'une longue fourchette à deux dents, et les deux faces successivement rissolées au feu d'un brasier rouge, vous faites une tartine, et allez !

— Bon ! Mais ce fromage grillé est-il sain ?

— Non-seulement sain, mais encore excellent. Il n'a qu'un défaut : c'est de provoquer une soif d'enfer — d'où résulte une orgie, car il faut des flots de vin pour l'éteindre.

Soudain notre conversation fut coupée par un vacarme affreux, à travers lequel éclataient, comme une succession de pétards, ces diverses vociférations : — Monsieur !... — Mille bombes ! — Quel enfer ! — O l'abomination ! — Mort aux rats ! — Prrrr ! le hideux supplice ! — Monsieur ! Monsieur ! !... — Et mes dormeurs accoururent clopin-clopant, à inégales distances, comme à la poursuite du Romain les Curiaces.

Alison surgit le premier.

— Parlez ! parlez ! je vous en conjure, m'écriai-je. Serait-il arrivé quelque malheur ? Vos cris m'ont glacé d'épouvante.

— Ah ! l'affreux chalet suisse ! hurla-t-il.

— Connu, ressassé. Mais après ?

— Après — après — c'est qu'à peine allongés sur les deux bottes de regain, maître Schleinitz me dit : Regardez ! — Je lève les yeux, et que vois-je ? sur la poutre du toit, à deux pieds au-dessus de nos têtes, un rat monstre, qui se promène avec des airs de dandy, puis deux, puis trois, puis tout un régiment ! Je veux bondir. — Ne bougez pas ! fait Schleinitz. Espérons qu'ils franchissent l'équateur pour aller en maraude hors de céans, et nous serions bien sots de les effaroucher dans leurs projets de conquête. Restons cois. — C'est aisé, lui dis-je... Mais le démon s'en mêle, et les voilà qui se disputent à propos de bottes. On s'échauffe, et les dents de jouer ! Ce fut un combat homérique, auquel la musique même ne fit pas défaut, car les enragés nous écorchaient les oreilles de leurs notes aiguës. Bref, vaincus et vainqueurs, pêle-mêle tombent — ô l'horrible ! — et nous sentons sur tous nos membres leurs corps velus... — Bo-ouf ! Bo-ouf ! ce fut un *tolle* général. Sans compter que le plus dodu se faufile dans ma poitrine, entre chemise et chair — aouf ! — contact immonde ! — Désespéré, je le saisis ardemment par la queue, et le lance au hasard, — sur la figure du bon Schleinitz, tout prêt à me pâmer de dégoût. Ouf ! — O les horribles bêtes ! — les hideux attouchements ! — le misérable chalet !

— Bien ! bien ! fis-je en riant ; félicitez-vous, compagnons, d'en être quittes à si bon marché. Ceci me rappelle que des rats, dans les Pyrénées, se ruant sur le dos d'une pauvre vache, y creusèrent d'abord un large trou, et finirent net par la manger vive, en dépit de toutes ses rebuffades. Ces messieurs ont le nez pointu : qui s'y frotte, s'y pique !

— Place ! place à l'âtre ! fit Schleinitz, qui arrivait à son tour, pâle comme un mort.

— Herr, lui dis-je, quand il n'y a place que pour deux, il n'y en a pas pour cinq, — et je propose un prix pour l'invention d'un calorifère.

— A moi le prix ! s'écria gaîment Heury, qui retournait d'une excursion nocturne.

Et tous en chœur :

— Vive ! vive le nouveau Christophe Colomb !

— Patience ! patience ! fis-je alors. Je ne donne mes

prix qu'à bon escient. Quels sont vos titres à y prétendre ?

— Les voici : la ville de Bundlagen...

— Silence avec tès villes, ô Anglo-Saxon, dit une voix.

— La liberté de la parole! Je disais donc, moi, Henry de Northumberland, fils légitime de père et mère, tous deux ornés, comme leur fils, du vieux nom de Northumberland...

— Tiens ! interrompit Alison, mais, il est éloquent.

— A bas les interrupteurs !

— A l'ordre ! à l'ordre !

— Avocat, passez au déluge !...

Ce fut un instant de tempête. Violemment chassé, le sommeil avait créé une agitation fébrile, qui voulait se répandre au dehors. J'intervins utilement, et l'orateur put renouer le fil de de son discours.

— J'ai découvert, poursuivit-il, comment dirai-je? un hôtel? — mieux — un château? — mieux encore — un palais ! d'une magnificence inouïe. Croirait-on que notre mentor ne nous a conduits ici, dans cette auge à pourceaux, que par une sordide économie? Or, dans le susdit palais, les femmes nous offrent leurs lits, les hommes un banc de chêne, — devant un bon feu, couronné d'un excellent moka.

« — Mon Dieu ! qu'avec esprit ces choses-là sont dites !»
Le *couronné* surtout réunit cent mérites.

— Henry, lui dis-je du ton d'un homme qui traite

une tête malade, faites-moi le plaisir d'aller vous promener un instant près des glaciers; vous y retrouverez, j'espère, votre esprit qui bat la campagne.

— Mais, insista-t-il, *sur mon pa-ôle et sacré hôneu*, je vous certifie de nouveau ma découverte. (Tonnerre d'applaudissements.)

— Voyons donc. Je veux perdre ma place; mais si vous me jouez un tour, je vous jette dans la chaudière; prenez garde!

— Route donc, saint Thomas! et vous me demanderez pardon de vos doutes injurieux.

Il nous conduisit en effet à une hutte un peu moins misérable. Des lits, chimère! Un simple banc. Il était sale, très-sale, mais nous savions le remède. Autre avantage immense, il n'y avait devant l'âtre ni auge ni chaudière.

Donc, j'appelai le gamin du chalet. Et je lui dis: « Verse-moi sur ce banc trois marmites d'eau chaude, gratte avec ton couteau, puis même baptême d'eau froide sur le grattage. » Ainsi dit, ainsi fait. Sur quoi, mon drôle prit sa veste pour sécher le meuble à la force du poignet, et nous eûmes un banc assez propre, mais à trois jambes seulement. La quatrième fut vite improvisée. Nous entassons alors dans l'âtre une dizaine de bûches, qui flambent à souhait, et notre ami Schleinitz est promu, tout d'une voix, au grade glorieux de cuisinier-chef.

Je ne tardai pas à lui voir l'air tout penaud, car il

s'était aperçu que le moka possédait toutes les odeurs imaginables, sauf l'odeur du café. N'importe ! l'eau vint à ébullition, et il y précipita courageusement la précieuse poudre. Ceci fait, et se tournant vers l'hôtelier :

— Dites donc, brave homme, vous avez bien quelques morceaux de sucre?

— De..... ? s'écria le montagnard.

— De sucre. Vous savez, cette pierre blanche qu'on met dans le café, pour en corriger l'amertume.

— Une pierre ! Ma foi ! je ne connais pas çà. Mais, du reste, ne craignez rien, ce café est excellent de goût et d'arome.

— Michel ! Michel ! vociféra tout le monde.

L'honnête guide dormait sur les deux bottes de regain.

— Attendez ! dis-je à Schleinitz. Notre premier chaletier m'a fait la mine d'être plus sot encore, mais je crois savoir assez d'allemand pour lui faire comprendre ce que nous appelons du sucre.

Je traversai donc une nouvelle fois la mare qui sert de place publique, et accostant mon homme :

— Avez-vous du sucre ? lui dis-je en allemand.

— Hein? hein? interrogea-t-il.

— *Haben sie kein zucker?*

— Zic-ke-rei ?

— Nein, zucker.

— Zic-ke-rei ?

— Ah ! m'écriai-je, hors de mes gonds, venez avec moi... Tenez, Schleinitz, voilà une tête forte apparemment, car je n'en peux rien tirer.

Schleinitz employa tout son talent pour lui faire comprendre que nous avions besoin de *zucker*, mais notre homme répondit invariablement, par le mot *zickerei*, prononcé sur le même on que m'n â-mi, m'n â-mi Nî-gau-di-nos dans le *Pied de Mouton*, et suivi d'un point interrogatif des plus agaçants.

— Allons ! je vois que c'est peine inutile. Appelez Michel, bonhomme, ou dites-lui de vous remettre les quatre morceaux de sucre qui restent dans son sac.

— Zic-ke-rei ?

— Oui, oui, partez vite !

Le montagnard disparut avec la lenteur de l'escargot, en marmottant tout bas : zic-ke-rei, zic-ke-rei.

Je le suivis à distance, pour faire la commission, s'il en était incapable.

— Mî-chel, s'écria-t-il, Mî-chel, vous dor-mez ?

— Non ! mille fois non, je fais la guerre aux rats.

— Ces mes-sieurs de-man-dent du zic-ke-rei..

— Qu'est-ce que tu me chantes là, gros rustaud ?

— Eh oui, du zic-ke-rei.

— Qu'une avalanche t'emporte, toi, les rats et ton zickerei ! Que veux-tu dire, maroufle ? Parle, ou je t'assomme ; je n'ai jamais été de si mauvaise humeur.

— Mais oui, du zic-ke-rei, mon a-mi.

— Misérable ! je vais t'écorcher tout vif avec ton

8,

zic-ke-rei. Dis-moi, que font-ils? Ah! la colère me fait mousser; gare à toi, vieux mastok! Que font-ils ces grands niais à guêtres rousses et à voiles verts?

— Hein, me dis-je, il est poli, ce digne Michel.

— Ils font du ca-fé, et veu-lent du zic-ke-rei.

— Ah! je devine, ils veulent du zucker, grand imbécile. C'est bien, dis-leur qu'il y en a à Genève, à Paris et même à Berlin... Mais attends, je pense qu'il y en a aussi quatre morceaux dans mon sac... Tiens, les voilà; et va te faire pendre, toi d'abord, ta femme ensuite, et tous ces dindons avec!

— Pauvre Michel! me dis-je, les rats le rendent ingrat et farouche.

Le café, comme on le pense bien, fut détestable et nous donna de l'humeur. Découragés, fatigués, brisés, nous voulûmes dormir, assis sur le banc et appuyés du dos contre les planches, qui nous séparaient mal du dortoir de messires les cochons et de mesdames les chèvres. Mais allez dormir! quand les premiers sont dans une guerre civile permanente, et que le clairon du combat sonne constamment la charge! Allez dormir! quand les secondes carillonnent comme des folles de leurs clochettes, et se mettent à manger vos cheveux sans pudeur, dès qu'ils passent entre les intervalles et les fissures des planches!

Le lendemain, dès l'aube, nous partons pour Kandersteg, après avoir payé doubles frais d'hôtel; ce qui ne contribue pas à mitiger nos désagréments des chalets de la Kienthal. Nous voilà bientôt sur les flancs escarpés du Dundengrat, dont l'ascension est toujours pénible. Or, ajoutez que le temps est affreux, et la neige tellement molle, qu'à chaque pas nous enfonçons jusqu'aux genoux, souvent même jusqu'à la ceinture. Le pied qui se lève, retombe lourdement dans un gouffre de neige; et à notre marche dégingandée, l'on nous prendrait pour une caravane de boiteux. Le malheureux Seymour traîne la jambe: c'est en vain qu'il a demandé secours à son dernier verre de kirsch, et protection, contre l'éclat de neige, à ses immenses lunettes vertes. Il nous suit à grand'peine, grognant sur notre passion des montagnes, et serinant invariablement le même air, comme un vieil orgue de Barbarie. Nous étions déjà depuis longtemps au sommet, que le pauvre serineur pataugeait encore d'une flaque de neige à l'autre. Nous le regardions avec des rires peu charitables... *Subitò*, dans une cavité plus profonde, il disparaît jusqu'au cou. Vous pensez si notre hilarité va croissant!

— Courage, Seymour, courage! lui crions-nous à tue-tête.

Son buste seul pointe au dehors; il est rouge comme un coquelicot, — rien de plus grotesque. Et sa langue se meut avec une volubilité... Quelle verve! Ecoutez:

« O la sottise d'escalader ainsi toutes les cimes, tous les glaciers, de barboter dans toutes les neiges, et de marcher en équilibre sur tous les gouffres! — Si vous alliez encore d'un train raisonnable! car je n'ai pas des jambes de fer comme vous, ni des orteils d'acier! — Aussi quel niais de me trouver ici, courant à vos trousses comme un roquet éclopé! Ah! certes, le plus grand animal de la création c'est bien l'homme! c'est moi!... »

A cette boutade, le rire nous tord dans ses évolutions rapides, — si bien qu'Alison, pâmé, trébuche, glisse, et de glissade en culbute, va rouler sur Seymour. Celui-ci, pour sauver ses lunettes, fait une révérence, et laisse passer au vol son compagnon qui, en roulant sur sa tête comme l'ouragan, lui enlève son chapeau. L'enterré éclate à son tour, fait un effort, se retourne pour suivre de l'œil les sauts du cabri, et d'un ton doublement persifleur :

— Courage, Alison, courage!

Cependant, avec la gaîté revient l'énergie; tous deux nous rejoignent au bout d'une demi-heure, et nous parvenons sans autre incident à Kandersteg, où mes amis dormirent dix-huit heures... d'un premier sommeil.

X

BAIGNEURS ET BAIGNEUSES

Le col de la Gemmi offre un merveilleux spectacle, — moins par la présence du mont Rose, du Mischabel, du Cervin, du Weisshorn, qui dressent, dans le panorama, leurs têtes superbes, — moins par la perspective de la vallée du Rhône, qui fuit dans le lointain comme un serpent aux squalides écailles, — que par la vue du magnifique ravin de la Dala, s'épanouissant à vos pieds avec ses tortilles effrayantes, ravin digne, à quelques égards, d'un parallèle avec la Via Mala, et à mi-profondeur duquel rampe le pittoresque village de Louèche-les-Bains. On y descend, du sommet de la Gemmi, par un sentier long de onze mille pieds, taillé en zigzag dans la paroi verticale du roc,

Sur le col en question, nous fîmes rencontre d'un gentilhomme allemand, qui accompagnait sa femme et sa sœur — trio misanthropique, auprès duquel restèrent infructueuses toutes nos tentatives de rompre la glace et d'entrer en colloque, comme on le pratique si souvent en voyage, par des interpellations indirectes. Quand il s'agit de descendre à Louèche, monsieur jugea prudent que la caravane suivît les mulets, vu l'impossibilité de se prélasser pompeusement sur leur dos. Mais ni madame ni mademoiselle n'entendaient de cette oreille. Sur un mulet, on peut fermer les yeux, et abdiquer son libre arbitre, indispensable au piéton. Or la route, je l'ai déjà dit, est hissée sur un précipice horrible, protégée à peine, çà et là, par des garde-fous pourris. Si monsieur craignait les faux pas des montures, mesdames redoutaient le vertige apparemment. Elles s'accroupirent donc à la naissance du sentier, et cachant leurs jolis minois dans quatre mains mignonnes, elles proférèrent, d'une voix qui faisait la moue : « Non, non, non, c'est impossible ! » Je regardai curieusement cette scène. Le gentilhomme opiniâtre proposa de donner le bras à sa femme, et de faire conduire sa sœur par le guide. Acceptation de la première, refus de la seconde. Il prend alors sa femme, la conduit une vingtaine de pas et lui dit : « Reste là, mon amour; je vais chercher Hermine. » L'*amour* se voila les yeux derechef, et s'assit en s'adossant fortement au roc, de peur de tomber dans le gouffre, pendant que le frère venait prendre sa sœur, déjà demi-morte d'effroi. Il la traîna jusqu'à sa femme, qu'il reprit pour faire un nouveau parcours de trente pas. Je me dis alors : « Evidemment ils n'arriveront à Louèche que demain matin, si je ne me fais le cavalier de la sœur. Puissent les dieux m'être favorables ! « Et l'abordant : — « Mademoiselle, permettez-moi de vous offrir le bras. Je connais assez bien ce passage, pour l'avoir traversé plusieurs fois dans les deux sens, et je vous certifie qu'il est sans danger. »

« — Non, non, merci, Monsieur ! » se récria la belle *fraülein* avec des airs de pudeur effarouchée.

J'allai droit au frère, pour lui proposer mes services : ses supplications et les miennes demeurèrent stériles auprès des deux pimbêches.

— Bon voyage donc ! m'écriai-je, et je descendis précipitamment, rouge un peu du dépit de mon insuccès.

On m'avait débité tant de merveilles sur les piscines de Louèche, qu'aussitôt arrivé à l'hôtel des Alpes, je pris des informations sur ces eaux miraculeuses, qui guérissent toutes les maladies, voire celles imaginaires. J'appris qu'il faut se garder de confondre les bains des *Messieurs* et des *Gentilshommes*, avec les bains des *Lépreux* et des *Pauvres*. On me fit surtout admirer la source du Goldbrünlein, qui a l'extraordinaire vertu de jaunir les malades, et plus encore la bourse de son propriétaire.

— Une fois installés dans leurs bassins, ajouta mon cicerone, les baigneurs y trouvent des siéges mobiles, des tables flottantes, sur lesquelles on peut placer une tasse de café, une tabatière ou un livre pour monsieur, un bouquet odoriférant, une guirlande pour madame ou mademoiselle, car vous savez que les deux sexes font cause commune, et que le jeune prêtre et le vieil hermite peuvent parfaitement se rencontrer, dans le même bain, avec mademoiselle de Morny ou madame la duchesse de La Rochefoucauld. Des bancs sont placés, pour les visiteurs, tout autour des bassins, et les conversations piquantes, les traits satiriques, le fou-rire franc et cordial règnent dans ces salles, les plus ravissantes du monde.

Hélas! que la langue est parfois un pinceau complaisant! Les bains des Alpes, dont l'eau est sale, tiède, fétide, possédaient ce jour-là cinq baigneurs : un vieux frère ignorantin, qui s'y lavait peut-être pour la cinquième fois de sa vie, un jeune abbé, vulgaire et grossier d'allures, un officier, dont la figure attestait une caducité précoce, une bonne grosse maman, et une jolie demoiselle de dix-huit ans environ, que je pris pour sa fille. Ils avaient tous une longue chemise de toile et un manteau de bain en flanelle noire. La chaleur étouffée, l'air nauséabond me causèrent de suite un malaise inexprimable. Les couloirs mêmes étaient d'une malpropreté inouïe, et le nettoyage des fenêtres datait, en apparence, de l'an de grâce 1840. Les siéges mobiles sont de misérables escabeaux; et quant aux jolies tables flottantes, dont on avait si gracieusement bercé mon imagination, elles sont suppléées par quatre ou cinq petites planches, grandes comme ce livre; un peu moins noirâtres peut-être que l'eau où elles flottent, mais à moitié pourries, et chargées d'une petite éponge, dont le baigneur se sert pour humecter sa figure. La demoiselle ayant eu le caprice de poser son verre à côté de ladite éponge, le tout chavira sans provoquer de surprise.

Quoi qu'il en soit, les bains de Louèche sont trop célèbres pour ne pas être utiles aux malades, et je me garderai d'autant plus d'en médire, qu'un de mes amis m'a souvent parlé avec enthousiasme de l'efficacité de leurs eaux. Mais je plains de tout cœur les infortunés qui doivent successivement passer une, deux, trois, quatre et jusqu'à huit heures par jour, dans ces tristes réservoirs.

Je dois cependant convenir que le *grand bain* du village est plus propre, mieux servi, plus vaste. Mais on peut objecter encore qu'il a l'inconvénient d'être un pêle-mêle de toutes les classes et de toutes les maladies. Bien qu'à cheval sur les principes démocratiques, il est toujours peu régalant de se baigner côte à côte du premier venu, peut-être bien d'un monstre galeux, pour qui l'eau fût restée vierge toute sa vie, sans l'accident de la gale..

Enfin j'ai visité la Maison Blanche et l'hôtel de

France, qu'on me disait inférieurs, comme bains, à l'hôtel des Alpes. Il serait plus juste de dire que ces établissements ont des fonctions différentes. L'hôtel des Alpes peut recevoir des voyageurs; les autres sont de véritables hôpitaux; et pour en donner une preuve irrécusable, je n'ai qu'à mentionner qu'Henry de Northumberland, fils de son père et de sa mère, ne put supporter l'odeur nauséabonde répandue dans le corridor de l'une de ces maisons, et que nous eûmes à le traîner, presque évanoui, sur l'escalier de la rue. Je crois utile de dire quelquefois la vérité, même quand on est le plus disposé à l'apologie.

— Mais la table? Mais les causeries des baigneurs? Mais le luxe déployé par les femmes? Vous verrez! Vous verrez! me disait-on. Toilettes diverses pour le déjeûner! toilettes pour le dîner! toilettes pour s'asseoir! toilettes pour se tenir debout! toilettes pour la promenade! toilettes pour la danse! toilettes pour la conversation! toilettes pour ne rien faire et ne rien dire! toilettes pour l'hiver, pour le printemps, pour l'été, comme aussi pour les saisons intermédiaires! Elles diffèrent toutes par le modèle et la couleur; c'est une profusion de soie, de mousseline, de dentelle, de crêpe, de velours, de satin, de brocart, de drap fin; en un mot tout s'y trouve, tout est beau, tout est ravissant, superbe, splendide et... poétique, depuis la robe de 10,000 francs, jusqu'à la jolie fraise de 20 sous!

Eh bien! je le confesse, j'ai la male chance, car depuis que je visite Louèche, il ne m'est apparu que des femmes très-prosaïques, maladies ambulantes, vêtues d'un linge douteusement blanc, et que (n'en déplaise à la galanterie) je ne dirai point odorer la senteur des roses. Ici et là, j'ai bien rencontré une ou deux jeunes vierges; mais ces fleurs exotiques sont rares. Quant aux grandes dames, ployées sous des montagnes de soieries brodées d'artistiques arabesques, s'il en est à Louèche, elles doivent rester cachées apparemment aux regards profanes. Le dîner est bon, du moins passable, — et cher, bien cher.

Nous avons tous remarqué qu'un malade quelconque ne se gêne pas de vous parler à satiété de la maladie qui l'affecte; et eût-il une plaie odieuse, il se fâcherait tout rouge, si vous faisiez fi de la voir et de l'étudier avec lui, pour constater un certain progrès vers la guérison prochaine. Or, représentez-vous le concours de cinquante malades, et vous devinerez le sans-gêne qui doit régner au salon, dans les corridors, sur la place publique, à la promenade, et jusqu'à la table, où cependant sont assis des voyageurs sains de corps, qui font, à notre instar, une simple halte à Louèche.

Je ne sache pas qu'une violente éruption cutanée soit chez nous, pour les dames, un prétexte à coquetterie. Il en est tout autrement à Louèche; et par cela même que la *poussée* est un signe de bon augure, les malades s'examinent avec une attention toute particulière, et s'adressent des phrases dans le genre de celles-ci — sténographiées sur place.

— Eh bien ! Madame, comment va votre poussée ?

— Mais Monsieur, je vous remercie ; ce que vous voyez n'est pas du tout à comparer avec ce que vous ne voyez pas. J'en ai la peau toute *tigrée*.

— Et celle de mademoiselle votre fille ?

— Ma fille est dans un état extraordinaire, tant est riche sa poussée. Oh ! si vous voyiez !... Ne m'a-t-il pas fallu la changer de linge cinq fois hier, et deux ou trois fois cette nuit !

J'ai recueilli même des impertinences sans nombre sur les belles poussées, les poussées en pleine floraison, les poussées qui, en s'écaillant, donnent à la peau je ne sais quoi de zébré, hérissé, chevelu. Ces lestes propos sont tenus à table ou sur l'escalier, devant des dames qui en pouffent de rire, devant des religieuses qui n'en rougissent point.

Au moment de notre départ, arrivèrent quelques Anglais qui, se précipitant vers la salle à manger, appelèrent le garçon d'une voix de stentor :

— Avez-veus oun voitour à aller à Viége ?

— Oui M'sieur.

— Bieng, appootez à nous... oh ! appootez le voitour à la poorte du hôtel teut de souite... Oh ! appootez à le même temps des œufs deurs, frouads, à le coque, et vitement, très-beaucoup vitement.

Je n'ai jamais vu une plus piteuse mine de garçon, que lorsqu'il répondit :

— Mais Monsieur, pour avoir des œufs durs, froids, à la coque, il faut les faire cuire d'abord, et les laisser refroidir ensuite.

— Ah ! véritabel, trop beaucoup long, véritable !

L'hilarité des convives étant générale, l'orateur qui, du reste paraissait un bon vivant, se tourna gaîment vers la compagnie :

— Je été tcharmé de donner veus de le joie. Veus non avez djamais probabelment, en la vot'pays, des œufs deurs, frouads et à le coque ; mais par la sent (odeur) que moa odorer ici, moa croire veus avez des malédies bien nouméronses et bien intéressantes aussi...

Puis se tournant vers l'office :

— Gaaçone, appootez des côtelettes et oun salat, et veus remembrez de appôoter le voitour à le même temps ; alors nous voudrons paâtir, et laisser rieure (rire) teutes les persons.

Nous sortîmes sur ce speech, pour gravir le village d'Albinen quillé, comme une aire d'aigle, au sommet d'un rocher, et auquel aboutissent quatre-vingts échelons. Huit échelles (soit dit sans métaphore) se succèdent de la base au faîte, presque droites comme un mât de misaine, et fixées dans le roc par des chevilles. Les paysans ont beau les grimper et les descendre de jour et de nuit, avec de lourdes charges, le voyageur fera bien de laisser sa vanité sous son chapeau, car plusieurs des barreaux sont tors et grimaçants, et l'ascension n'est pas sans péril de vertige. Il me souvient à ce propos qu'un de mes amis, certain jour, eut une démangeaison folle d'escalade. Il avait gravi gaillardement les trente premiers degrés, quand un quidam lui cria maladroitement :

— Eh ! regardez en bas, je vous prie !

— Ah ! permettez, répondit-il, que je descende, pour mieux voir.

Il descendit et fit bien, car déjà ses yeux papillonnaient parmi trente-six chandelles, et le gouffre lui semblait béant et prêt à le dévorer.

XI

DE BAS EN HAUT

Nous quittions Louèche-les-Bains le lendemain de bonne heure, longeant le cours de la Dala, sur une belle route carrossable. Notre première station fut Leuk, où l'on nous montra, dans son église, une énorme pile de crânes, mille environ, très-symétriquement disposés.

— Pourquoi ces crânes ? fis-je à un indigène.

— Mais par une raison bien simple, Monsieur : quand le cimetière est plein, on le vide dans l'église. M'est avis que notre habitude est préférable à la vôtre, qui vide l'église dans le cimetière.

Après Leuk, passèrent successivement sous nos

yeux les villages de Tourtemagne, de Viége, qui nous hébergea pour la nuit, et de Stalden. Un peu au delà de celui-ci, la route se bifurque en deux vallées : Saas et Saint-Nicholas. Laquelle prendre de ces gorges sauvages, où les éboulements et les avalanches de tout temps fleurirent, et plantées de croix par distances, sinistres indices d'accidents?

— Allons à Saas! s'écria Henry. Il est clair que le soleil paraît à peine une heure par jour dans ces tristes parages, et cette sobriété de visites doit donner aux habitants, goîtreux pour la plupart et crétins, une intéressante physionomie.

— Nous préférons Saint-Nicholas et Zermatt, dirent Alison et Seymour. C'est là que se porte la foule : pourquoi ne pas imiter les moutons de Panurge?

— Suivons le monde! fis-je à mon tour. Je vous y suivrai comme berger. Et consolez-vous vite, cher Henry. La Suisse, par malheur, possède assez de crétins et de goîtreux pour satisfaire à votre curiosité. Dans le Valais surtout, au pied de ces énormes masses de rochers nus et déchirés, dans ces ravins profonds où l'atmosphère est insalubre et humide, grouillent ces êtres misérables, qui sont la caricature du genre humain. Trapus, tors, difformes, c'est un amas de chairs flasques, entassées à l'avenant dans des habits grossiers. Ils ont la tête énorme et branlante, le regard hébété, le nez plat et disgracieusement retroussé du bout, une bouche de Gargantua, les lèvres épaisses et mortes, le front fuyant, les joues grasses et pendantes, les bras grêles et sans ressorts, le cou hideusement tuméfié, la peau blafarde, le ventre tombant. Où est la noblesse, la beauté de la création? Où est le feu de l'intelligence? Où est le rayon de Dieu? Déchus au dernier terme de la dégénérescence animale, ils ne sortent de leur stupide somnolence, que pour se gorger d'aliments vils et manifester des appétits lubriques. A vingt ans, un crétin est vieux, cassé; — à vingt-cinq, il a l'ouïe dure, la parole caverneuse, parfois criarde et inarticulée, la vue mauvaise, le sourire stupide, la langue souvent pendante et bouffie, l'intellect nul, le sentiment moral éteint, l'imagination vide; — à trente, c'est un cadavre ambulant; — à trente-cinq, on donne le cadavre à la terre.

Cependant les familles sont fières de posséder un crétin, qu'on regarde comme *un ange du bon Dieu*. Les sauvages du Nouveau-Monde n'avaient-ils pas une sorte de culte pour les idiots? J'ai même entendu une femme exprimer son dédain pour les cous naturels, « dépourvus, disait-elle, de ce globe gracieux, qui en fait la beauté dans nos montagnes. Vos cous ressemblent à ceux des oies, et cette maigreur m'offusque. » Outre les goîtres et le crétinisme, la population est encore décimée par les maladies catarrheuses au printemps, par les fièvres en automne. — Ne dévoilons ces plaies que pour y verser le baume d'une douce pitié, souhaitant de tout cœur que la science cherche, cherche longtemps, cherche toujours, jusqu'à la découverte du souverain remède.

— Voilà, dit Robert, une peinture bien triste. Si vous nous contiez quelque chose de plus gai pour faire diversion ?

— Hum ! j'ai la mémoire assez revêche.

— Essayez un peu, sans sortir des Alpes.

— Ecoutez donc le récit d'une fête assez bizarre, qui se pratique au village des Andrieux, près de Saint-Firmin. Les Alpes, comme vous le savez, sont un pêle-mêle de montagnes, aux formes irrégulières, aux assiettes capricieuses, si bien que certaines gorges sont déshéritées du soleil. Les Andrieux, entre autres, restent dans l'ombre pendant cent jours consécutifs. C'est le 10 février que le soleil réapparaît chez eux, et ils le reçoivent avec des transports d'allégresse, comme un oncle d'Amérique libéral et richissime. Ce jour-là, vous verriez tous les habitants, dans leur toilette du dimanche, se rendre processionnellement chez leur doyen d'âge, qu'ils appellent le *vénérable*. Les bonnes ménagères, sur son ordre, préparent une omelette. A dix heures, la population va camper sur la place publique, chacun porteur du mets officiel. Le vieillard paraît à son tour; les fanfares sonnent dans l'air ; il harangue le peuple, il fait l'éloge du récipiendaire « messire le soleil. » Les hourras éclatent ; et l'on danse la farandole, le plat d'omelette à la main. Enfin, le chef donne le signale du départ. La procession se met en ordre, et l'on va, musique en tête, au-devant de l'astre-roi, sur le pont de pierre qui est à l'entrée du village. Les omelettes déposées sur le parapet, on se livre de plus belle à la farandole, jusqu'à l'apparition de Sa Majesté. Dès qu'elle se montre, les danseurs s'interrompent, toutes les têtes se découvrent avec respect, et au son des instruments, l'on offre au soleil une omelette, qu'il caresse sans y mordre. « Il a souri ! » s'écrient toutes les voix, « il a souri ! » Sur ce, le doyen commande la retraite, et l'on défile en bon ordre. Le soir, les familles se réunissent, par parentés ou par districts, et la fête se prolonge bien avant dans la nuit — bruyante et joyeuse, comme des ruches d'enfants semés dans les jardins aux premiers rayons d'avril.

Tout en devisant ainsi, nous parvînmes à Zermatt, sans trop nous apercevoir que la route est longue et fatigante. A destination, l'hôtelier du mont Cervin refusa très-poliment de nous recevoir, par le motif assez plausible que le prince de Joinville avait accaparé les trois dernières chambres.

— Mais, répliquai-je, il serait d'humeur peut-être à nous en céder une, à titre de compatriote et d'alliés.

— Hélas ! Messieurs, objecta l'hôte d'un ton patelin, le prince est déjà petitement logé, car deux princesses l'accompagnent, et ils ont un cortége. D'ailleurs, vous le savez, il est atteint d'une telle surdité, que le roulement d'une avalanche, le craquement d'un glacier, la chute même du mont Cervin, par lequel je jure matin et soir, ne le ferait seulement pas tressaillir. Je me déclare incompétent, à ces divers titres, pour lui transmettre vos désirs.

— Dans ce cas, Dieu le protége, lui et ses princesses!... Et vous, au revoir, si vous devez être plus hospitalier.

L'hôtel du Mont Rose nous fit le même accueil. Or, comme il n'y a que ces deux maisons pour les voyageurs, — les autres sont des bicoques usurpées par des animaux de tout poil, — nous dûmes songer résolûment à livrer un assaut. L'hôtelier fit bonne défense; — tapage, querelle, —concours de curieux. Ces derniers, sortis de leurs alvéoles, eurent la grandissime charité de prendre fait et cause pour leurs infortunés confrères, privés d'asile; et de guerre lasse, l'hôtelier nous ouvrit la porte à deux battants. Nous voilà possesseurs, en un clin d'œil, d'une chambre vide, retenue par deux messieurs, qui avaient eu la délicatesse de rester en arrière.

— Hé! la fille, m'écriai-je, voilà bien une cellule; mais par la règle des proportions, il me semble difficile d'y dresser quatre lits sur leurs pattes.

— Oh! n'ayez crainte, répondit-elle; m'est arrivé plus d'une fois d'en fourrer cinq. J'aviserai. Faites seulement un tour de cuisine.

A table, parurent quelques membres de l'*Alpine-Club*, intrépides grimpeurs, qui apprennent la géographie aux Anglais et très-souvent à nos géographes.

Les uns étaient noirs comme les cyclopes de Vulcain, les autres plus bistrés, mais non moins rôtis.

— Moi, disait un de ces héros, j'ai perdu dix-sept fois la peau de ma frimousse; et différent du caméléon, je reste toujours le même, quoiqu'un peu plus laid.

— Moi, reprenait un autre, huit fois seulement; mais allant au Schreckhorn demain, il est probable qu'à mon retour, je ne ressemblerai pas mal à mon ami Anderson, qui cache ses écailles, là-bas, dans le coin. Que voulez-vous ? le pauvre garçon s'est mis en tête de gagner ses lauriers un peu trop vite, et la fée de la Lyskamm, l'a embrasé de ses regards. Courageux comme un lion du désert, il a voulu baiser au front cette pudique maîtresse qui, après quelques coups d'éventail, lui a labouré la figure à belles griffes... Voyez donc ! ajouta-t-il en pouffant de rire.

Je me retournai par mégarde, et je vis briller, dans la pénombre, les deux yeux d'une tête horriblement grillée, qu'on eût prise pour un ignoble masque de carnaval.

— Consolez-vous, mon cher Anderson, poursuivit l'orateur, l'habit ne fait pas le moine; et avant de revoir *dear* miss Lucy, vous aurez, comme les serpents, changé de toilette. La patience est la meilleure servante de dame Nature.

Le cyclope, sans répondre, avala un grand verre d'eau-de-vie et baissa la tête; il rêvait à l'ascension du mont Cervin.

Tout à coup survinrent les deux voyageurs attardés.

— Monsieur, me dit le plus menaçant, che n'endends fous zéder ni mon chambre, ni ma lit, et che ortonnez fous à guitter la bremière comme la séconte et à téguerbir vite, zans dire oun motte.

— Baissez votre ton d'une grande octave, herr, si vous voulez que je réponde. Vous me permettrez, en attendant, de boire cette demi-tasse.

Mais lui, crescendo :

— Che fous tis que fous afez folé mon chambre et ma lit afec, et que vite che commandais fous de téménacher fotre bacage, ou que sinon dans oun houre, che ficherai fos lits, fos sacs, fos amis, et fous afec, par la venêtre ! ! !

Pas une fourchette, pas une cuiller, pas un couteau ne cliquetait dans la salle à manger : tous les convives étaient bouche béante, et plus d'un sourire narquois sillonnait les coins de plus d'une lèvre. Je regrettais d'être le point de mire de tant de regards, et j'eusse donné beaucoup pour que mon lourdaud fût poli, afin de permettre un arrangement à l'amiable. Mais baisser pavillon devant ce caquet insolent, n'était-ce pas avoir l'air de céder à l'intimidation? Ce drôle nous traitait en bambins que l'on menace des verges.

— C'est très-bien, lui dis-je ; au revoir donc, dans dans une heure. Espérons que, d'ici là, le calme vous aura rendu la politesse qui vous manque, et à laquelle on m'a jusqu'à présent habitué.

Il bondit de plus belle, comme une panthère trouée d'une balle.

— Ah ! fous groyez tonc que les Franzais, ils auront la bermission de foler touchours ? Fous afez folé la Zavoie, drompé la Suisse et l'Ancleterre, fous foulez foler le Rhin, toute la Pelchique, et fous afez la zottise de groire que fous poufez foler ma lit et mon chambre afec !

Mes nerfs commençaient à se tordre, en dépit de toute ma sagesse, et j'allais sauter sur cet insolent faquin, lorsque Robert et Henry me clouèrent à ma place, en me disant :

— Mais laissez donc parler ce grand niais : il excelle dans les rôles de bouffon ; c'est on ne peut plus amusant.

— Foui, foui, continua-t-il d'une voix de fausset, car le pauvre sire s'enrouait à plein bec, che suis Audrichien, et che fous tis que si fous afez cagné Solferino, nous aurons la revanche. Nous égraserons la France et égorcherons fotre Naboléon Drois, et tous les foleurs et toutes les ganailles...

Sur cette dernière note, il sortit en montrant le poing, et gros de jurons.

Certes, si le droit était de son côté dans le principe, il avait pris soin de l'aliéner par sa fougue d'invectives, et d'offensé, peut-être, il était devenu l'offenseur. Quand il fut dehors, un murmure s'éleva parmi les convives, lequel ne lui donnait pas gain de cause. Cette assistance morale me mit à l'aise. L'Autriche et la France allaient donc se rencontrer de nouveau, mais cette fois dans une profonde gorge, en face des sites grandioses qui couronnent Zermatt, des beautés horribles, des dômes transparents.

A l'heure dite, notre homme vint en effet frapper à ma porte; j'ouvris incontinent, mais décidé à ne pas lui laisser franchir le seuil.

— Foulez-fous me tonner mon chambre, foui ou non ?

— Attendez, mon brave gentilhomme. D'abord vous me semblez gourmand, car je viens d'apprendre que vous avez mis la main sur un compatriote, qui vous a cédé les deux tiers de la sienne, pour vous et pour votre ami.

— Ça ne fous recarde pas. Che veux afoir mon chambre, et che l'aurai.

— Eh bien! allons discuter notre affaire chez votre compatriote, car j'ai ici des agneaux qui ne doivent pas être témoins de notre explication.

Il y consentit avec rage. Là, je l'amadouai si bien, que non-seulement il me laissa ma cellule, mais encore il fit coucher son ami dans je ne sais quel galetas, et me céda la moitié de ses deux tiers. Les Allemands sont très-complaisants, quand on sait les prendre par leur faible! Je possède la clef de leurs bonnes grâces, mais je ne la prête à personne.

Par ce moyen, mes amis couchèrent seuls, et je me

trouvai si bien dans la chambre des Autrichiens! La paix de Villafranca fut certes glorieuse; mais celle de Zermatt parut plus habile encore; et la preuve la plus convaincante, c'est que le lendemain soir, les deux chambres devaient être en mon unique possession.

« Patience et longueur de temps
Font plus que force ni que rage. »

La nuit fut sombre, maladive, tourmentée d'orages. Nos sens, alourdis par l'électricité atmosphérique, appelaient un sommeil qui se faisait prier. Il obéit enfin, et nous dormîmes jusqu'à neuf heures, de ce dormir lourd qui vous étrangle. Le déjeûner qu'on nous servit avait vraiment des façons de sirène : mais impossible de céder à l'attrait, tant notre pauvre machine était disloquée, soit par la fatigue de la veille, soit par l'orage de la nuit.

Sans bouger de ma chaise, je fis chercher un guide qui pût nous accompagner promptement au Riffel, car nous étions résolus de repartir pour Saint-Nicholas le même jour. Soit que ces messieurs fussent rares, soit que l'hôte fût enchanté de notre compagnie, on m'apprit, après informations, que nous ne devions compter que sur nous-mêmes.

Nous partîmes donc. Cependant, une heure après, nous rejoignit un nain des plus singuliers, qui se dit envoyé par notre maître d'hôtel, à titre de guide. Quel contraste avec ceux qui nous avaient conduits jusque-là ! Son corps, mince et frêle, était assis sur deux pivots excessivement fluets et sur deux pieds qui eussent fait l'orgueil d'une comtesse. Un son de voix grêle, des yeux microscopiques, une bouche, un nez et des mains d'une exiguïté remarquable. Vêtu d'une petite casaque en drap noir, chaussé de souliers mignons et luisants comme une glace, propre et lustré comme un angora de bonne maison, bien pris dans sa taille de guêpe, la nature en avait fait un petit chef-d'œuvre. Il serait la coqueluche des salons de Zermatt, si salons il y avait. Mais — ô malheur ! — il était toqué, pour ne pas dire plus. A travers quelques vestiges d'une certaine éducation (le français et l'italien lui étaient assez familiers), explosion soudaine de cris sauvages, qui ne ressemblaient pas mal à ceux de margot. Puis, de temps à autre, il se livrait à la plus grotesque chorégraphie, et chantait sans propos le ranz des vaches d'une voix aigre et stridente.

Tel quel, nous fûmes bien aises de l'avoir pour compagnon. Ses gambades, ses grimaces, son chant de cigale, nous consolaient, par leur ridicule, d'un malaise universel dont nous souffrîmes plusieurs heures. Nous avions des éblouissements dans les yeux, et nos pieds étaient lourds, comme chargés de boulets. Quelle cause ? Je l'ignore. Vénéneux peut-être les champignons dont nous avions déjeuné; peut-être morte de maladie la vache de nos beefsteacks, ou le vin trop frelaté. Quoi qu'il en soit, nous ne devions arriver à l'auberge du Riffel qu'après de fréquents repos, et de l'allure des béquillards.

Pendant la dernière étape, notre Lilliputien nous parla du comte ou prince russe, qui périt, en 1859, dans une crevasse du glacier de Saas; et les détails qu'il nous donna, nous firent soupçonner que ce même nain avait été un de ses guides. Quand il s'aperçut que nos questions tendaient à en acquérir la certitude, il fit des réponses évasives, et coupa bientôt court à nos recherches par une chanson stupide ou par des cris plus niais encore. Tout cela me parut un peu obscur; mais en réfléchissant que ce guide n'avait que le tiers à peine de son primitif bon sens, je passai outre, payai sa course et le renvoyai à ses marmots, s'il en a, ce dont je doute, car il était par trop petit, pour être appelé du gros nom de papa.

— Voyez-vous ce roc qui ressemble à une tour, là-haut? nous dit l'hôtesse du Riffel; c'est de là que vous aurez une des plus belles vues de la Suisse.

Parvenus au Riffelhorn, un rocher plus élevé nous tenta; et une demi-heure après, la passion de monter nous fit trouver le second roc peu satisfaisant, parce qu'il y en avait un troisième. De pic en pic, nous arrivâmes au Görner Grat, d'où le spectacle est unique. Les montagnes, couvertes de neiges éternelles, y dessinent (chose rare!) une couronne aussi parfaite que ravissante. J'ai beau interroger mes souvenirs, je ne me rappelle point avoir été jamais au centre d'un si merveilleux amphithéâtre. Deux cimes surtout attirent les regards comme les deux sœurs aînées d'une splendide famille : c'est le Mont Rose, dont l'ascension paraît facile, et le Mont Cervin, aiguille triangulaire qui semble porter un éternel défi aux plus héroïques ascensionnistes. Quels immenses champs de neige que ceux qui commencent à nos pieds et semblent s'étendre jusqu'au Tyrol ! Quels puissants glaciers, que ceux qui descendent des têtes gigantales du Mont Rose, du Breithorn, du Cervin ! Pourquoi les voyageurs s'arrêtent-ils d'ordinaire au Riffelberg, au lieu de gravir les pentes de Görner Grat, d'où l'on jouit d'un si magnifique panorama ?

Emportés par cette fièvre chaude de l'inconnu, qui s'empare si facilement du grimpeur de montagnes, dans ces sites grandioses pétris par le caprice et doués de fascination, nous voyez-vous longeant encore une heure, comme des pantins mûs sur un fil d'archal, l'immense abîme qui régnait à nos pieds, pour enjamber le Hohtthaligrat, en face du vieux Weissthor ! Si le jour n'avait pas baissé sensiblement, je crois que la soif de voir encore et toujours nous eût culbutés, des cimes, dans la vallée de Saas, au fond de quelque crevasse, germaine de celle qui engloutit le comte russe.

J'ai entendu fréquemment traiter de folie cette âpre convoitise des escalades, cette gymnastique d'équilibriste, qui n'offre, au dire de certaines gens, que fatigue et danger, que rocs et neiges, et peut-être, somme toute, une misérable gloriole — oui ; fatigue et danger, c'est vrai ; — mais aussi deux condiments du plaisir ! Quelle abondance d'émotions dans le constant duel de la vie et de la mort ! Narguer cette dernière en face, la coudoyer, la rudoyer sans cesse, je ne dirai pas que c'est beau, que c'est grand (vous m'avez bafoué du mot de gloriole), mais que c'est palpitant d'intérêt. Le cœur bat, et l'on se sent vivre d'aise, comme le vieux guerrier sur un champ de bataille, comme l'adolescent au premier rendez-vous d'amour. Que vous dirai-je encore ? Tel aime bien les vieilles ruines ; tel achète à prix d'or un caillou, une herbe, un brimborion, dont l'unique valeur est son antiquité, sa rareté peut-être ; tel fait collection d'insectes, et tel autre de livres qu'il n'ouvrira jamais. Y a-t-il un prix, pour certains amateurs, à une médaille de la Grèce antique ou de la Rome païenne, à ce boulet cueilli dans les plaines de Waterloo, à ce poignard, tombé de la ceinture de je ne sais quel prince indien ? Ce sont autant de trésors d'émotion, dont on ne doit pas médire parce qu'on n'a pas la clef d'or qui les ouvre. Eh bien ! les montagnes aussi sont émouvantes et pleines de sensations, pathétiques au suprême degré. O les obstacles saisis corps à corps, ô les périls à toute heure éludés par l'audace, ô la puissante nature étreinte avec passion, ô Dieu contemplé des gigantesques sommets dont l'aigle lui-même recule avec effroi ! — est-il une plus féconde source d'enthousiasme et de fébrile enivrement ?

Cependant la nuit tombait vite, et il était sage de rentrer mes agneaux au bercail. Heureusement, la descente fut rapide jusqu'au Riffelberg. Là se présentèrent un Français et un Anglais, qui faisaient leurs préparatifs pour l'ascension du Mont Rose. Je me proposai pour compléter le trio. Mais le guide, entre autres empêchements, me signala celui de ma chaussure, dont j'avais coupé une rondelle à coups de canif, pour cause de gêne, et qui demandait une urgente réparation, exécutable seulement à Zermatt. Comme le renard médisait des raisins, j'augurai mal du temps, je narguai les deux voyageurs, qui m'avaient pourtant accepté d'emblée pour compagnon avec une extrême courtoisie, et retournant fréquemment la tête sous l'empire d'un vif regret, je me dirigeai en toute hâte, avec ma petite caravane, vers l'hôtel du Mont-Rose, au risque d'y être empoisonné par mon bon ami l'Autrichien. Pour comble de malheur, mes jouvenceaux, se trompant de sentier, nous égarèrent dans le bois, et nous mîmes trois heures et demie pour parcourir une distance d'environ deux kilomètres, pataugeant à travers ruisseaux, bourbiers, éboulis, jusqu'au bord du gros torrent, qui mugit avec vacarme comme un taureau furieux. On nous reçut à l'hôtel, avec force épigrammes, car nous étions crottés ! !...

XII

L'HOSPICE DU GRIMSEL

A Munster, après le déjeûner :

— Garçon ?

— Monsieur ?

— Pouvez-vous nous servir du café ?

— Mais parfaitement, et du pur Moka.

— Alors, faites vite... Ah ! s'il vous plaît, à quelle distance est le Grimsel ?

— A quatre petites lieues environ.

— Merci. Et comment se porte le temps ?

— Mais assez mal, si je ne me trompe, Monsieur. Le ciel est gris-foncé par endroits ; avec cela le soleil torride, — ce qui présume un orage.

— Bon, bon. C'est à nous à jouer du jarret, et pour peu que nous devancions l'orage de deux heures, nous pourrons rire de ses colères. Servez-nous seulement, — et prestò, prestissimò !

Il était une heure de l'après-midi. Le café bu, nous endossons le mackintosh ou le plaid, et nous voilà partis, malgré toutes les sinistres conjectures du maître d'hôtel, qui était trop intéressé peut-être dans la question, pour juger en dernier ressort.

Légers comme écureuils, gais comme pinsons, la route sous nos pas diminuait, semblablement à l'écheveau de soie qu'avec volubilité dévide une jolie main. Et nous allions rapides, rapides — car le vent condensait les nuages qui, noirs et menaçants, voilaient le soleil de leurs épais rideaux.

Au pied du Grimsel, nous vîmes arriver un montagnard, aux formes athlétiques, dont le nez prédominant et crochu sollicitait nos regards et nos sourires.

— Dites-donc, l'ami, combien y a-t-il d'ici à l'hospice ?

— La belle question ! comptez-vous par hasard y arriver de jour ? C'est loin, très-loin.

— Quelle distance ?

— Oh ! croyez-m'en, c'est très-loin.

— Soit. Mais encore ?

— Très-loin, très-loin.

— Ah ! ça, maroufle, tu n'a donc pas un grain de

complaisance pour dire à de pauvres voyageurs leur éloignement approximatif de l'hospice?

— Très-loin, très-loin, vous dis-je.

— Grand merci, gros manant.

— Il n'y a pas de quoi, *Messeigneurs!*

Et nous de poursuivre.

— A propos, fit-il sur nos talons, voulez-vous prendre un guide?

— Ce ne serait pas toi, dans tous les cas.

— Tant pis, tant pis, car je suis un peu le sorcier de la vallée.

— Que nous importe?

— Oui-da! — Donc, voici mon incantation : la pluie d'abord, la neige ensuite, puis la grêle et le tonnerre, et les tourbillons enfin. Vous aurez de mes nouvelles, là-haut, près de la Croix et dans les environs du lac des Morts, où je vais abattre les poteaux indicateurs.

Ce disant, il disparut, en chantant une ritournelle moqueuse. Et nous d'escalader la première pente, et de perdre, et de retrouver, et de reperdre encore notre fil conducteur, le sentier.

Une demi-heure après, le tonnerre gronde avec fracas; on dirait que les rocs s'entrechoquent, comme des béliers front contre front, et sous nos pieds la montagne tremble. Effrayantes convulsions, spectacle gros d'horreur! La foudre au milieu de nous passait et repassait, avec ses zigzags rutilants comme un brasier de forge. Elle voulait, de ses langues de feu, caresser le fer de nos alpenstocks, — une politesse dont nous lui savions peu de gré. La pluie tombait littéralement par seaux, comme si toutes les écluses du ciel avaient de vive force rompu leurs digues. Des ruisseaux naissant sous nos pas, nous eûmes en un clin-d'œil de l'eau jusqu'à la cheville. Pour l'intelligence de notre situation, ne perdez pas de vue que nous grimpons une montagne presque perpendiculaire. Une nuit de ténèbres enveloppe prématurément la terre et le ciel, — coupée par intervalles de ces larges éclairs, dont la brillante illumination durait à peine une seconde.

Cependant, nous nous épuisons à lutter contre les cataractes, qui chutent torrentueusement le long de la montagne. Nos pieds sont meurtris par le choc des mottes de terre, des branches d'arbre et des moellons que charroient les ondes effrénées. O cruelle angoisse! Serons-nous broyés sous ce déluge de lavanges? La douleur nous arrache des cris, nos jambes doivent être en sang. Mais ô fortune! Voici, presque à portée de la main, une petite baraque adossée contre une roche superplombante. Deux jeunes veaux et une chèvre s'y étaient réfugiés avant nous. Les trois bêtes se blottissent dans un angle pour nous donner hospitalité, et bêlent plaintivement à notre aspect. L'abri nous fut précieux, bien que misérable; et n'eût été le toit effondré, par lequel se précipitait une cascade, je crois que nous nous fussions implantés là pour la nuit, décidés à brûler la porte et quelques bûches abandonnées, pour cuire le veau le plus tendre, tandis que le lait de la chèvre eût fourni la boisson de ce festin renouvelé d'Homère. Mais ô vanité des projets de l'homme! La hutte tombait par morceaux sous l'effort de l'ouragan, et nous dûmes sortir en toute hâte, pour n'être point écrasés sous la chute. Restait l'espèce de niche formée par la roche superposée. Nous voilà les uns sur les autres, accroupis et pelotonnés, comme des chats dans une même corbeille de jonc. A droite et à gauche, sur nos têtes, par instants, nous voyons sursauter des quartiers de rocs, qui vont s'abîmer avec fracas contre quelque paroi sonore, ou s'engouffrer plus loin dans le Rhône. La montagne tout entière mugit comme les vagues d'une mer en courroux.

Enfin l'orage nous accorde une trêve. La voûte du ciel s'éclaircit sur nos fronts, et la lumière du jour, triomphante des ténèbres factices, reconquiert par degrés son empire. Mouillés, transis jusqu'aux os, nous bondissons en avant; et pareils à des chiens qui cherchent la piste égarée, nous flairons les quatre points cardinaux, pour retrouver le sentier protecteur. Mais le flanc de la montagne est partout uniforme; mille ruisselets s'écoulent parallèles, et nous gravissons au hasard, sans encombre, jusqu'au torrent. Là, soubresaut d'horreur: nous nous arrêtons net, et quatre grimaces bien significatives rident nos lèvres. Ce cours d'eau, qui descend du glacier supérieur et va se jeter à une demi-lieue d'Obergestelen, était devenu un fleuve indomptable, qui mordait ses rives avec des rauquements de tigre et se précipitait d'abîme en abîme, emportant tout ce qu'il pouvait étreindre, voir même d'énormes blocs de rochers. Frappés de stupeur, nous mesurons du regard les ressauts de ces vagues écumantes, qui semblent prêtes à nous envelopper dans leur linceul funèbre. Comment affronter le fleuve, comment le franchir?

Une idée, folle selon mes amis, mais qui n'en était pas moins ingénieuse, comme toutes celles que je puis avoir dans pareille occurrence — soit dit par modestie — vint nous tirer du plus cruel embarras.

Liant ensemble, au moyen de fortes ficelles, les deux grands plaids dont nous étions porteurs, je m'attachai solidement à l'un des bouts, et me précipitai dans le torrent, non sans recommander au puissant Alison de tenir ferme l'autre bout, pour me retirer du gouffre, si les flots avaient la condamnable fantaisie de m'entraîner. Je ressentis bien dans la traversée quelques oscillations inquiétantes, mais j'arrivai néanmoins, sain et sauf, sur le premier roc découvert. C'était d'un bon augure pour mes amis. Alors Robert d'un côté, moi de l'autre, nous tînmes les deux châles suspendus sur l'abîme, comme un câble, auquel appuyés des deux mains, Henry et Seymour passèrent successivement sans péril, bien qu'immergés dans l'eau jusqu'aux aisselles. Après quoi, Robert noua le câble autour de ses reins, et je le remorquai lentement sur notre bord.

L'obstacle vaincu, la grêle vint à son tour faire la partie dans ce concert des éléments. Il s'agissait de s'en défendre, tant bien que mal, au moyen de nos plaids. Mais gonflés par l'eau, qui les avait alourdis de trois à quatres livres, tous nos efforts pour les dénouer furent vains. Nos mains tremblantes, nos doigts fiévreux, nos yeux éblouis par le grésil ne réussirent même pas à couper les ficelles à l'aide de nos canifs.

— Marchons côte à côte, dis-je à Robert, les plaids par moitié sur nos épaules.

Mais inégal était le terrain, et nous devions plonger tour à tour dans des cavités plus ou moins profondes, où il était à craindre de laisser nos orteils. — Aller ainsi de front était donc une impossibilité. Nous réussîmes alors à couper les cordes, après une lutte acharnée d'au moins dix minutes.

Parvenus près de la cime, la trêve de l'orage expire, et le carnaval recommence *furioso*. La grêle nous frappe en face; la neige dont elle est mêlée tourbillonne à notre gauche, glisse sur les flancs du pic, et rejaillit en gerbes sur nos figures, comme pour nous dire : « N'allez pas plus avant, voici la mort, — froide, cruelle, inexorable ! » Le tonnerre ne résonnait plus; son bruit sec se faisait entendre près de nous; l'électricité, au lieu de nous venir de loin, se condensait autour de nos corps, et je vis à plusieurs reprises des étincelles sur les clous de nos souliers. Ceci pourra paraître impossible ou exagéré : c'est littéralement vrai, si vrai que, près de la Croix, redoutant, à ces sinistres éclairs, une collision entre nos souliers et nos alpenstocks, nous jetâmes à la fois ces derniers loin de nous, par un commun sentiment d'horreur et d'instinct préservatif. Mais il fallut bientôt les reprendre, car c'étaient d'indispensables soutiens

En ce moment la tourmente redoubla, nous clouant net sur le monticule qui domine la première combe. Etourdis par le fracas des vents et des ruisseaux courroucés, aveuglés par le givre et la grêle, nous ne pouvions plus nous orienter, ni par les cimes ni par les poteaux indicateurs. Le brouillard s'épaississait épouvantablement, la rafale augmentait de rage, les tourbillons de neige exécutaient autour de nous des danses furibondes. Nous allions toujours. La deuxième combe était singulièrement hérissée de ponts de neige, sous lesquels clapotaient de petites ondes effrénées : toutes les fissures, tous les creux avaient leurs ruisselets, de sorte que neige demi-solide ou neige complétement fondue, nos pieds naviguaient sans cesse dans un océan d'eau.

Près du lac des Morts, nous nous égarâmes totalement, car la rafale avait arraché tous les poteaux, selon la prédiction de notre sorcier. Au lieu de descendre, nous crûmes devoir remonter la combe. En plein jour, c'eût été peut-être le chemin du glacier de Grindelwald : mais dans l'occasion présente, c'était se ruer à une mort inévitable. Heureusement je pressentis vite notre erreur. Je rappelai donc ma jeune bande, la suppliant de se mettre en quête des poteaux renversés. Cette quête à tâtons avait je ne sais quoi de lugubre et de solennel. Alison, le premier, mit la main sur l'un d'eux ; il le saisit avec amour et lui débita grotesquement une pathétique tirade qui, dans toute autre circonstance, l'eût fait taxer d'aliénation. Pour abréger ce récit, un peu long peut-être, bien que si court comparativement à nos longues angoisses, vingt-cinq minutes après, nous arrivions à l'hospice : il y a décidement une Providence qui veille sur les voyageurs égarés ! Nous avions mis huit heures et demie pour franchir un espace de trois lieues !

Au Grimsel, on nous reçut avec une parfaite cordialité. (Vous savez si nous avions chaud !) Mais point de cheminée, point d'habits de rechange : comment tenir tête au froid ? Ni une ni deux, j'empoigne une couverture de mon lit, je la double pour qu'elle m'enveloppe hermétiquement de la ceinture aux talons, et je la fixe autour de mon corps, à l'aide d'un foulard. Une seconde couverture m'abrita le buste de toutes les intempéries. Ce procédé dut paraître assez méritoire à mes compagnons, car ils l'imitèrent avec une dextérité prompte et merveilleuse.

Vous savez si nous avions les dents longues ! Mais le moyen de descendre à la salle à manger, dans un pareil accoutrement ? Henry protesta net contre toute velléité d'invasion : son *honneur* eût pu en souffrir. Donc, on transforma pour nous une cellule vide en réfectoire. Il fallait, pour nous y rendre, traverser un long corridor. Majestueusement drapés dans nos robes de laine, nous allions sans penser aux curieux, lorsque tout à coup nous vîmes poindre aux portes nombre de têtes. Et toutes ces têtes de s'agiter, à notre aspect, dans les convulsions du rire le plus franc et le plus jovial que j'aie jamais entendu.

Cependant le potage n'arrivait pas : narguant tous les qu'en dira-t-on, je cours à l'escalier pour appeler le garçon de toute mon haleine, vu que les sonnettes chôment dans ce pays. Rien ne répond : l'impatience l'emporte, je descends l'escalier quatre à quatre, et au lieu de prendre à gauche, je vais à droite, non dans la cuisine, — mais bien dans la salle à manger, où une vingtaine de voyageurs, armés d'appétit et de gaieté, me reçurent, — vous devinez comme !

Honteux du rôle que jouait Mentor, je remonte rapidement, résolu de mourir de faim, plutôt que de manquer une nouvelle fois de respect aux dames. Mes amis dévoraient leur potage et le mien, — les ogres !!!

XIII

LES GLACIERS

L'hospice du Grimsel est situé dans une stérile gorge, entourée d'un chaos de rochers nus et menaçants, auxquels leur couleur noirâtre et luisante a valu le nom de pierres de l'enfer. Auprès, figure un petit lac — le Kleinsée — lequel ne rit pas aux voyageurs, encore moins aux poissons, qui pour lui sont des mythes. La seule curiosité de l'endroit, c'est un petit jardin, suspendu sur un immense bloc de granit, auquel on monte par une échelle. Il donne de maigres navets, des épinards, des choux et de la salade.

Pour nous rendre au glacier du Rhône, nous dûmes remonter les pentes de Grimsel jusqu'au lac des

Morts, et quel fut notre grand effroi de retrouver sur ses rives nos traces de la veille! Le brouillard était si intense, la rafale si violente, que nous l'avions côtoyé sans le voir, d'aussi près qu'à cheminer sur la margelle d'un puits. Comme son nom l'indique, c'est la sépulture des cadavres trouvés sous les neiges du Grimsel.

Après le lac, après un champ de neige de peu d'étendue, nous descendîmes par le Maïenwand, sentier très-rapide par intervalles, et très-boueux ce jour-là.

Nos gravures françaises donnent au glacier du Rhône la forme d'une grosse miche de pain, comme on en voit chez nos campagnards, ou bien d'un couvercle d'énorme marmite. Ces dessinateurs ne sont certes pas photographes, car le glacier ressemble exactement à un immense lac qui, en précipitant ses flots dans la vallée, se serait gelé soudainement. Et qu'on ne dise pas que cette phrase banale s'applique à tous les glaciers, car ceux de Grindelwald, des Bossons, de la Tour, du Mont Rose, et cet immense courant qui, de la Blumélisalp, descend jusqu'à une lieue de de Kandersteg, ressemblent à de longues rivières, convexes vers la ligne médiane, et encaissées dans des gorges plus ou moins étroites. Quelques-uns sont suspendus sur les flancs escarpés des hautes montagnes, comme ceux à l'est du Vignemale, au nord du mont Perdu, au nord-est du Mont Pourri, où ils prennent la forme même du sol qui les soutient. Pour ne plus citer de noms géographiques, j'en ai vu de plats et presque unis, d'autres en forme de cônes tronqués, de dômes irréguliers, de demi-cercles concaves; il en est même qui ressemblent à une succession de groupes plus ou moins considérables, plus ou moins bizarres.

On pourrait comparer le glacier du Rhône à la mer de Glace de Chamounix, pourvu toutefois qu'on lui laissât la suprématie de la beauté. Sa surface est d'une blancheur comparativement étonnante; et pour celui qui ose s'aventurer sur ses magnifiques horreurs, les crevasses, souvent gigantesques, sont d'un bleu ravissant; et les aiguilles, les créneaux, les pyramides y sont non pas aussi capricieuses, mais aussi formidables, aussi terribles. Pourquoi le glacier du Rhône n'est-il donc pas admiré à l'égal de celui de Chamounix? Pour moi, je lui donne la palme.

Entrebâillons la porte de la science.

Sur les plus hauts sommets se trouvent de vastes champs de neige fine, poudreuse et d'une blancheur éclatante. Au-dessous de ces régions — entre les glaciers qu'on admire dans les vallées et la neige éblouissante des sommets — on voit une neige grenue d'un blanc sale; c'est le *névé*. Plus bas, l'eau des fontes, ayant remplacé l'air contenu en abondance dans les pores du névé, a agglutiné, cimenté les grains et formé une nouvelle matière, compacte et stratifiée, qu'on nomme le *glacier* proprement dit. Cette glace n'est donc qu'une transformation du névé qui, à son tour, ne saurait exister sans la neige éternelle. Il ne faut pas l'oublier, elle diffère considérablement de celle qui, par les froids rigoureux, se forme sur les eaux de nos plaines, ou même sur les eaux contenues dans les creux du glacier. Non-seulement elle est plus opaque, plus bulbeuse, mais aussi très-inégale et rugueuse à sa surface, ce qui permet au visiteur de cheminer commodément sur les parties peu inclinées et dépourvues de grandes crevasses. Cette structure particulière provient d'une multitude de petites cannelures, appelées fissures capillaires, qui divisent la masse en fragments irréguliers de trente centimètres environ. En remontant vers le névé, ces fragments deviennent moins volumineux, jusqu'à ce qu'enfin ils disparaissent tout à fait.

Les voyageurs, qui vont voir les glaciers pour la première fois, se font d'avance les plus étranges idées sur leur forme et leur couleur ; aussi en est-il peu qui n'aient été désappointés de ces masses énormes et irrégulières. Si les glaciers étaient semblables à la surface de nos lacs paisibles, en seraient-ils plus beaux? S'ils réfléchissaient les montagnes comme des miroirs — et madame de Staël le dit — pourrions-nous les traverser, les étudier, les admirer? Ils sont à l'extérieur, d'un blanc mat, et trop souvent leur base est cachée sous des débris de pierres, de détritus végétal et de boue; mais quand on peut pénétrer sous leurs plafonds diaphanes, ne dépassent-ils pas tout ce qu'on a pu rêver et de beau et de pur? Cette couleur extraordinaire commence au bleu pâle, devient de plus en plus foncée jusqu'au lapis-lazuli, et dans certaines grottes, elle est d'une si ravissante transparence, qu'aucun pinceau n'oserait l'imiter.

Néanmoins, quand on prend dans ses mains un fragment de cette glace, on n'est pas peu surpris de le trouver peu après quasi blanc, écumeux et semi-opaque. La couleur n'est apparente que dans la masse, parce qu'un glacier est une éponge monstre, et que l'eau qu'il contient lui donne cette couleur extraordinaire, en se réfléchissant sur les mille facettes de ses mille cristaux. En effet, dans l'intérieur des glaciers, on remarque des bandes parallèles, correspondant aux fissures superficielles, dont la transparence est plus parfaite et le bleu plus pur. Ces bandes bleues ou *rubannées* ont été, parmi les savants, l'objet de discussions fort orageuses ; mais ils s'accordent aujourd'hui pour reconnaître que cette couleur plus foncée provient de ce que ces bandes, étant plus fissurées, renferment plus d'eau que les *bandes blanches* qui, à leur tour, contiennent une plus grande quantité d'air. D'ailleurs, ces rubans bleus se font surtout remarquer près des moraines et au bord inférieur, où la fonte est le plus rapide. Enfin j'ai observé, à plusieurs reprises, que le glacier n'est jamais aussi beau que pendant la pluie, ou peu de temps après.

La porosité de la glace a été l'objet d'une expérience aussi simple qu'ingénieuse :

Agassiz fit creuser différents trous, les uns de deux, les autres de dix pieds de profondeur, dans lesquels il versa de la teinture de campêche. Une demi-heure après, le liquide coloré envahissait toutes les fissures, par saccades irrégulières, et venait suinter à la paroi inférieure.

N'eût-il pas suffi, pour se convaincre de cette porosité, de remarquer avec quelle merveilleuse facilité les *puces des glaciers*, ou poducelles, pénètrent dans la glace la plus compacte, jusqu'à une profondeur de plusieurs pouces ?

Quant au mouvement progressif des glaciers dans le sens de leur pente, c'est un fait aujourd'hui indubitable, quoique Plouquet se batte les flancs pour le prouver physiquement impossible. « Rien, dit monseigneur Rendu, touchant cette question, ne me paraît plus clairement démontré, et rien en même temps ne me semble plus difficile à concevoir, que la manière dont s'opère ce mouvement si lent, si inégal, qui s'exécute sur des pentes différentes, sur un sol garni d'aspérités, et dans des canaux dont la largeur varie à chaque instant. C'est là, selon moi, le phénomène le moins explicable d'un glacier. Marche-t-il d'ensemble comme un bloc de marbre sur un plan incliné ? Avance-t-il par parties brisées, comme les cailloux qui le suivent dans les couloirs des montagnes ? S'affaisse-t-il sur lui-même pour couler le long des pentes, comme le ferait une lave à la fois ductile et liquide? Les parties qui se détachent vers les pentes rapides, suffisent-elles à imprimer du mouvement à celles qui reposent sur une surface horizontale? Je l'ignore. Peut-être encore pourrait-on dire que, dans les grands froids, l'eau qui remplit les nombreuses crevasses transversales du glacier venant à congeler, prend son accroissement de volume ordinaire, pousse les parois qui la contiennent, et produit ainsi un mouvement vers le bas du canal d'écoulement. »

Quoi qu'il en soit, les pentes plus ou moins rapides, et les changements subits qui s'opèrent dans la température, produisent, en été, une motion continuelle dans les glaces. Ce mugissement incessant, qui règne dans certaines parties des Alpes, ces craquements horribles, que répercutent de multiples échos, proviennent des déchirures et du mouvement des glaciers.

Ugi nous raconte que, cheminant un jour sur celui de l'Aar, vers trois heures de l'après-midi, il entendit un bruit singulier. S'étant avancé vers le point d'où il lui semblait venir, il fut saisi d'effroi, en voyant que tout commençait à tourner. Cet ébranlement cessa, recommença par secousses, et enfin une brèche, d'environ quatre à cinq pieds de profondeur et d'un pouce de largeur, se manifesta. Y étant revenu pendant quatre jours consécutifs, il vit croître la crevasse peu à peu, jusqu'à ce qu'enfin elle devînt infranchissable.

Qu'on me permette de citer ce dont j'ai été témoin :

J'étais un jour près du jardin de la Mer de Glace, à chercher des cristaux. Hissé sur un arceau, suspendu sur un abîme, où les eaux clapotaient, j'entendis tout à coup, sous mes pieds et près des parois de la montagne, comme un sourd roulement de tonnerre. J'attribuai cet étrange bruit à la moraine qui, entraînée par le glacier, pouvait effectuer cet affreux raclement sur les puissantes échancrures des rocs. Mais, pendant que je réfléchissais à cette grande lime, qui ne cesse d'arrondir et d'emporter, un tremblement inouï se fit tout autour de moi, et je crus à la fin du monde. Les glaces s'entre-choquèrent violemment, quelques-uns des ponts s'affaissèrent, avec un fracas et des grincements horribles ; puis le silence se rétablit, et je me crus sauvé. Mais bientôt les terres voisines et une pierre de plus de deux mètres cubes glissèrent sur la moraine, pour disparaître dans une forte entaille du glacier. J'avais été si préoccupé de ces phénomènes, que je ne fus pas peu étonné de trouver que mon arceau s'était aussi affaissé de plusieurs pieds.

Les crevasses varient quelquefois très-rapidement. Je me rappelle que, lors de mon ascension du Mont Perdu, une crevasse que je n'avais pu franchir qu'avec beaucoup de difficulté en allant, s'était considérablement rétrécie à mon retour. Pendant notre déjeûner, au sommet, nous avions, le guide et moi, entendu un craquement prolongé. Mon compagnon ne s'y trompa point : « Ces maudits *cric-cracs*, dit-il, nous barrent peut-être le passage. » Deux heures après, je pus à peine en croire mes yeux : une crevasse s'était formée au-dessus de la première qui, ainsi pressée, était devenue plus étroite et moins dangereuse.

Le nombre, la forme, la profondeur de ces crevasses varient dans les diverses parties d'un même glacier. Elles sont d'autant plus nombreuses et considérables, que la pente est plus rapide ; et quand elle est tout à fait brusque, on ne voit plus que buttes, ballons, tours irrégulières, pyramides fantastiques, forteresses crénelées, figures des plus bizarres et des plus capricieuses. Lorsque quelques-unes de ces *aiguilles* s'écroulent, avec les grincements qui leur sont particuliers, on dirait une ville forte, ébranlée et détruite par un tremblement de terre.

La *neige rouge*, dont on a tant parlé comme d'un phénomène extraordinaire et inexplicable, est un corps étranger, provenant de la réunion d'êtres organisés, animalcules microscopiques qui peuvent vivre à une température au-dessous de zéro. Ils ont une petite carapace transparente ; tantôt séparée du corps, tantôt si rapprochée, qu'on ne peut plus la distinguer. Leurs lèvres, d'un jaune orange, sont armées de deux tentacules, appendices filiformes perpétuellement agités quand ces infusoires sont en mouvement. — Le mode de propagation est des plus étranges. Parfois l'animalcule se divise dans sa petite carapace en plusieurs parties, qui deviennent des animaux séparés et indépendants. Pleins de vivacité, ces nouveau-nés s'accotent fortement contre les parois de leur prison, et après avoir fait une brèche, ils en sortent pour se munir peu à peu d'une enveloppe pareille. Parfois le corps se couvre de petites vésicules, qui se réunissent sous la forme d'une bouture. Celle-ci, dont l'intérieur accuse bientôt un point rouge, se détache de la mère, et devient infusoire à son tour. — C'est bien la région des grandes fantaisies!

Il est une autre étude, à laquelle je me suis souvent livré, et qui naturellement trouve ici sa place.

Comme nous l'avons déjà vu, une multitude de causes tendent à altérer la surface de notre globe. Des hauteurs escarpées descendent des torrents, des cascades, des avalanches, des glaciers, qui effectuent sur leur parcours des ravages plus ou moins considérables, une dégradation persévérante. Tels glaciers, comme celui du Grand-Görner, font des progrès incessants, et engloutissent peu à peu les prairies et bon nombre de chalets en une centaine d'années; et s'il fallait en croire la légende, il en est peu, de l'origine desquels on ne pût retrouver la date. Gruner n'ose-t-il même pas nous dire qu'en 1760, il observa dans un de ceux de l'Eiger, près de la Plaque Chaude, des végétaux, des troncs de mélèzes, qui ne pouvaient venir que des régions supérieures!...

Le touriste qui veut se donner la peine de regarder

la composition du dépôt immense qu'on voit dans la vallée, au-dessous des glaciers, retrouve pêle-mêle un détritus végétal, provenant des flancs des montagnes environnantes, et des débris de la plupart des roches géologiques dont elles sont formées. Qu'il suive l'une de ces digues allongées, qui bordent le glacier et marchent avec lui, sous le nom de moraine, et il ne tardera pas à s'apercevoir que, si quelques-unes des roches viennent du voisinage, les autres sont descendues, avec la glace, de plusieurs lieues de distance. Il lui sera facile d'observer encore que, si un glacier s'est rétréci ou affaissé, les deux bords ainsi abandonnés, présentent beaucoup de surfaces arrondies, de roches sillonnées et striées.

Armé de ces simples connaissances, qu'il visite le Bärenegg, le glacier de l'Aar, la partie supérieure du glacier du Rhône, la vallée de Natters, les environs de Viesch, les deux rives du lac Méril, le Siedelhorn, l'Abschwung, et il ne manquera pas, là comme en plusieurs autres points, de voir des traces de l'action érosive des glaces. Les parois sont usées, polies ; les blocs disloqués, arrondis, striés.

Sur le Kirchet, peu distant de Meyringen, il verra des indices également frappants de la présence d'anciens glaciers. Ces tortueuses excavations, dont la partie supérieure est parsemée, ne peuvent être attribuées, comme l'a dit Agassiz, qu'aux petites cascades intérieures d'un glacier qui n'est plus.

La présence de moraines éloignées des glaces actuelles, les érosions qui ne peuvent être attribuées aux pluies torrentielles ou à un déluge quelconque, les symptômes certains de cascades, taries aujourd'hui, les roches erratiques, etc., le convaincront de l'existence d'anciens glaciers.

Les *blocs erratiques* sont de volumineux débris de rochers, dispersés sur les dépôts diluviens, et dont la nature diffère, par la constitution géologique, de celle des terrains où ils ont été déposés. Ils prennent le nom de *moutonnés* et *perchés*, quand, par leur nombre et leur position, ils ressemblent de loin à un troupeau de moutons, ou sont hissés, comme des monuments druidiques, sur un autre roc.

Comment ces blocs ont-ils pu être charriés à une hauteur de 3,000 pieds? On n'a pas craint d'attribuer leur transport à la puissance de l'eau : supposition totalement inadmissible pour quiconque a vu ces énormes masses, qu'on retrouve en abondance dans les Alpes et ailleurs. Car, si forts que soient les courants, ils ne peuvent qu'arracher tel bloc du front des montagnes, le rouler en bas dans leur cours, et le pousser enfin sur des plaines ou sur de petits mamelons.—L'hypothèse des mers, même à une époque diluvienne, les hissant à pareille hauteur, ne me semble guère plus plausible, parce qu'il répugne au simple bon sens que ces lourdes masses eussent été entraînées de si loin, et voiturées si violemment, jusqu'aux flancs des montagnes où elles sont ancrées. — Mais, par analogie avec ce qui se passe de nos jours, on peut croire qu'à une *époque glacée*, il y avait des lacs nombreux, dont la profondeur était considérable et la surface gelée pendant un certain temps. Lors des fontes, des quartiers de glace, poussés par le vent ou entraînés par un courant, allaient comme des îles flottantes, avec les blocs dont ils étaient chargés, se fondre, près ou loin, sur les côtes opposées. Ces blocs, descendus d'une montagne, étaient ainsi déposés sur un sol hétérogène, où nous les retrouvons aujourd'hui. Darwin ne nous décrit-il pas ces gigantesques glaçons qui, se détachant des monts de la Terre de Feu, vont, chargés de rochers énormes, porter ces débris dans des contrées plus chaudes? Qui ne sait la force de la glace quand arrivent les débâcles? Les rivages du Saint-Laurent sont constamment modifiés par ce phénomène.

Mais gardons-nous de franchir le seuil de la science: si les grands prêtres du temple le savaient!... Les moineaux francs, qui pillent çà et là le bon grain du semeur, ne stationnent pas longtemps sur le théâtre de leurs maraudes : prenons le vol comme eux, jusqu'au Pont du Diable, qui est sans contredit l'une des horreurs les plus grandioses de la Suisse.

Quel ne fut pas notre étonnement d'y rencontrer deux miens amis, lesquels étaient partis six heures avant nous! ...

— Ah! çà, leur criai-je de loin, que signifient ces

mines cadavéreuses, ces cheveux hérissés, ces bras tragiquement levés en l'air comme des ailes de moulin? Quelque génie vous aurait-il cloués sur place?

— Voyez! voyez! répliquèrent-ils en frissonnant.

— Oui, je vois un gouffre qui n'a sans doute pas son pareil en Europe; je vois des rochers noirs comme la suie, perpendiculaires comme un mur; je vois deux ponts superposés, des cascades en démence; je vois...

— « Quand aura-t-il tout vu? » marmottèrent-ils. Mais regardez encore!

— Ah!... ces chevaux et cette voiture, là-bas, entre les deux rochers? Peste!

— C'est notre équipage. Il nous a portés d'Hospenthal ici...

— Achevez!

— Oh! une histoire bien simple. Nous sommes descendus, sur l'avis du cocher, pour admirer cet enragé précipice; pendant notre courte absence, les chevaux se sont cabrés,.. et jugez de la culbute!...

— Mais le cocher?

— Sain et sauf, comme un chat précipité d'une gouttière, qui tombe sur ses pattes. Un vrai miracle. Le drôle est resté près d'une demi-heure suspendu entre ciel et terre, sur cette dent de roc, qui s'avance là, sur la droite, d'où trois paysans l'ont remonté avec une corde. Il vient de partir, gaillard comme si de rien n'était, pour aller porter cette bonne nouvelle à son maître.

— Eh bien! mais alors, y a-t-il là matière à désolation?

— Chut! fit mon second interlocuteur. N'entendez-vous pas comme un sanglot?... Médor! mon pauvre Médor!

— Ah! Médor est aussi là-bas? *Pécaïré!* — Une larme au chien fidèle, et en route pour Altdorf.

— J'attendrai : peut-être n'est-il qu'étourdi de sa chute.

— Un étourdissement de six heures!...

— Qui sait?

— Quoi! vous auriez l'intention de passer la nuit ici? Mais Satan qui tient invariablement sa cour, avec les sorcières du vallon, sur ces rocs luisants et sinistres... ne redoutez-vous pas ses cornes?

Cette double interrogation resta sans réponse.

Sont-ils encore sur le Pont du Diable? C'est ce dont je ne manquerai pas de m'assurer à mon prochain voyage; et si tu le permets, ami lecteur, j'ajouterai alors une page à mon album.

DE MILAN EN SAVOIE

I

OU VA LE COUCOU

Nous entrions à Milan comme Garibaldi faisait sa triomphante expédition de Sicile. Grandes étaient les rumeurs de la foule ; le nom du héros valsait parmi les vivats sur toutes les lèvres, accompagné de cette phrase tracée, pour ainsi dire, en caractères électriques, tant elle sillonnait la ville avec la rapidité de la foudre : *Le roi de Naples est en fuite !*

Les maisons étaient pavoisées, depuis les combles

jusqu'aux boutiques; une auréole de joie rayonnait sur tous les fronts; l'enthousiasme circulait, vivace parmi le peuple, comme le sang dans les veines d'un fiévreux; on sentait que le feu de la liberté avait longtemps couvé sous les cendres, et que l'heure était venue de rompre les fers séculaires de la noble Italie.

De Milan, nous voulions gagner Venise, mais un compatriote nous dissuada par ses discours.

« Vous aurez d'abord, nous dit-il, mille et une difficultés, car l'Autriche ombrageuse a établi autour de la pauvre ville comme un cordon sanitaire. D'ailleurs, la Venise que vous cherchez, la Venise des carnavals joyeux et des coquettes gondoles, est morte sous le sabre autrichien. La Venise d'aujourd'hui peut se peindre d'un mot : « Un cercueil, autour duquel la Douleur pleure toutes ses larmes, et dont par intervalles, une femme aux traits radieux — l'Espérance — soulève le couvercle. »

— Courage, noble fille de l'Adriatique ! m'écriai-je, l'heure est proche de ta résurrection. Le règne de la tyrannie n'est jamais éternel : exilée de la famille italienne, l'arrêt d'exil sera cassé; et nous te verrons bientôt, rayonnante à l'égal de jadis, briller à la couronne d'Italie comme un de ses plus beaux diamants. Que si mes vœux devaient suffire à ton indépendance, je te dirais à l'instant même, comme le Christ à Lazare : « Sors du tombeau ! »

Turin est une jolie ville, distribuée régulièrement

comme les cases d'un échiquier — partant monotone. Au sortir du Palais-Madame, que nous avions gardé pour le dessert, Robert proposa d'aller à Suse et au Mont Blanc.

— Suse! Suse! dit Henry, je préfère Nice. Quant au Mont Blanc, il viendra, s'il vous plaît, en temps et lieu.

— Vive la cité d'Aoste! répliqua Seymour : 1° la Tour du Lépreux mérite considération; 2° les raisins y sont excellents; 3° l'on y va paresseusement porté sur une bonne grosse voiture.

— Halte-là, compagnons! fit Mentor. Jusqu'à présent, je vous ai toujours laissé la liberté de choisir, et vous avouerez que je vous ai suivis sans rancune. Aujourd'hui, c'est mon tour, et gare à la férule! Donc, partons de suite, et à la grâce du hasard! Nous monterons dans la première diligence qui voudra nous ramasser. — En route!

— Et si la patache va à Naples, qu'adviendra-t-il du Mont Blanc? demanda Robert, en quittant l'hôtel.

— Tant pis! — Tant mieux! — Bravo! — Bravissimo! — Vive le jeu de colin-maillard!

— Eh! l'homme à la diligence, avez-vous quatre places, là-haut, en face du soleil?

— Elles sont toutes prises, mais il y en a encore pour vous tous, y compris votre panier de pêches. (Ce surcroît de bagage était dû à la gourmandise de Seymour qui, pour n'avoir pas à regretter les raisins d'Aoste, l'avait acheté d'une vieille femme.)

— Ah ça ! mais, poursuivit le conducteur, à votre équipement, on vous prendrait pour des soldats réfractaires. Où allez-vous donc, Messieurs ?

Les messieurs évidemment partirent d'un éclat de rire bien nourri. *That's the question.*

— Avant de vous répondre, dites-nous d'abord jusqu'où vont vos deux rosses grises et cette vieille carcasse jaune, qu'à Paris on embellirait du nom de coucou.

— Oui, oui ! s'écrièrent mes compagnons, où va le coucou?

— Mais il va à Lanzo.

— Lanzo ?... Bien, très-bien. Est-ce que Lanzo se trouve du côté de Nice, de Naples, de Venise, du Mont Blanc ?

— Ah ! voilà qui commence à m'intriguer, Messieurs. Seriez-vous de faux monnayeurs, bien aises d'échapper à la police de Turin, ou simplement des touristes blasés de leur temps et des voyages ?

— Peut-être. Montons toujours, puisque votre impériale est élastique.

— Eh bien ! j'ai l'honneur de vous prophétiser qu'une fois arrivés à Lanzo, vous serez obligés de revenir à Turin.

— Comment ! que dites-vous? nous allons nous fourrer dans un cul de sac ? Mais, brave homme, vous nous taillez des bavettes !

— Pas le moins du monde, Monsieur, car notre petite ville se trouve au fond d'une vallée bordée d'infranchissables montagnes. Pas plus de sentiers que sur ma main, ni de passages même pour un chamois.

— Arrêtez donc vite, que nous descendions ! réclame Seymour.

—Silence, Monsieur ! je commande aujourd'hui, et vous n'avez pas voix au chapitre. Nous allons à Lanzo, ne vous déplaise, et nous ne reviendrons point à Turin, car il faut faire mentir la prophétie.

— Mais, s'écrièrent en chœur les indigènes, nous vous jurons, par la sainte Madone, que Lanzo est une impasse, que nos montagnes sont inaccessibles, et que vous serez bel et bien forcés de revenir à Turin prendre le chemin de fer.

— Et moi, je vous jure, honnêtes bourgeois de Lanzo, par les clous de mes souliers, que je ne reviendrai point sur mes talons, et que j'irai porter ma personne sur le sommet de vos monts inhospitaliers.

— Ah ! par exemple, je vous en défie, s'exclame un obstiné compère ; et dans tous les cas, je ne vous accompagnerai pas dans vos essais infructueux.

— C'est justement parce que vous m'avez l'air de n'avoir jamais fait semblable tentative, que j'ai la certitude d'escalader vos cimes. Savez-vous, braves gens, que nous avons l'idée de faire l'ascension du Mont Blanc ?

— Mais il n'est pas aussi revêche que nos abominables montagnes.

— Ta, ta, ta... En quoi sont-elles donc faites, ces dernières ? Est-ce en beurre, où l'on risque de s'enfoncer jusqu'à la gorge ? Est-ce en verre, susceptible d'être brisé par nos alpenstocks ? Sont-elles présentement la proie des flammes, des sorcières ou des démons ? Expliquez-vous, de grâce !

Je confesse, à distance, que nous étions un peu nargueurs — fanfarons, du reste, par acccident, et non par caractère.

— Nos montagnes, répondit-il sans humeur, sont infranchissables, parce que la base en est presque perpendiculaire, le milieu hérissé de roches superplombantes, la partie sommitale, pour ainsi dire, à pic, et sujette à des avalanches continuelles. Un cri, un murmure, les sons de vos pas provoqueraient une telle descente de neige, que vous seriez engloutis sans pitié. Point de guide d'ailleurs qui s'aventurât à vous conduire : les guides n'existent pas dans les montagnes vierges.

Soit paresse, mauvais pressentiment ou convoitise d'une autre direction, Seymour murmure : — Imbéciles, revenons sur nos pas ; il y a des raisins à la cité d'Aoste et des railways à Turin.

— Silence encore, vous dis-je, ami Seymour ! Je vous certifie que nous passerons bon gré mal gré. Malitorne ! un gaillard d'estoc et de taille, comme vous, se laisserait intimider par ces gens-là! Oubliez-vous donc que votre père est un membre de l'Alpine-Club et un héroïque ascensionniste?

— A propos de ça, conducteur, est-ce que dans votre pays on a peur de faire aux cailloux du bobo?

— Mais comment, Monsieur! Nous brûlons le pavé. A preuve, que nous avons fait trois lieues de France en trois heures. Regardez ma montre...

—Peste! trois lieues? Mais nos chevaux en auraient fait douze dans ce laps de temps!

—Voilà, j'espère, qui s'appelle *blaguer*, comme vous dites à Paris. Sainte Madone, douze lieues en trois ou quatre heures! A d'autres vos sornettes!

—Mais aussi, vous n'avez que de vieilles rosses.

— Oh! cela vous plaît à dire, car ce sont de vaillants chevaux. Mais tenez, pour en finir de vos contes bleus, qu'il vous suffise de savoir que depuis quinze ans, je fais le trajet de Lanzo à Turin en cinq heures, et que pour le retour j'en prends six. La distance est de six lieues. Or vous avez beau faire et beau dire, vous n'arriverez ni plus tard ni plus tôt ce soir.

En ce moment, Seymour, qui est un gentleman d'une politesse exquise, me fit tout bas cette remarque : — Mais voyez donc! Il y a derrière vous un pauvre sire qui, pour ne pas vous gêner, mettrait volontiers ses jambes dans sa poche. Cette courtoisie mérite au moins un mot de remerciement.

— Patience! répondis-je.

— Avez-vous, en outre, observé qu'il tient depuis longtemps dans sa main une boîte d'allumettes à l'usage des voyageurs ?

— Peste ! c'est donc un valet endimanché, qui nous sert pour n'en pas perdre l'habitude.

— Non ; car il a, dans ses façons, ce sourire béat de l'homme officieux sans servilité.

— Vous êtes optimiste, mon cher. C'est tout simplement sans doute le gargotier de Lanzo. Et regardez-le nous couver de ses prunelles amoureuses : je gage qu'à cette heure, il adresse une prière à tous les saints du paradis, pour obtenir d'eux un bon déluge, qui nous cloître chez lui toute une quinzaine.

— Ses complaisances ne seraient donc qu'une glu perfide ?

—Nous allons le savoir... Conducteur, auriez-vous la bonté de me dire si nous trouverons, dans votre bonne ville, de quoi nourrir et loger nos quatre personnes ?

— Rien ne vous manquera, Monsieur, surtout si vous aimez les poulets et les truites, le bœuf et la salade, répondit-il en riant.

— C'est donc le vrai pays de Cocagne, que votre Lanzo ! Mais que signifie votre rire ?

— Ah ! demandez à votre voisin, qui est là pelotonné comme un hérisson, pour vous donner plus d'aises.

— Monsieur, dis-je au bonhomme.

— Mille grazie, signore, fit-il.

— Le farceur! qui ne parle pas français! servez-nous de trucheman, conducteur, car pour baragouiner l'italien, j'ai besoin de fourrer mon nez dans le dictionnaire à tout propos, ce qui divertit peu!

— Dans ce cas, il sera joué, ce-soir, la comédie à Lanzo, ce voisin étant l'unique maître d'hôtel de la ville, et le plus instruit de sa baraque. Pour votre gouverne donc, notez mon conseil, qui est de répondre à toutes ses questions : « Si signore », car il pourrait retrancher le canard ou le poulet, les truites ou le bœuf, ce qui serait dommage. Ses provisions sont minces : je viens de les énumérer toutes. Une fois épuisées, partez vite, de peur de famine. Turin n'est pas au bout du pied pour renouveler ses vivres, et le pauvre homme serait forcé de vous nourrir de pommes de terre — un régime dont vous m'avez l'air de vouloir assez mal vous accommoder.

Arrivés audit hôtel, je réunis toutes mes connaissances linguistiques pour demander à souper.

— Che avremo pel nostro pranzo, signore?

— Un anitra, un pollastro e trutella, mille grazie, signore.

— C'est bon, me dis-je, je comprends à merveille : le canard, le poulet et les truites du conducteur. Demain nous vivrons des carcasses!

Au bout de deux heures, fut servi le dîner. Les plats parurent successivement, mais dans l'ordre que voici — tout à fait contraire à nos prévisions : Poulet rôti, truites grillées, bouilli, salade, soupe, omelette. C'est peut-être l'habitude du pays; et puisque personne n'y trouve à redire, il siérait mal à un étranger d'en médire.

— A propos, s'écria Henry sur le dessert, a-t-on des lits dans cette pétaudière ?

Le signore, paraît-il, comprenait un peu le français, s'il ne savait pas le parler. Il prit la balle au bond, et tout offensé de ce doute outrageant, il nous fit entendre qu'il en avait deux, ce qui lui paraissait plus que suffire pour quatre. « Vénez, vénez vire, » criait-il en fausset, et nous de le suivre dans une chambre voisine, flanquée de deux lits.

— Oui, c'est bien, mais il nous en faut quatre, ou à la dernière rigueur, quatre matelas.

— Quatéré ! ah ! oh ! quatéré !... Oui, oui, vénez, vénez vire !

Mes trois compagnons se tournèrent vers moi, comme pour me dire, chacun dans sa pantomime : « Je reste, car évidemment ce brave homme nous a montré ce qu'il a de mieux. »

A ce compte, il n'y avait pas moyen de s'entendre. On tira donc au sort. Seymour et moi, nous eûmes seuls le droit de rester, au grand dépit des deux perdants.

« Vénez, vénez vire ! » Et l'hôte, avec un bout de chandelle à la main, disparut dans un petit couloir, où nous le suivîmes pour entrer peu après dans deux magnifiques chambres. Nous avions joué *à qui perd gagne.*

On connaît ces ustensiles de nécessité vulgaire, que la civilisation moderne a mis à la mode dans une chambre à coucher. Il n'y en a point à Lanzo, ce qui oblige mes amis à errer dans les cours et les jardins, en criant : « Vive la simplicité primitive du père Adam ! » Et les draps ? Un champ d'orties. J'imagine que si grand'mère Eve avait couché dans de pareils, elle se fût levée, comme moi, pour respirer l'air frais des montagnes et fumer un cigare. J'allai donc, dans ma gracieuse toilette de nuit, me promener sur le long balcon de l'hôtel. A peine une demi-heure écoulée :

« Pan ! pan ! »

— Qui peut frapper à minuit ?

« Pan ! pan ! pan ! »

— Holà ! que voulez-vous ? où êtes-vous ?

— Monsieur ! Monsieur ! criait une voix dolente, mais venez donc à notre secours ; on nous perce, on nous saigne, on nous assassine !

Je courus au gîte de mes agneaux menacés. Je respirai d'aise en entrant : l'ennemi me semblait chimérique.

— Qu'est-ce donc, mes petits mignons ? Pourquoi ces clameurs d'effroi ?

— Nous sommes dévorés par une vermine immonde !

Je me pris à rire. Les malheureux, armés de flambeaux, pourchassaient le gibier.

— Que vous m'avez l'air drôle! articulai-je. Braconnez-vous les mousquites?

— Eh! non, c'est bien d'autres animaux!

— Ah bah! Des... puces donc? puisqu'il faut les nommer.

— Oh ouiche! c'est autrement gros, autrement plat, et surtout... quelle odeur!!! Sentez, sentez un peu!

— Grand merci! C'est différent alors; ces bêtes-là n'ont pas de nom, mes pauvres amis. Mais à propos, j'ai souvenance d'avoir lu quelque part la théorie de cet ingénieux procédé: « On les prend délicatement l'une après l'autre, on les porte au bord d'une rivière, et là, sans trêve, on les pile entre deux cailloux. » Que si cette méthode, toutefois, vous paraît un peu longue, eh bien! fusillez-les en masse. C'est plus expéditif. Sur ce, bonsoir!...

Comme les deux infortunés voulaient me suivre, je fermai violemment la porte, ce qui, paraît-il, fit tourner le pêne, et me couchai à la piquante. Mais je ne devais guère dormir, — c'était écrit. Car peu après, je crus qu'une bande de maçons démolissaient le fameux hôtel. Toutes les portes étaient en branle, toute la maisonnée dans les querelles. « Quel sabbat! » me dis-je, en sursaut réveillé.— Seymour, dormez-vous?—Rien. — Seymour! Seymour! voyons, il n'est pas possible que votre sommeil soit sourd à tel point!

— Non! Chut! fit-il d'une voix gutturale. J'écoute. Je crois que le feu est à l'auberge. Entendez-vous ce tapage? Et ces cris de femme? Elles s'arrachent les crins, bien sûr!

Trois bonds, et nous sommes dans la salle à manger.

— Holà! garçon, la fille, aubergiste, signore, signora, signorina! Holà! holà! que se passe-t-il donc?

— Mille grazie, signore...

— Peste soit de l'animal qui bredouille son jargon! fit Seymour en trépignant de ses pieds nus.

Mais une voix s'élève du dehors. On appelle, on cogne, on jure, on tempête. Ouragan de bruit, à travers lequel nous finissons par comprendre que l'ingénieur du canton nous amène un guide (car la nouvelle de notre arrivée s'est répandue vite dans le pays), et que les filles du logis, ayant égaré la clef principale, vont et viennent, culbutant tous les meubles, ouvrant et fermant toutes les portes, excepté celle qu'il faudrait ouvrir.

— Mais on frappe aussi là-haut, dis-je à l'aubergiste, et depuis longtemps, à coups redoublés.

— Sainte Madone!...

— Bien, bien, Seymour, que tous ces gens se débarbouillent; recouchons-nous; c'est quatre heures et demie, et il faut se lever à cinq.

A peine couchés : « Pan, pan, pan! »

— Oh! me dis-je, tape encore, tape toujours, puisque nous sommes en carnaval; je ne bouge plus.

— « Monsieur! Monsieur!! »

— Tiens! voilà encore Alison et Northumberland

qui crient. Laissons faire; ce n'est rien : ils sont seulement dévorés par des essaims de pucerons et de bêtes plates qui sentent. — Eh ! silence, silence au poulailler! — je veux dormir — je dors!...

— « Signore! Eh signore! » ajoute dans son patois une voix aigrelette, par le trou de la serrure, « voici le guide que vous avez demandé. »

— Ah! qu'il s'aille faire pendre! Je n'ai besoin de lui, ni pour dormir, ni pour voyager en ce moment. Filez, ventre-saint-gris! filez tous, — ou sinon, puisse la crampe vous clouer vingt-quatre heures sur plante!

Je me levai à six heures, suppliant le maître de la fameuse auberge de nous préparer à déjeûner, car nous avions résolu de partir à sept, pour aller de l'avant.

Notre guide revient : — Monsieur, dit-il, toujours en italien, je suis envoyé par Monsieur l'ingénieur; je vous offre donc mes services, s'ils peuvent vous être agréables.

— Parlez-vous français?

— Pas un mot, mais je comprends votre italien; au besoin même, je traduirais admirablement chacun de vos signes.

— J'en suis fort aise. Quelle distance y a-t-il d'ici à Cérès?

— Deux lieues environ.

— Comment! fit l'aubergiste, il y en a trois au moins.

— Mais courtes, répliqua le guide, rouge de colère...

« Imbécile, ajouta-t-il à voix basse, vous me ferez perdre cette bonne occasion. »

« Grand niais, lui répliqua du même ton son interlocuteur, c'est tout le contraire; je double ton aubaine. »

— C'est bien, interrompis-je; deux ou trois, c'est la même chose pour des voyageurs comme nous. Et combien de Cérès à Ricardié ?

— Neuf, et cette fois, elles sont longues.

— De Ricardié aux Fours?

— Quatre petites.

— Or çà, comptons ensemble : trois et neuf font douze; douze et quatre font seize. Seize lieues, c'est impossible ! Donc, ou vous me trompez à bon escient, ce qui est mal; ou vous n'avez jamais été aux Fours, et pour un guide, c'est plus mal encore.

— Mais cela fait-il seize lieues ?... C'est quelles sont courtes en ce cas — convenez que je vous en ai prévenu.

— Au revoir ! nous irons sans guide.

— Beau moyen pour vous perdre ! beau moyen !

— Qu'importe ! Nous saurons nous retrouver. Je vous salue.

Là-dessus, Seymour, allez avertir nos deux dormeurs que nous les attendons impatiemment, et que, s'ils ne font pas mine de se hâter, nous déjeûnerons seuls, pour déguerpir ensuite. J'ai bien une vague idée qu'ils m'ont appelé à plusieurs reprises, qu'ils ont frappé de cinq à six comme des forcenés, mais pour être dévorés la nuit par des bestioles plates, cela ne veut pas dire que nous puissions leur permettre de dormir le jour.

Deux minutes après, mes trois compagnons revinrent en poussant des cris de joie. Alison et Henry me racontèrent alors comment, en fermant leur porte, j'avais fait glisser le pêne, ce qui les avait obligés à frapper d'abord, à m'appeler si souvent ensuite, et désespérés enfin, à poursuivre leur chasse infatigablement. Je les visitai avec scrupule ; ils étaient entiers de leurs membres, sinon sans blessures latentes, — mais désireux aussi de quitter vite cette fourmilière, pour n'y plus revenir.

II

L'AUBERGE DES CONTREBANDIERS

De Lanzo à Cérès, le paysage est triste. Les montagnes stériles y sont couvertes de rocailles roussâtres, vêtement d'emprunt qui leur donne une apparence toute particulière de désolation. Ce dernier village, beaucoup plus pittoresque que celui de Lanzo, est situé sur une colline, à l'entrée de deux vallons assez étroits, mais moins sauvages que nous ne l'avions cru d'abord. Le vallon des Fours surtout possède de riches prairies, de nombreux troupeaux, et une population moins pauvre que dans plusieurs vallées de la Savoie. Les villages cependant y sont un tohu-bohu de tristes cabanes à un seul étage, où foisonnent des groupes d'enfants déguenillés et malpropres. Quelle est la

12.

cause de cette misère, en dépit du sol ? Les renseignements recueillis à cet égard m'ont convaincu que ces malheureux paysans sont grevés de saints et de fêtes. Ainsi, c'était fête à Lanzo le vendredi ; c'était fête le samedi à Gros-Cavallo ; c'était fête le dimanche à Ricardié, laquelle fête devait durer deux ou trois jours. Enfin la semaine suivante, il devait y avoir fête encore dans toute la vallée. Or, qui dit fête, dit suspension des travaux agricoles — au profit unique des cabarets, où l'on engloutit les économies de la semaine dans la boisson, dans les disputes, souvent dans les rixes sanglantes — heureux encore, si l'on ne grève l'avenir de lourdes hypothèques. — Qu'il y eût, comme dans nos campagnes, un saint quelconque — mais unique — à fêter annuellement, là-dessus je n'aurais rien à dire, à moins d'émettre le vœu que les populations, en général, pussent apporter dans ces fêtes, comme aussi dans tous leurs loisirs, plus de savoir-vivre, plus d'élégance et de sobriété, en un mot plus de civilisation. Mais il y a vraiment excès en Italie.

Donc, nous étions arrivés à Gros-Cavallo par un orageux samedi. Sur la place publique, au sortir de la messe, profitant d'une éclaircie, les paysans jouaient aux quilles. Le curé n'y faisait pas la moue : mais sa soutane jetée gaillardement aux orties, il figurait, en manches de chemise, parmi les plus acharnés joueurs. Jeu certes bien inoffensif, s'il n'est couronné de copieuses libations !

— Pardon, Monsieur le curé, lui dis-je, y a-t-il une auberge dans votre village ?

— Certainement, Monsieur ; bonne auberge et bon vin.

— Ah ! pourra-t-on nous y procurer des lits ?

— Ça, je l'ignore ; mais je vais vous y accompagner ; nous le saurons bientôt.

On alla quérir l'aubergiste, qui jouait aux quilles dans une autre bande. Il nous fit comprendre qu'il ne possédait, pour sa femme et pour lui, qu'un tas de paille enveloppé d'un drap, lequel il nous céderait, si nous le désirions.

— Grand merci, lui dis-je ; mais apportez-nous à manger et à boire. — Nous nous assîmes sur un mauvais banc, à côté d'un commis-voyageur, qui battait deux œufs dans un demi-litre d'eau et de vinaigre.

— Faites excuse, dit le curé; je vous laisse, car ma partie est en souffrance, vous comprenez, et l'on me réclame.

— Faites excuse, balbutia l'aubergiste, pressé probablement aussi, mais je n'ai rien que du pain et du fromage à vous donner.

— Faites excuse, dis-je à mon tour, nous allons partir, puisqu'on nous reçoit à peu près — c'est le cas de le dire — comme des chiens dans un jeu de quilles.

Au village suivant, il pleuvait à verse. Aucune auberge, aucun hangar pour nous abriter ne se présentant, j'entrai bel et bien dans la première maison venue. La maîtresse, bonne femme de quarante à cinquante ans, qui faisait sa lessive, faillit devenir folle de terreur à la vue de quatre énormes gaillards, si bizarrement équipés pour l'endroit, et armés de quatre lances formidables. Je devais être de bonne humeur, car mon premier cri fut : « Il pleut, il pleut, bergère. » Toutefois, me rappelant aussitôt que j'étais en Italie, je fouillai, dans mon arsenal polyglotte, les mots nécessaires pour expliquer à cette bonne vieille notre liberté grande, mais je ne pus arracher de ma mémoire italienne que les mots français : « Il pleut, il pleut, bergère. » Bien des voyageurs se rappellent sans doute avoir éprouvé le même échec. Seymour voulut me tirer d'embarras ; mais soit hasard, soit malice, il parla si bas que personne ne l'entendit. La commère courroucée me fit comprendre que sa maison n'était point une auberge, et que notre devoir était de déguerpir au plus vite. Alison, qui ne comprenait pas une syllabe d'italien, eut l'impertinence de rire à ce propos et de seriner encore : « Il pleut, il pleut, bergère. » La lessiveuse, outrée cette fois, prit une casserole d'eau bouillante, et vociféra, les yeux hors de la tête, qu'il était temps de s'esquiver, si nous ne voulions qu'elle nous échaudât « comme des porcs. » La sommation réussit : nous nous précipitons par la porte, mais avec un carillon de rires mêlés du refrain malencontreux : « Il pleut, il pleut, bergère » —si bien que le liquide bouillant jaillit sur nos talons, protégés — ô bonheur —

par nos guêtres, et ne fait qu'effleurer nos fonds de culotte.

Arrivés enfin à l'auberge de Ricardié, qui est de beaucoup la meilleure de tout le vallon : —Parle-t-on un peu français, anglais ou allemand dans ce bon pays?

— Français! français ! me dit une voix caverneuse.

— Je vous donne ma bénédiction, qui que vous soyez... Avez-vous des lits?

— Voilà, Monsieur, bonjour, Messieurs; oui, j'ai deux lits.

— N'en auriez-vous pas trois? Cherchez.

— J'en ai trois.

— Ah! puissiez-vous répondre encore affirmativement. N'en auriez-vous pas quatre?

— J'en ai quatre, mais tenons-nous en là.

— Non certes, car ventre affamé...

— N'a point d'oreilles, connu.

— Mais il a des dents! Que leur donnez-vous?

— Des truites sortant du ruisseau.

— Après?

— Du bœuf, du porc et une salade.

— Après?

— Une omelette et des pommes de terre frites.

— Après?

— Après! après! du pain, de l'eau, du vin, mes bonnes grâces et mon cuisinier.

— Ravissant. Fricotez tout cela pour quatre; un dîner ou un souper, à votre guise.

Le vieux réjoui, jadis soldat de l'Empire, nous mena dans la cuisine, qui sert de salle de réception, et nous présenta au marmiton-chef. Un avocat manqué que celui-ci. Enchanté du reste de nous voir. Et tout en vaquant à ses fonctions culinaires :

« — Je suis de Cérès, ne vous déplaise ; et comme je n'ai pas eu l'occasion de parler votre langue depuis 1814, ne soyez pas étonnés que mon français soit moins pur qu'à Paris, *ousque* j'ai pourtant fait mon éducation, comme rinceur de vaisselle. Ici vous êtes encore en Piémont; de l'autre côté de la montagne se trouve la Savoie, que vous avez agrafée. Or, vous saurez qu'avant l'éclosion du Petit-Tondu, j'étais valet de cuisine au Mont Cenis, où les pourboires valaient plus que les gages. Le grand Napoléon, plus ami des voyageurs que des garçons d'hôtel, supprima les anciennes habitudes de générosité, et je dus rentrer à Cérès pour y redevenir Gros-Jean comme devant. Cette vie de gueux m'ennuya-t-y vite ! Donc je résolus de me faire contrebandier pour devenir cossu. Ayant communiqué mes plans à Justini, le maître d'auberge, alors panné comme moi, nous nous adjoignons quelques sacripants de notre trempe, et nous voilà-z-acheteurs, vendeurs, troqueurs, grincheurs (1), recéleurs et maraudeurs. Un contrebandier, voyez-vous, est un salmis de tous les métiers, honnêtes et autres. Armé jus-

(1) Voleur.

qu'aux dents, il prétend passer et repasser sa marchandise, à travers monts et vallées, sans être molesté par ces grands niais en uniforme, qu'on rencontre sur toutes les frontières; autrement il vous les perce d'un chiffon de fer (1) qui va droit au cœur. Vous comprenez, il a découvert des passages réputés inaccessibles; ils sont donc sa propriété : droit absolu d'exploitation. Il a résolu de secourir les victimes de l'abominable fisc : mort à qui ose s'opposer à ses louables desseins ! Tenez, par exemple, le col Gérard était à nous...

— Donc on peut le franchir, interrompis-je, pour retomber dans la vallée de Bonneval, en Savoie?

— Saperlotte ! voudriez-vous passer par là ?

— Mais nous sommes ici dans ce but.

— Hum ! ce n'est pas une petite besogne; après tout, ce n'est pas impossible, bien que la saison soit mauvaise, et le temps peu propice à de pareilles équipées. Mon histoire, dans tous les cas, vous sera utile comme renseignement.

» Un soir donc, nous étions aux Fours, à une lieue plus loin. Le temps était mauvais, comme aujourd'hui : la pluie en bas, la neige plus haut, la tourmente sur les cimes. La traversée sera rude, que nous dîmes, mais vous savez que les oiseaux de nuit n'ont pas peur des ténèbres, ni les loups de la neige. Néan-

(1) Balle.

moins pour nous encourager, nous bûmes, à huit, douze bouteilles de bon cru, puis une, deux, trois autres d'eau-de-vie. Ça chauffait, vous devinez. Bien! que je fis en mettant le sac sur le dos; si nous prenons feu, nous sommes capables de fondre le Gérard, ce qui serait dommage. Il faut vous dire que nous chérissions ce passage, comme le marin son vaisseau; mais depuis qu'il nous a trahis, je lui garde rancune, et je n'ose m'en confesser au curé.

» La première partie de l'ascension se fit en chantant. Ce sont de joyeux compères que les contrebandiers. Nos chansons étaient répondues par les-z-hurlements d'un immense chien qui ne nous quittait jamais. Il s'appelait Borgia, ce noble compagnon : une fière sorbonne (1) tout de même. Arrivés à la cabane, à deux *heures* plus haut, nous nous reposons près de l'âtre, pour faire un feu d'enfer et boire une bonne gourde d'eau d'aff (2). A notre départ, tourbillons de vents, mugissements d'avalanches, et le brouillard s'épaississait à vue de nez. Ce n'était pas gai, je vous jure. Nous voyions clair comme dans une cave, grimpant à la façon des ours, mais heureusement l'oreille et la patte assez exercées pour nous garder des précipices. On a beau être contrebandier, Monsieur; voyez-vous, dans ces occasions-là, le cœur fait néanmoins

(1) Intelligence.
(2) Eau-de-vie.

tic-tac comme un gros moulin, parmi ce dédale de crevasses perfides; car ce col Gérard, qu'on traverse si facilement en juillet, est un traître bourru vers la fin de septembre et en octobre. Tronn de l'air! on a beau crier : Marrrche! ces zéphyrs du diable vous crachent des fagots de neige tels, que rien n'est moins mirobolant. Enfin nous étions parvenus près de la dernière échelle, lorsqu'une bagasse d'avalanche éclate comme trente mille pétards. « A bas! » s'écria-t-on, mais la satanesse, qui ne dit ni deusse, ni troisse, emporte quatre ou cinq de nos amis comme des ballots, et fusille les autres d'une décoction de rocs; une vraie mitraille, quoi! Pour moi, je ramassai mes guiboles à une demi-lieue plus bas, où je m'étais aplati sur la bosse d'un imbécile de granit, qui avait failli me convertir en marmelade. Ah! quel vrai diable-à-quatre qu'une avalanche! Alorsse doncques, avec des mille et des milliasses de jurons, que je ne redirai point par-z-égard pour votre honorable compagnie, je me mis tout éclopé à la recherche de mon sac, de mon bâton et de mon chapeau, — mais trouve si tu peux! Borgia cependant finit par découvrir le sac; quant au couvre-chef, je l'abandonnai à l'esprit de la montagne, pour me rendre à l'appel des survivants. Il n'en manquait qu'un, lequel avait roulé vraisemblablement jusqu'au bout du monde. Et nous appelons : « Jorbini! » par ci, « Jorbini! » par là; rien n'y fait. Le drôle avait été brossé d'importance.

« Cherche Borgia, cherche mon garçon ! » Borgia avait dégringolé toute une lieue, et il poussait des hurlements — mais des z-hurlements ! comme une meute de loups traqués par un cercle de feu. Nous descendons comme des cascades, appelant et creusant — peine inutile. Il est vrai de dire que cette bonne bêtasse de Borgia enrageait de ne pas nous voir persévérer; mais fallait bien quinze jours pour percer trente pieds de glace, sans compter que ce gringalet de Jorbini, s'il était tapi là-dessous, ne devait plus jamais avoir besoin de bigaille (1).

» Nous repartîmes. Arrivés près de la gorge, qui conduit du versant méridional au glacier du Piaughias, la tourmente devint insoutenable; des tourbillons de neige nous enveloppèrent de leurs terribles spirales, et nous firent pirouetter comme des saltimbanques. Pour franchir un espace d'une vingtaine de pas, nous prîmes plus d'une heure. C'était écœurant. Nous touchions enfin au glacier, lorsqu'un éboulement de neige nous enveloppa de son immense nappe, comme des étourneaux dans un filet. Heureusement, nous marchions en bataillon serré : tombés à plat, nous réunissons tous nos efforts, et à la force du dos, nous faisons une trouée dans le suaire. Nous devions avoir de crânes mufles : mais pas de description, rassurez-vous, car on y voyait aussi clair que dans le pays des

(1) Victuailles.

taupes. Je me rappelle seulement que l'un de nos compagnons refusa tout à coup d'avancer. Le vieux sabot était pris de ce sommeil, vous savez, qui dure jusqu'à la fin des siècles.

—« Mais nigaud de fiston, que je lui dis, cuiller à pot, tu ne devinailles donc pas que les coliques de la mort surtordent ta bégueule de cervelle ? En avant ! tronn de l'air ! en avant la guimbarde ! » Ah ! son lampion ne flambait guère : couchée sur un monticule de neige, la pécore allait s'endormir près de son sac. « Que ferons-nous de cette lubie ? » s'écria Cadillo. — « Donne-moi ton tape-dur (1) que je réponds, et je vas te le mijoter, ce vieux cancre-là. » Fliou ! flaou ! sur le dos et sur les jambes. Oh ! monsieur, lui en ai-je t'y donné une pile à cet enfant des montagnes ! Le gueusard se releva, bredouillant par la sainte Madone qu'on le laissât faire dodo.

« Tu n'es pas guéri, attends ! » Et je recommençai de plus fort. Le malheureux se prit à rire, à pleurer, à gouailler (2) tout à la fois. « C'est mieux, roucoulai-je, mais t'en faut z-encore une dose, et je vas t'en administrer sur les chairs mi-gelées de ta carcasse. » Enfin, après s'être tordu comme s'il avait eu la coloquinte en bringues (3), le pendard se vira, se dévira pour entasser des enragements contre moi qui, par trop d'atouts, lui gâtais son cuir.

(1) Bâton. — (2) Chantonner. — (3) Colique.

» Nous allions de mieux en mieux; mais la guérison n'étant pas encore complète, je repris le métier de batteur; et désespéré que cette ganache nous fit perdre un temps précieux, je lui dévidai une vingtaine de coups de bâton, qu'il se rappellera toujours, car c'était le bouquet, quatre ou cinq rudes coups de pied sur les arpions et une crâne giffle sur les oreilles.

— « Tronn de l'air! s'écria-t-il, tu me prends donc pour une fière rosse, que tu m'étrilles à tour de bras? » Et nos sacs sur le dos, nous nous assénons, en roulant sur la glace, une douzaine de coups de poing joliment festonnés. Nos amis nous séparent, et nous en sommes quittes pour un œil poché et cinq ou six égratignures.

» Le voyant guéri, je me sentis le cœur tout rafistolé; aussi le priai-je de m'imiter en versant un torrent d'eau de fêu dans l'avaloir (1) et une meule de foin dans la chiffarde. (2)

» Adoncques, si l'un de vos compagnons est pris par le sommeil sur les glaces; s'il a un pied, une main, la moitié du corps gelée, frottez la partie malade avec de la neige, puis frappez du bâton, frappez dru: c'est l'unique tisane. — Entendez-vous, jeunes Messieurs, dit-il à mes compagnons, c'est le seul moyen de salut; et au lieu de protester contre une telle leçon, vous devez en ce moment entourer votre digne Mentor, et chanter en chœur: larifla, flafla, larifla!

(1) Gosier. — (2) Pipe.

» Mais que je vous narre la fin des fins.

» Comment des hommes de sac et de corde, que nous étions, habitués à franchir le glacier du Piaughias deux fois par semaine, purent-ils s'égarer, prendre la droite pour la gauche, le devant pour le derrière, — ma fichtre, j'en jette ma langue aux chiens. Tant y a que, tout en croyant nous diriger vers Bonneval, nous rebroussions chemin vers Ricardié. Vous remarquerez, au sommet du col, un énorme monticule de neige sempiternelle qui domine toute cette vallée. Il est à pic de ce côté, tandis qu'il dévale en pente légère vers une horrible crevasse du glacier du Piaughias. Nous gravîmes cette croupe par erreur, et nous croyant toujours sur le dos passablement uni du glacier, nous prîmes le galop pour arriver avant l'aube à Bonneval. Tout à coup j'entends un cri et le bruit sourd d'une masse qui tombe, roule, roule et disparaît « Diavolo ! m'écriai-je ; qu'est ceci ? »

— « Eh ! ce n'est rien, me dit un camarade ; c'est Luigi qui est en train de courir !

— « Luigi ! Luigi ? où es-tu donc ? »

— « Ah ! pour sûr, je n'en sais rien, clama-t-il de tous ses poumons, mais on se brise les côtes par ici. De la prudence, gueusaillons ! »

» Nous sautons les uns après les autres, sans de trop graves écorchures. Le dernier cependant fait la grimace. « Borgia, dit-il, saute le premier ; saute là mon fiston. » Borgia regardait sans comprendre.

— Ah ! ça, poltron, dis-je à mon tour au confrère, vas-tu bondir, oui ou non ? Tu vois bien que le glacier s'est effrondré : bagatelle ! Faut-il te prier pour faire ce petit saut de carpe dans la poêle à frire?

» Je faisais four avec mes encouragements : le drôle se consultait pour revenir sur ses pas, lorsqu'une averse d'épithètes, plus ou moins flétrissantes, le convertit.

— « Tenez donc, dit-il, me voilà ! » Et volant dans l'espace, au hasard, il eut la chance de planter ses gros souliers sur le sac de Justini : — les voyez-vous tous deux, glissant comme deux lavanges, roulant comme deux boulets de calibre? C'était peu rigolo. « Volons à leur secours ! » Mais comment les trouver? O la chance ! Le brouillard disparaît comme un rideau de manœuvre dans les théâtres, l'aube nous éclaire de ses premières lueurs, et nous montre — désespoir ! — que nous sommes à peine à mi-côte et encore sur ce versant.

» Hélas ! pour abréger, à commencement triste, fin lugubre... Figurez-vous que le grand Bonaparte eut la toquade d'envoyer un peloton de troupes à Bonneval, à la chasse des contrebandiers. Pris au dépourvu, nous n'eûmes même pas la satisfaction de pouvoir mourir en combattant. On nous enrôla pour la campagne de Russie. De tous les amis d'alors, deux seulement ont survécu : votre serviteur et l'honnête aubergiste Justini, sous le toit duquel vous logez. Cette bonne bestiasse de Borgia périt dans une bataille. »

— Voilà qui est bien, mon brave. Vous êtes un

grand homme méconnu. Mais si nous parlions maintenant du souper ?

— Il est tout prêt, Messieurs ; j'ose même dire que vous vous en licherez les doigts. A table, à table ! c'est au pied du mur qu'on connaît le maçon.

Comme l'auberge touche à l'église, nous pûmes assister à la messe de l'*Angelus*, tout en dînant : mais bientôt le bruit des pétards couvrit la voix du prêtre. Ce fut comme un signal : de tous les coins du cabaret sortit un affreux vacarme de bouteilles, de verres, de coups de poing sur la table, auquel vacarme s'associait crescendo le bourdon de l'église. C'était assourdissant. Et les chants avinés, et les cris des joueurs ! Un singulier jeu, par parenthèse. Se mettre par groupes, deux à deux, face à face, et de concert frapper vigoureusement la table de ses doigts osseux, les ouvrir, les fermer tour à tour, frapper sans relâche, et vociférer comme une armée de démons accouplés : « 2-3 ! 2-5 ! 6-2 ! 5-3 ! 5-5 ! 3-5 ! » O le tumulte ! ô le sabbat ! — Ce fut notre régal jusqu'à deux heures de la nuit.

Le tapage recommença dès 6 heures : les paysans de s'égosiller à chanter matines, les cloches de carillonner comme des folles, les pétards de pétarder sous nos fenêtres, le cuisinier de jurer, les enfants de glapir, les joueurs de hurler, Justini de gronder, Madame de se prendre de bec avec ses pratiques, les violonistes de nous écorcher les oreilles en râclant sans pitié sur les crincrins — quelle scie, l'horrible scie !

Ajoutez de plus la sotte curiosité des paysans, pour qui nous étions de vrais phénomènes. Ils montaient en tapinois l'escalier, entr'ouvraient nos portes, et après avoir jeté un furtif regard sur nos figures, disparaissaient en poussant des cris sauvages : « J'ai vu l'aîné! Dieux, quelle barbe! — J'en ai vu deux! — Sainte Madone! quels hommes! Ils sont grands comme des tours! — Mais tu n'as vu que leurs figures! — Si, si, ils étaient beaucoup plus longs que leurs lits!... »

Force fut de nous lever, bouillants de colère, et bien résolus de partir, si le temps riait tant soit peu.

— Justini, Justini! cherchez-nous des guides.

— Santa Maria! Mais la tourmente est sur le Gérard. Vous ne pouvez partir que demain.

— C'est égal, procurez-nous deux guides.

— J'y vais, je pars, je vole... j'arrive. Voilà les hommes demandés. L'un est marguillier de l'église, il parle un peu français; l'autre est un caporal qui arrive de Solférino. Mais tous deux s'obstinent à ne partir que demain, parce qu'aujourd'hui c'est fête, et que du reste, il fait mauvais sur les cimes.

— D'autres guides, maître Justini! Courez, volez!

— Mais où les pêcher, Monsieur? Ce sont les deux seuls de toute la vallée. Patientez jusqu'à demain; vous serez content de nous. C'est la saint Fiat : on dansera toute la journée; mon cuisinier vous contera des histoires charmantes, et je vous donnerai, moi, de bonnes truites et du vin délicieux.

Contre nécessité point de résistance : il fallut se soumettre. Nous visitâmes, après déjeûner, les villages voisins, rencontrant partout le marguillier-guide, qui nous chantait en refrain les seuls mots français qu'il eût dans son répertoire : « Démané, si bellé tempo, aller moi, vous Gérard. » Mes amis regardèrent les danses par désœuvrement, et je suivis seul, sans autre but qu'une frivole curiosité, la procession des campagnards, qui allaient vers les Fours, armés d'énormes parapluies, leur casaque verte ou bleue sur l'épaule, et leurs souliers à la main. Les femmes avaient retroussé leurs cotillons rouges, et laissaient voir leurs jambes jusqu'à la naissance du genou.

Une heure après, je fus témoin d'un spectacle qui surprendrait tant soit peu nos Parisiens.

La chapelle de Notre-Dame-des-Fours est des plus pittoresquement assises sur un rocher, à environ quatre ou cinq cents pieds au-dessus de la vallée. Au pied de la montagne est un reposoir, où les fidèles s'agenouillent d'abord, pour prier Notre-Dame de les rendre dignes de la pénitence qu'ils vont s'imposer. De ce reposoir commence un escalier de trois cent soixante-six marches en granit, qui par de longs zigzags conduit à la chapelle. Chaque marche peut recevoir huit genoux au moins, dix au plus. Depuis le bas de l'escalier jusqu'au sommet, je ne vis que parapluies. Ils étaient verts ou rouges en majorité ; puis noirs, bleus, gris, jaunes, violets ; en un mot toutes les couleurs de l'arc-en-ciel et autres, car ces paysans piémontais ont une palette bien autrement riche que la nôtre — des teintes et des demi-teintes jusqu'à l'infini. Or ces braves gens disaient, à genoux sur la première marche, un *Ave Maria*, un sur la seconde, et ainsi de suite jusqu'à la trois cent soixante-sixième. Puis, comme il y a encore une vingtaine de pas entre la dernière marche et la chapelle, les fidèles disaient, selon leur degré de dévotion, vingt, trente, quarante *Ave* de plus, pour que le nombre de rigueur fût surpassé par leur zèle.

Je gravis l'escalier deux à deux, ne me doutant pas qu'il y eût, à côté, une voie spéciale pour les profanes. Près de la chapelle, les fidèles firent le signe de la croix avec tant d'ardeur, les femmes me regardèrent si terrifiées, que je ne manquai pas de m'apercevoir combien j'avais scandalisé ces braves gens, en montant sur la voie sainte d'un pas si décidé, et sans une ombre d'*Ave Maria*.

La chapelle est petite et fort simple à l'extérieur. Intérieurement, l'autel, les murs, les plafonds, la porte, les fenêtres sont littéralement couverts d'*ex-voto*, tels que méchantes petites gravures de deux sous, couronnes de fleurs des champs, guirlandes artificielles, *Agnus Dei*, et autres brimborions plus ou moins précieux, plus ou moins saints, mais qui témoignent du zèle et de la dévotion des fidèles, dont quelques-uns sont venus à pied d'une distance de dix à quinze lieues.

Je m'en revins par la voie profane, triste d'avoir scandalisé des âmes si sincères, froissé des consciences si dévotes. « Dieu, sans doute, disais-je, peut être servi plus efficacement; mais du moins, ces pauvres paysans agissent avec une sainte ferveur. Que ce Roi du ciel et de la terre fasse descendre sur nous tous le baume de la piété et de la foi. ! »

De retour à l'auberge, je trouvai mon marguillier-guide en train de causer à voix basse avec l'hôte, et d'un ton que je traduisis ainsi : « Il faut les retenir » encore demain. »

— Guide, m'écriai-je avec impatience, il m'est venu une pensée dont je vous dois communication. Comme vous êtes marguillier, et que demain vous aurez encore la messe à servir, il me semble plus naturel, plus séant même, de faire prévenir le chasseur de chamois de la Cabane pour nous accompagner.

— Oh ! Démané, si bellé tempo, moi, moi aller, vous Gérard.

— Dans ce cas, venez m'appeler de bonne heure, ou je partirai sans vous.

— Quoi ! s'écria madame Justini, vous voulez partir demain, et périr dans nos montagnes ! Sainte Madone ! que dirait votre épouse, si vous êtes marié ; votre maman, si elle le savait !

J'avais les nerfs agacés de cette âpreté de gain qu'ils manifestaient — peut-être était-ce pure sympathie.

— Guide, avertissez votre confrère d'être alerte demain, dès l'aurore ; préparez vos cordes, les provisions et nos sacs.

A huit heures, le lendemain rien n'était encore prêt, pas même la note de l'aubergiste, immense ruban de papier que j'ai conservé sur une bobine, comme un curieux échantillon. Voici un extrait de l'original :

« Des panses faittes par Maussieux quatere voiajeux :

» 1° Un joli trouitelle rottit bien belle — 40 centesimi
» 2° Un — id. — id. un peut plus lon — 45 id.
« 3° Un — id. — id. plu lon ancor — 50 id.
» 4° Un — id. — id. bocou plu lon (très) 70 id. »

— Bien, bien ! lui dis-je, ça me suffit. Payez-vous. Cuisinier ! voilà pour votre cuisine, et voici pour votre histoire.

— Bien obligé, Monsieur, mille mercis !

Tout aussitôt, débouchant plusieurs bouteilles, il voulut — tous les assistants avec lui — trinquer et boire à la santé des *voiajeux* et de ma chère patrie. De gré ou de force, il nous narra la campagne de Moscou, et quand il eut terminé, ce fut une vraie clameur, joyeusement éclose sur toutes les bouches de ces lurons :

« Vivent les Français ! Vive la France ! »

III

LE COL GÉRARD

Nos guides pratiquaient si peu leurs fonctions, qu'ils ne se figuraient même pas avoir nos sacs à porter.

— Ah! ça, camarades, leur dis-je, auriez-vous l'idée par hasard que, si l'on vous donne un double napoléon, c'est uniquement pour vous décider à prendre avec nous l'air frais des montagnes, comme maman promet aux marmots un joli sou, s'ils mangent bien leur *popote?* Commencez par nous débarrasser, s'il vous plaît, vous estimant heureux si vous n'avez à porter plus tard l'un des voyageurs sur votre sac. Mais voici du tabac acheté pour vous tenir de bonne humeur. Bourrez ferme, et en avant, marche!

Au-delà du village des Fours, le pays est triste, écorché par les orages et l'effroyable inondation de 1842. C'est un désert, ou plutôt un cirque pierreux, d'une lieue de circonférence. Au-dessus, quelques maigres pâturages, broutés par les moutons. A gauche, toutefois, les monts sont beaucoup moins décharnés, et les vaches y paissent par troupeaux, en compagnie des chèvres.

Nous devions faire halte dans une cabane, à un tiers de côte à peu près du col Gérard. Elle appartient à un chasseur de chamois, qui nous avait fait promettre, à Ricardié, de lui rendre visite, voulant nous accompagner jusqu'à Bonneval, « pour l'honneur. » Orgueil de propriétaire plutôt. « Vous verrez ma lingerie, » nous dit-il.

— Une... lingerie sur le Gérard?

— Mais oui, mes beaux Messieurs; et dans laquelle vous pourriez passer une très-bonne nuit.

J'étais désireux, on le devine, de voir les lingères qui avaient l'étrange idée de vivre si près de la neige.

Hélas! les lingères, — chimère.
La lingerie, — vacherie.

Le maître était absent. Nous n'y pûmes même pas trouver une *scodella* de bon lait, car je n'appelle pas « lait » cette matière grenue, qu'ailleurs nous avons nommée schluck, et qui ressemble fort à la soupe de semoule. N'en déplaise aux auteurs citadins, il en est des chalets italiens comme des chalets suisses ; et je ne crois pas faire d'hyperbole en déclarant que la découverte d'un chalet passable, même pour un montagnard comme moi, me paraît bien plus difficile que celle d'une planète. On admire les chalets de confiance, et de loin, sur la foi d'un joli dessin ou d'une ravissante sculpture — idéal de l'artiste. Combien pauvre la réalité ! Des huttes, souvent inabordables, pleines de fumier de toutes sortes, depuis le liquide jaune jusqu'à la paille qui vole en poussière ; une odeur infecte de fromage putride et de lait aigre ; des bergers d'une malpropreté sans exemple, d'une grossièreté de langage inouïe, d'un air profondément hypocrite et rapace. — Suspendons cette esquisse — les détails omis ne sauraient embellir le tableau — et poursuivons notre route. Elle fut semée d'avalanches : beaucoup de bruit, point de péril. Les mortiers, qu'on tirait de la vallée en l'honneur de saint Fiat, contribuèrent sans doute à ce déluge.

Nous atteignîmes bientôt la neige. A peine çà et là, quelques rocs découverts. Bien qu'aigus et glissants, mes amis marchèrent sur leurs crêtes, pour avoir le pied sec autant que possible, car la neige fondante donnait au cuir de leurs chaussures une humidité qui pouvait devenir, le soir, féconde en glaçons, et plus tard, en cors, oignons et durillons.

— La nebbia viene a grand passi (le brouillard approche), murmura le marguillier.

— Oui, parlons français, et montons vite.

— No, Signore ; che va piano, va sano ; che va sano, va longo.

— C'est juste ; mais encore faut-il arriver de jour ; et cet horrible brouillard, je le crains, va nous englober avant le sommet.

— Si Signore... un tempo esecrabile.

— Très-rassurant ! car si ces montagnes ne sont pas infranchissables, elles sont très-susceptibles, du moins, d'accès de mauvaise humeur.

— Si, si, Signore.

La pente devenait de plus en plus raide ; pour complément d'embarras, le brouillard nous avait enveloppés de son manteau grisâtre et glacé. Nous étions parvenus à une espèce de dôme que, du fond de la vallée, on prendrait volontiers pour le sommet du mont. Il était couvert d'une neige très-considérable, eu égard à la saison : nos guides déconcertés eurent l'air de ne plus savoir où jeter le cap. Alison, qui est bien le meilleur cœur que je connaisse, m'en fit l'observation tout bas pour ne pas effrayer nos deux compagnons. Peu après, le doute devint une certitude, car notre voie ne correspondait plus à la description du chasseur de chamois et du contrebandier. Nous avions trop longtemps tiré vers la droite, et nous étions acculés au pied des plus affreuses pentes qu'il soit possible d'imaginer, après la perpendiculaire.

— A quatre pattes ! nous cria le guide-caporal, et que le pied s'emboîte dans la neige profondément !

Nous allions sans souffler mot, du pas des tortues, suspendus sur l'abîme, l'un aux pieds de l'autre, comme des maçons qui font la chaîne le long d'une échelle, lorsque tout à coup Seymour glisse et s'assied sur ma tête. Perdant équilibre, je m'assieds à mon tour sur celle de mon voisin de derrière, et nous tombons successivement, comme des capucins de cartes. Le dernier, Northumberland, n'ayant pas le privilége, comme les autres, de trouver une cale derrière lui, culbute jusqu'à une vingtaine de mètres, suivi d'une avalanche de jambes et de têtes. Il fallut avec effort regravir le terrain perdu.

Que de culbutes pareilles dans le laps d'une heure et demie que dura ce manége! Nous étions consolés par nos joyeux éclats de rire — car, à gravir, pour ainsi dire, à plat ventre, il n'y avait que péril de temps et de fatigue. Vers la fin pourtant, succédèrent des murmures; et à la dernière cabriole, Seymour fut accusé de s'amuser aux dépens de la société.

Mais le moment critique était proche. Nos guides s'arrêtent court, se concertent indécis, et nous proposent net de redescendre à Ricardié. Le col, disent-ils, s'est bouché par miracle, et n'offre qu'une paroi perpendiculaire, dont l'abord est impossible.

— Guides! nous refusons tous, malgré votre logique; car il est clair que le temps sera plus mauvais encore demain. Quant à retourner dans une auberge dont nous avons dévoré toutes les provisions d'un jour de fête, — chansons ! Pourquoi reculer d'ailleurs ? Le problème consiste, non pas à escalader ces cimes, mais à trouver le col Gérard que nous avons perdu.

— Eh bien ! nous dit le caporal-guide, attendez ; je vais à la découverte. Mais il faut revenir vers la gauche, sur une pente que je voudrais éviter.

Il trace alors notre route, en angle droit avec celle que nous avions suivie, et nous crie de loin : — Attention ! — Sainte Vierge ! glisser ici, c'est glisser dans le royaume des ombres !

Mes yeux se portèrent inquiets sur Seymour, moins adroit que nous, habitué qu'il est au boulevard des Italiens et aux salons à la mode, plus qu'à marcher en équilibre sur le bord d'un précipice. J'appelai donc à son aide le guide-marguillier. Celui-ci fit semblant de ne pas comprendre. Je réitérai ma prière trois fois avec force signes, et en accentuant chacune des syllabes. Trois fois, il me répondit : « Attention ! ou bien, Santa Maria !... » Et il labourait sa face de signes de croix. Les termes italiens me vinrent à la mémoire : mais j'obtins la même réponse, imperturbable.

Certes, j'ai fait souvent seul des ascensions dans les Alpes ou ailleurs, et les guides me rendront cette justice, que je les ai toujours traités en camarades. On me pardonnera donc le sentiment de rage dont je fus transporté, quand ce misérable refusa de faire son devoir. Je me sentis pâlir ; mes dents claquèrent, et je fis un bond prodigieux pour précipiter le monstre dans le gouffre, au risque d'y rouler avec lui. Henry et Robert s'accrochèrent énergiquement à mes habits, soufflant sur ma colère toutes les bonnes paroles de leur cœur, toutes les bonnes raisons de leur esprit.

Je pris alors un grand foulard, que je passai bon gré, mal gré, autour du corps de Seymour, et je fis les les recommandations les plus pressantes à chacun de mes compagnons. Nous devions longer un affreux précipice.

« Ah ! pensais-je, joyeux et excellents compagnons de voyage, vous avez rendu mon rôle de mentor bien agréable jusqu'ici ; mais vous ne vous doutez guère que le poignard du plus cuisant regret pourrait traverser mon cœur. Le glacial frisson !... Quelle rude tâche ! Quelle effrayante responsabilité ! »

Cependant la diagonale de notre angle droit disparaissait peu à peu sous nos pieds, comme le long brin d'herbe sous les dents du lapin. Mais un cri d'effroi retentit : c'est encore Seymour qui glisse — le malheureux ! — sur le bord d'un abîme escarpé, où il n'y a pas une saillie de roc, pas une touffe d'herbe pour s'accrocher !

Je le retiens par le foulard et la courroie de son petit sac : mais dans cet effort, la neige cède imperceptiblement sous la pression violente de mon pied, et tous deux nous baisons le sol, suspendus sur l'abîme. Comment décrire nos luttes et nos angoisses ? Nous n'étions tenus en équilibre, couchés tous deux sur le côté droit, que par la seule énergie des nerfs : le plus petit mouvement, un secours maladroit était à redouter !

Que faire? mes doigts libres s'enfoncent crispés dans la neige, comme je me figure les griffes du chat dans le poitrail du chien qui l'étrangle. C'était un point d'appui bien chétif. Soudain Seymour se ramasse, désespéré, sur lui-même comme la chenille, pour tenter à la force des muscles un bond vers le sommet. Retenu par ma main, il exécute un demi-cercle, retombe sur les épaules, les jambes en l'air, la tête sur ma poitrine et les yeux tournés vers le ciel. Une poignée de neige sous mon talon droit et une autre sous ma main gauche, soutiennent ainsi le poids de deux corps !...

Oh ! je crus bien que tout était fini. Devant mes yeux flottait un voile de sang, et j'avais des tintements dans les oreilles. Par intervalles, la voix du marguillier sifflait dans l'air comme un glapissement, coupé de multiples « Santa Maria ! »

Notre halte sur le seuil de la mort continue. Nous n'osons respirer. Cependant, de mon coude gauche je ramasse un peu de neige, pour donner quelque soulagement à mes doigts raidis, et d'une voix strangulée :

— Seymour, tournez sur vous-même, mais lentement, très-lentement. — Et vous, Henry et Robert, ne nous touchez pas, ou nous sommes perdus.

Seymour obéit et se trouva bientôt sur le côté gauche, les yeux plongeant dans le gouffre, et les pieds toujours vers le sommet de la montagne. Ma main droite — celle qui tenait le foulard et la courroie — était douloureusement tortillée sur ma tête, à la façon des canéphores antiques — moins la grâce, plus la douleur.

— Tournez vers ma droite, avec les mêmes précautions.

Il comprend mal, et opère en sens inverse, me tordant le bras. Je jette un cri perçant, prêt à lâcher le foulard et à me précipiter dans l'abîme. Mais soudain rappelé à l'éminence du péril, j'oppose une stoïque résignation, sacrifiant mon bras au salut commun.

Alors, aidé de cette force nerveuse qu'on n'a qu'en face de la mort, je me soulève d'un cran, poussant Seymour de l'épaule, puis d'un second, puis d'un troisième, dans les convulsions d'une éternelle agonie... ; mes yeux se ferment, une ombre passe, et tout disparaît...

A mon réveil, j'étais dans les bras de mes compagnons, en proie à une espèce de délire, dont il me souvient vaguement comme d'un rêve fugitif.

« Sommes-nous au fond du gouffre... déchiquetés par les rocs... morts?... Suis-je mort?... Mais je ne souffre que d'un bras!... Ah!... Où est le cadavre de mon ami?... Robert, Henry! ou êtes-vous? Aidez-moi donc à le retrouver... Oh! qui m'a coupé le bras?... Nous perdons pied!!... miséricorde!!! »

Ce cri, paraît-il, me rendit connaissance. — Nous

sommes sauvés, Seymour; toutefois ne glissez plus, car le danger persiste, et les forces me manquent pour un nouvel essai. J'ai promis à votre noble mère d'être un ami pour vous, et si vous faites une chute fatale, je vous suivrai; mais s'il vous plaît, épargnez-moi ce pénible devoir.

— Ayez foi, répondit-il, la leçon me sera utile.

— Ah! oui, ajouta le marguillier; attention, mon Diou! si vous glissiez encore... Santa Maria!

— Te tairas-tu, vil coquin! Ta voix m'irrite les nerfs, pis que le couac d'un corbeau. — Te tairas-tu?

Je levai le poing sur le drôle. Il répondit par des signes de croix.

Cependant, longeant toujours ce que j'appellerai « notre gouttière, » enfonçant de la main gauche — contre les règles établies — l'alpenstock dans la neige inférieure, comme un fragile point d'appui, et le flanc droit penché vers la montagne, nous reconquérons, épuisés d'épreuves, la voie dont nos guides avaient dévoyé. Restait la crête à franchir. La gorge en était remplie de neige, et la puissante barrière menaçait de s'affaisser sur nos têtes.

— Être étouffés sous une avalanche ou aplatis au fond d'un précipice, c'est tout un, fit observer Seymour....

— Allons donc, m'écriai-je peu après, ne parlons plus du passé, car nous voici au sommet.

Le succès avait effectivement couronné nos efforts,

et nous couronnions à notre tour le col Gérard, comme Napoléon la colonne Vendôme.

— Eh bien! que faites-vous? s'écria Henry, me voyant assis derrière un des pics.

— Allez, allez toujours, je vous rejoins.

Si mes amis veulent savoir pourquoi je restai cinq minutes caché derrière une des collines de neige, je confesserai sans honte que, nous voyant délivrés du terrible danger si longtemps encouru, je sentis l'irrésistible besoin de me prosterner devant le Dieu d'amour qui veille si bien sur ses enfants. Ma prière d'actions de grâces dut monter jusqu'au ciel et être entendue de Celui qui sonde les cœurs, car je me relevai content, et malgré ma soif de vengeance, je prêtai l'oreille à la voix du Crucifié qui dit: « Pardonne. » Je voulus oublier tout ce que la conduite du marguillier avait et de méchant et de lâche. Depuis, j'ai béni tour à tour et maudit ma résolution, parce que, si l'on doit pardonner à son prochain, la charité bien entendue commande peut-être d'en excepter les guides, car ils peuvent se rendre coupables envers tel autre voyageur de la même lâcheté; et s'il n'y a point de police pour sévir contre eux, n'est-ce pas à l'énergie des voyageurs d'y suppléer? Châtier le mauvais guide, c'est peut-être préparer le salut du touriste qui vous succédera. Ai-je bien ou mal fait de pardonner? Je supplie messieurs les théologiens de me délivrer de mon doute.

Le glacier du Piaughias, qui est très-vaste, offre

entre ses deux crevasses de droite et ses cinq de gauche, un espace presque uni, qui permet le passage sans aucun danger. Deux fissures s'épanouirent bien sur notre voie : mais elles étaient couvertes de neige, et pas assez larges pour engloutir un homme. Il est bon toutefois de prendre garde aux petits entonnoirs, et par contre, aux entorses.

Il faisait nuit en arrivant à l'auberge de Bonneval. Celle-ci n'a pas même d'enseigne; mais l'hôtelier, qui est un des hommes les plus intelligents que j'aie rencontrés en Savoie, me fit espérer une prochaine amélioration. C'est un luxe nécessaire. Il nous fit entrer dans une écurie, dont la partie antérieure est appelée du nom de salle à manger pour les bénins voyageurs. Une petite lampe, suspendue je ne sais où, éclairant je ne sais quoi, laissait vaguement entrevoir, au dire de mes amis, que le plafond était à hauteur de tête et qu'il régnait sur une très-longue étendue. Les porcs, nos commensaux du fond, se battaient; les vaches ruminaient, les chèvres agitaient leurs sonnettes. Nous ne pouvions distinguer ces animaux, trahis cependant par leur tapage et leurs senteurs odorantes. Pour moi, je ne voyais goutte. L'aubergiste, doué d'yeux de chat, prit en pitié l'aveugle, le fit asseoir sur un escabeau branlant et dit : « On va vous apporter de la chandelle. » M'habituant par degrés à l'obscurité, j'entrevis bientôt, à distance, un fort brasier d'où se répandait une lumière rougeâtre. La réverbération donnait à l'hôtesse et à sa mère l'apparence de sorcières des enfers, et à mon aubergiste la mine d'un diable encorné d'un bonnet de coton.

Nous étouffions déjà dans cette salle aussi vaste que puante, lorsqu'une voix étrangère jeta ces paroles, qui nous firent bondir d'étonnement :

« Good evening, gentlemen ! »

— Comment ! m'écriai-je, il y a donc ici un homme civilisé ?

— Mais je l'espère, répondit la même voix. J'ai bien l'honneur, Messieurs... Hier j'étais encore sauvage, car depuis huit jours je n'avais pas mangé le moindre bifteck, ni pu me laver depuis quinze ; mais en l'absence de mes hôtes cloîtrés à la messe, je suis allé me jeter dans le torrent qui sort du Piaughias. J'en suis sorti bleu comme un cholérique, mais du moins très-propre. Au retour, M. le Maire, notre digne aubergiste, m'a servi galamment les plus exquis morceaux d'un chamois qu'il avait tué ; — enfin, soit dit tout bas, je me propose d'aller demain dîner à Suse, et je pourrai sans mensonge déclarer à mes amis de Cambridge (je suis de l'Université), que j'ai fait dix lieues pour gagner le plus proche restaurant. Je tiens à faire ce long trajet, afin de ne pas devenir herbivore ; d'ailleurs mes recherches scientifiques autour du mont Iseran, devant se poursuivre encore huit jours, je commence à péricliter de famine.

— Mais, Monsieur, répondis-je, ce mont Iseran,

dont vous parlez d'abondance, me semble un mythe, à la honte de ma carte géographique, qui place Bonneval à ses pieds.

— Motus! Il y a huit jours que je rôde de pic en pic, de val en val, sans que personne puisse me dire où il gîte.

— Je brûle donc et vous gelez, comme on dit au jeu de cache-tampon, car plus d'un paysan m'a répliqué : « Le mont Iseran? mais le voilà! » J'ai regardé — sans rien voir. A moi mes lunettes, à moi ma longue-vue! — Rien encore... Il faudrait peut-être un microscope. Or, imaginez notre déconvenue; nous sommes ici pour le grimper.

— Concluons que le mont Iseran n'existe plus que dans les rêves des géographes : mais il y a une miniature de col Iseran, par compensation.

Pendant cette discussion géographique, notre hôte semblait bouleverser le premier étage de fond en comble; il entassait quatre énormes lits en bois dans une espèce de grenier, — remue-ménage qui faisait pleuvoir des tourbillons de poussière et des brins de paille sur nos assiettes. Je pris mon alpenstock, et frappant violemment sur une planche : « Silence là haut! » — M. le maire descendit aussitôt pour annoncer que notre logement était prêt.

Chacun de nous désira se coucher de suite, tant nous étions harassés de fatigue. Mais comment dormir, — si ce n'est par saccades? Les moustiques sont maîtres du dortoir (nous couchons en commun, nos quatre lits pressés l'un contre l'autre). N'était le sommeil, je bénirais ces volatiles, comme la cour de Louis XIV un intermède de Molière. Les oyez-vous corner à nos oreilles leurs monologues tragiques, et brandir leurs dards acérés ? Bravo, mes traîtres de mélodrame ! vous devez jouer à merveille vos rôles, car mes compagnons vous applaudissent à tour de bras. En effet, j'entends ces derniers claquer ci, claquer là, sur tous leurs membres, avec des hourras prolongés. Est-ce de l'enthousiasme laudatif ? Est-ce la rage d'être blessés ? Mais le jeu se gâte : car j'entre en scène à mon tour, et je figure aussi, désespéré, parmi les Romains de la claque. O les polissons de moustiques ! Que le drame est long !...

Béni soit donc le jour levant. — A la toilette ! Nous n'avons pour tout ustensile qu'un saladier, dans lequel chacun doit tour à tour plonger la tête, et le passer à son voisin... Misère ! Je m'élance hors de la chambre, et résolu d'imiter notre gentleman anglais, je me précipite dans le torrent du glacier. « Hein ! s'écrièrent à mon retour les campagnards, ont-ils un courage d'enfer ces citadins, et pourtant nous voilà Français comme eux ! »

— Sans doute, leur répondis-je, mais vous venez à peine de naître à cette qualité, tandis qu'il y a trente ans que je tette le lait de la France. Une bonne *maman*, vous verrez !

AUVERGNE ET PYRÉNÉES

I

LES BOUCHES ARDENTES

Clermont est bâti sur un gisement d'antiquailles romaines.

(Mais consacrons cette parenthèse à mes deux compagnons de route. Ils sont frères : l'aîné, Edmond de Rochefort, a vingt-deux ans ; un parfait cavalier, robuste et vigoureux, bien qu'imberbe. Le cadet, Christophe, est plus petit de taille, très-pâle, barbu, mais non moins distingué de physionomie. Il a dix-neuf ans.

On ne lui a jamais surpris un moment d'humeur : douce égalité de caractère, à laquelle il doit le surnom de Philosophe. Tous deux pleins d'avenir, doués d'instruction, de fortune et d'amabilité.)

Donc, l'Auvergnat n'a qu'à creuser un peu profondément son jardin, pour y trouver des urnes et des médailles, des casques, des cuirasses et des boucliers, des poteries et des marbres, des aqueducs même et des thermes.

Saccagée, incendiée, successivement détruite par les Francs, les Sarrasins et les Normands, la ville de Clermont n'en a pas moins repoussé comme les têtes de l'hydre de Lerne. Aujourd'hui pourtant elle n'a plus, comme jadis, ses murs à douze portes, flanqués de tours et de tourelles, armés de fossés et de ponts-levis, ni ses monastères et leurs moinillons, ni ses cinquante-quatre églises, ni ses gibets permanents. Elle n'a conservé de l'antiquité que ses rues étroites, sa physionomie sombre, couleur de lave, ses pavés à feldspath blanc et à mica brun. Nombreux est son contingent d'hommes de mérite, parmi lesquels : le grand historien Grégoire de Tours, le courageux jurisconsulte Savaron et son confrère Domat, les savants Malouet et de Fontenille, l'immortel Blaise Pascal et le poëte Delille...

Un salut, une larme, une couronne d'immortelles à la tombe des guerriers qui combattirent sous Vercingétorix ! Ils dorment leur sommeil, depuis tantôt deux mille ans, dans les plaines de Gergovie, à huit kilomètres de Clermont. Ces héros avaient fait serment de ne plus embrasser leurs épouses, ni le fruit de leur amour, qu'après avoir labouré les lignes romaines. Et ils tinrent parole : le grand César subit plus d'un échec ; ils lui arrachèrent même son épée — mais le succès fut éphémère. Toutes ces cohortes gauloises, si elles se réveillaient un peu tard pour secouer le joug, si elles n'avaient pas su dans l'origine se former en faisceaux pour résister aux envahisseurs, si elles n'avaient pas vieilli dans les camps, plus exercées à la chasse des bêtes fauves qu'à la tactique, qu'à la discipline des combats, elles avaient du moins la bravoure, l'amour de la liberté, la passion de la patrie : mais qu'importait à l'aveugle fortune ? Valait-il pas mieux couronner ces soldats « assouvis de débauche et de luxe » qui savaient incendier les villes, abattre les forêts, démolir les forteresses, passer un million d'hommes au fil de l'épée, égorger une multitude innombrable de vieillards, d'enfants et de femmes? Noble Vercingétorix ! que fait ton intrépidité, ta science guerrière, ta grandeur d'âme ? La fortune te dédaigne, pour sourire à cet assassin couronné qui, « après avoir fait, comme le dit Amédée Thierry, torturer tout un sénat, vendu à l'encan toute une nation, dresse un guet-apens à des ambassadeurs et accorde des trêves pour les violer. » O Vercingétorix ! Raillé par le sort, revêts-toi de ta plus belle armure, sors au galop d'Alésia sur un cheval paré magnifiquement, et jette ton javelot, ton épée, ton casque aux pieds de ton vainqueur... César saura déshonorer son triomphe : par son ordre, illustre vaincu, tu seras garrotté comme un criminel, traîné hors du camp comme un pestiféré, plongé dans une infecte prison de Rome, où il te laissera dépérir pendant six ans, au bout desquels le bourreau t'arrachera cette âme si grande et si noble!!...

Saint Alyre fut certes plus heureux. La fille de l'empereur Maxime étant possédée du démon, il eut le talent de la guérir, sans que celui-ci lui en tînt rancune. Tout au contraire : il se fit son valet très-humble. Une preuve, c'est que le pieux personnage ayant désiré des marbres qu'il avait vus par hasard sur sa route, le diable les lui apporta tout taillés à Clermont. Saint Alyre est mort il y a beau temps : mais la fontaine qui porte son nom, n'en continue pas moins ses merveilles. Avec ses incrustations, elle a construit, entre autres, un pont long de six mètres, large de douze, sur cinq de hauteur, des gradins de toute dimension, des stalactites bizarres, des nids d'oiseaux, des corbeilles de fruits, des pots de fleurs; toutes admirables pétrifications. Il y a même un bœuf et un cheval qui paraissent se porter à souhait, en dépit de leur vêtement de pierre sous lequel ils devraient, ce me semble, trembler les fièvres.

Les incrédules de nos jours ne font pas honneur de

tous ces travaux d'art à saint Alyre : ils se disent simplement que la source, dans son parcours souterrain, s'imprégnant des matières calcaires qu'elle dissout, doit nécessairement se dépouiller au grand jour de ses larcins, et les accumuler quelque part en forme de dépôts. C'est en vertu des mêmes principes que les grottes possèdent des stalactites et des stalagmites multiformes, des parois cristallisées; en un mot, les productions les plus singulières.

Mais, paix à saint Alyre! Nous projetons pour le lendemain une longue excursion sur les pics volcaniques. « Il est prudent alors, dis-je à mes deux amis, de vous retirer tôt dans votre chambre à coucher. » Ainsi dit, ainsi fait. Seulement, au lieu de dormir, vers les dix heures je les entends, comme nous sommes voisins, discuter à haute voix... sur le monde avant le déluge. Comme c'est un prologue naturel à nos excursions, l'intérêt fait taire le savoir-vivre, et je me tiens aux écoutes.

Edmond : — Bien, bien. Mais, peux-tu me donner des preuves de cette chaleur intérieure dont tu parles si éloquemment?

Christophe : — Certes, elles sont nombreuses : je me contenterai d'une seule. Si l'on perce la croûte de la terre, la température reste uniforme jusqu'à une certaine profondeur. Mais au delà, elle s'accroît à mesure qu'on descend vers le centre. Il y a des mines qui sont chaudes à ce point, que les ouvriers ne peuvent y travailler que nus, et où l'eau des sources accuse une température très-élevée.

— Parle un peu la langue des chiffres, au lieu de ces énoncés généraux ?

— J'y arrive. Les résultats des observations faites jusqu'à ce jour donnent, pour chaque trente-trois mètres, un accroissement de chaleur d'à peu près un degré du thermomètre centigrade. Si l'on continuait donc à descendre, on aurait cent degrés à trois kilomètres; à vingt, six cent soixante, température à laquelle la plupart des corps sont en pleine fusion. Or, d'après cette échelle de proportion, la chaleur, vers le centre, doit être d'environ deux cent mille degrés. Donc, la croûte terrestre a six lieues d'épaisseur approximativement, au bout desquelles règne un océan de feu, qui sans cesse bouillonne. C'est l'effroyable agitation intérieure de ces vagues qui a donné naissance aux Alpes, aux Pyrénées, au Puy-de-Dôme, au Cantal, aux précipices, à la plupart des îles.

— Mais s'il y a tant de feu dans le centre de la terre, il devrait faire bien plus chaud à la surface ?

— Erreur. L'enveloppe est trop épaisse pour laisser la chaleur arriver jusqu'à nous, susceptible de fondre immédiatement la neige en hiver, et de cuire les patates en été. C'est uniquement le soleil qui fait mûrir les figues et les melons. A l'appui, j'ai une anecdote qu'édite M. Babinet, aussi grand savant que joli conteur.

« L'historien Mézeray voit un jour entrer dans son

cabinet une toute petite fille qui vient lui demander du feu. Il n'y avait peut-être pas, à cette époque, une seule maison, un seul ménage, où il n'y eût un vieux sabot cassé, destiné à aller quérir du feu chez les voisins, en cas d'extinction de celui qu'on couvrait de cendre tous les soirs. — « Volontiers, ma petite; mais tu n'as pas de sabot? » — « Oh! Monsieur, si vous voulez le permettre, j'en prendrai tout de même. » — « Fais. » — Alors l'enfant, s'accroupissant près du foyer, couvrit sa petite main gauche de cendre, et de la droite elle chargea cette cendre de charbons allumés, qu'elle emporta en remerciant, et sans aucune crainte de brûlure.

« Tout philosophe que je suis, dit tout bas l'atrabilaire collaborateur du Dictionnaire de l'Académie, je ne me serais jamais avisé d'un tel expédient. »

— Maintenant, explique-moi comment ces vagues intérieures ont pu faire des vallées plus ou moins profondes, des montagnes plus ou moins hautes, coupées en sommets plats comme des tables, courbes comme une selle, ronds comme des balles, pointus comme des triangles.

— Suppose donc que je sois au centre d'une immense boule de pâte grossière, d'une certaine consistance, dont l'extérieur soit couvert de fourmis et de leur fourmilière. Je frappe d'abord l'intérieur de la boule avec le dos de la main : les fourmis sont secouées, leur ville est ébranlée, et si l'un de ces intéressants insectes écrit sa biographie, il dira : « A une telle heure, en un tel jour de tel mois, il y a eu un *tremblement de pâte*, dont la première secousse s'est fait sentir de telle manière. » — Je pousse ensuite avec mon poing : il est évident que la pâte, cédant à la pression, doit se renfler en bosse à la surface. Il y a nécessairement culbute d'une partie de la fourmilière ; la secousse éprouvée par les habitants est plus violente, et notre docte fourmi renchérit sur son premier texte. En continuant à pousser, la bosse deviendra plus considérable, et il se formera une crevasse à l'endroit où le poing aura passé.

Si tu m'a compris, tu diras que cette bosse, c'est le Puy-de-Dôme ou le Mont Blanc ; les fourmis sont les hommes, le tremblement de pâte, un tremblement de terre ; l'ouverture, le cratère d'un volcan ; mon bras, le feu ou la lave. Quant aux formes et à la hauteur des montagnes, il est évident qu'elles dépendent de la puissance d'éruption des vagues embrasées, de la composition et de la consistance des couches terrestres. Si les jets n'ont été ni violents ni impétueux, l'enveloppe s'est uniquement boursouflée : de là les mamelons ou collines. Prête à ces jets plus de violence et d'impétuosité, tu verras naître les montagnes. Plus de violence encore, et le fluide en courroux réussira à crevasser les terrains, pour éjaculer ses matières ignées : de là les volcans.

Les volcans sont donc des cheminées souterraines, établissant une communication entre l'intérieure de notre globe et sa surface. Ce sont des appareils préservatifs pour donner issue à la force expansive des gaz élastiques et aux flots irrités, car il est aujourd'hui prouvé par l'expérience que, lorsqu'une éruption volcanique a lieu, les tremblements de terre perdent aussitôt de leur intensité; elle prévient donc des désastres imminents.

Ces évents naturels ou soupapes de sûreté peuvent s'obstruer momentanément ou pour une longue période : c'est ce qui est arrivé aux pics de l'Auvergne. Les volcans ne sont pas tous et toujours en activité; quelques-uns vomissent des flammes continuellement, mais plusieurs restent dans l'inaction pendant un espace de temps fort variable.

— Si un volcan est éteint et bouché depuis plusieurs milliers d'années, à quoi reconnaître son existence antérieure ?

— A la forme conique du mont, à la cavité cratériforme du sommet, aux cendres, aux coulées de lave, à la composition de ces immenses dépôts qu'on trouve sur ses flancs. Ainsi les volcans éteints de l'Auvergne ressemblent aux volcans modernes actuellement en activité. La similitude serait complète, si les premiers projetaient encore leurs gerbes incandescentes, et si les derniers avaient des basaltes dans leurs produits volcaniques.

— Qu'est-ce donc que ce basalte ?

— C'est une roche ignée, noire ou bleuâtre, foncée, très-dure, pesante, provenant d'une solidification de pâte minérale. On la trouve en masses isolées et coniques en Auvergne, à la Chaussée des Géants, à Sainte-Hélène. Dans cette dernière île, on voit une aiguille basaltique de vingt mètres d'élévation et d'une forme si élancée, que les habitants l'appellent la Cheminée, quoiqu'elle ressemble plutôt à une immense pile de bois de chauffage. Les prismes hexagonaux sont placés horizontalement et de la grosseur d'une bûche. Les vagues furieuses la battent, la mordent incessamment; elles achèveront sans doute un jour de démolir ce dernier fragment d'un bloc jadis plus considérable. Ailleurs les prismes sont verticaux, ce qui leur donne une apparence de colonnades irrégulières et serrées les unes contre les autres. Vus de la surface, ces piliers réunis offrent des figures géométriques et simulent parfaitement le carrelage en briques. — Mais ces détails sont superflus, car le plateau de la Serre nous offrira bientôt une immense nappe basaltique. Tu pourras là te faire en même temps une idée de la puissance que doit avoir un volcan pour éjaculer de tels dépôts... Sur quoi, dormons, je te prie, car il doit être bien tard.

Le lendemain, après avoir assez longtemps erré de pic en pic, faisant cueillette de plantes, de papillons, de fossiles, l'envie soudaine nous prit de gravir le Puy-de-Dôme, déjà gravi cinq fois avant nous par Périer de Clermont, pour des expériences sur l'hypothèse de

Torricelli, lesquelles aboutirent à l'invention du baromètre.

A mi-côte :

— Mes bons, mes excellents Messieurs, roucoule une voix étrangère, n'allez pas là ! prenez garde, venez par ici !

J'eusse été sensiblement ému peut-être, si de longue date, des nuées de fainéants industriels ne m'eussent habitué à leurs artifices. Aussi recommandai-je à mes compagnons de faire la sourde oreille. La voix fut donc obligée de se rapprocher de nous, et bientôt apparut un quidam à la mine robuste et tenace, armé d'une grande houlette, d'un petit baril de vin et d'un panier.

—Mes bons, mes excellents Messieurs, je suis le berger du Puy-de-Dôme...

— Nous en sommes très-flattés.

— C'est pour vous dire que j'ai un troupeau.

— Naturellement, en qualité de pâtre.

— C'est donc pour vous dire, mes bons, mes excellents Messieurs, que je veille avec sollicitude sur les voyageurs qui viennent visiter ma montagne. Je m'en fais un cas de conscience, un saint devoir.

—Voilà un devoir auquel nous n'avons rien à voir ; bonsoir, et pas au revoir !

— C'est pour vous dire que j'ai du pain blanc dans mon panier, du vin délicieux dans ce petit baril.

— La paix ! la paix ! la paix !

— C'est pour vous dire, mes bons, mes excellents Messieurs, que voici mon troupeau, gardé par deux hercules flanqués de quatre chiens terribles, et que si... Voilà le Nid de la Poule et le Pariou que visitent tous les savants de Paris.

— Tenez, lui dis-je, franchement vous êtes insupportable. Nous allons nous coucher une heure ici, pour avoir le plaisir de vous perdre de vue. On vous cède le pas : circulez !

Il s'assit incontinent.

— Reposons-nous, dit-il, je le veux bien.

— Vous le voulez ? Nous allons donc poursuivre, nous.

Mais à peine levés, l'importun se lève aussi, trottinant sur nos talons, comme un caniche.

— C'est pour vous dire, mes bons, mes excellents Messieurs.....

Edmond dépité :

— Nous laisseras-tu tranquilles bientôt, triple bélître !

— C'est pour vous dire...

— Gare à ton baril ! je serais curieux de voir s'il roulerait bien jusqu'au pied de la montagne.

— Oh ! vous riez... C'est pour vous dire, mes bons.....

— Gare à toi, pâtre d'enfer ! ou je t'enfonce dans la gorge tes maudites syllabes !

Ce disant, Edmond s'avançait les poings levés. Le

pâtre recula, sans rien perdre de son arrogance.

Cette trêve fut courte. Car bientôt après, sur le versant occidental, nous voyant cueillir des airelles, le drôle venait à nous, de l'un à l'autre, offrant celles qu'il tenait dans sa main crasseuse, de ce ton d'hypocrite mignardise qui a le privilége de révolter, pour peu qu'on ait de dignité native. Le débonnaire Christophe prend tout en patience et raille notre humeur. L'autre en profite pour recommencer sa litanie.

— C'est pour vous dire, mes bons Messieurs, c'est pour vous dire...

Et jusqu'au sommet, il nous étourdit de son bavardage. Là, gambadant soudain comme un maniaque, et coupant d'une phrase chacun de ses entrechats :

— Là-bas, là-bas, vous voyez les ruines de la chapelle de Saint-Barnabé... Jadis, deux fois par semaine, soixante sorciers et autant de sorcières y tenaient leurs conciliabules... tous assis, en guise d'escabeaux, sur des boucs, aux cornes desquels brûlait un cierge noir... Jeanne Bordeau eut la faiblesse, un jour, de tout dévoiler aux mauvais juges de Clermont... On la brûla vive... Ce fut en 1594... Mes bons, mes excellents Messieurs, goûtez de mon pain, rafraîchissez-vous de mon vin...

— Nous sommes décidés à ne rien prendre, comme à ne vous rien donner. Vous perdez votre temps en viles sollicitations; laissez-nous donc en repos!

—C'est pour vous dire qu'il y a peu d'années un monsieur *très-bien* tua sa femme, ici-même, et la coupa en huit quartiers pour la brûler ensuite jusqu'à réduction complète en cendres. Le vent balaya le meurtre, et l'humaine justice n'y vit que du feu. Les témoins sont rares sur nos montagnes : les cris de la victime ne sauraient porter assez loin pour frapper une oreille d'homme, vous le comprenez bien, n'est-ce pas? Et si... Voyons, mes excellents Messieurs, prenez de mon pain, goûtez de mon vin, je suis le roi du Puy-de-Dôme.

— Assez de tes menaces, lui dit Edmond; nous allons t'assommer, brigand.

— C'est pour vous dire qu'il y a bien des siècles, cette montagne était la porte de l'enfer, et que vous êtes maintenant sur ce que les docteurs appellent un cratère. Frappez du pied, vous reconnaîtrez au son qu'il y a vide, un grand vide.

Ses coups redoublés nous prouvèrent, en effet, que la cheminée du volcan n'était obstruée qu'en partie.

Christophe allait donner de nouvelles explications à son frère, lorsque le pâtre :

— C'est pour vous dire, mes bons, mes excellents Messieurs, que tous les voyageurs qui vous ont précédés ont goûté de mon vin délicieux... Tenez, c'est ici qu'il y a longtemps s'accomplit un duel étrange. Deux compagnons s'étaient pris de querelle — rivalité d'amour. Ils tirèrent au sort à qui des deux roulerait sur cette belle pelouse, dont la pente est si rapide. La victime se pelotonna comme une boule, et tomba sur un roc, en miettes... Mais attendez, mes bons Messieurs, ne partez pas si vite, attendez la fin. Le plus cocasse, est que l'autre, désolé de ce drame et s'arrachant les cheveux sur le bord, trébuche tout à coup, suit son camarade, et le lendemain l'on trouva deux cadavres sur la même pierre... C'est pour vous dire que tous les voyageurs donnent quelque chose au pâtre, à l'ami des touristes, au roi du Puy-de-Dôme. Buvez de mon vin, c'est un élixir de longue vie... Allons, allons, mes excellents Messieurs....

On le voit, c'était intolérable. Sans l'intervention du philosophe, nous eussions pu nous porter à des voies de fait regrettables. Il nous conseilla de partir, et nous prîmes à droite, sous une averse d'épithètes grossières, sans avoir joui de la vue qu'offre le Puy-de-Dôme.

Je livre ce pâtre à l'exécration des voyageurs et dénonce sa conduite aux juges de Clermont. Il accumula menaces sur menaces par des insinuations habiles, et si j'avais été avec une femme, j'eusse craint pour elle la grande houlette, un gros couteau qu'il sortit à quatre ou cinq reprises, les deux puissants acolytes qui gardaient le troupeau tout auprès, et ses quatre terribles molosses.

La pente à droite est excessivement rapide, dangereuse même, bien que vêtue de gazon. Christophe néanmoins eut la fantaisie d'imiter les duellistes : « Il est impossible de se tuer là, dit-il, à moins d'y mettre un peu de bonne volonté. » Tout aussitôt, sans que nous eussions le loisir, son frère et moi, d'y prendre garde, il se met à rouler, non comme une boule (car il eût été réduit en *miettes*), mais en forme d'essieu. La Providence veille sur les aimables fous : — il s'arrêta net au tronc d'un des arbres qui bordent la pelouse de leur verdoyant rideau, son fond de culotte amoindri d'un tiers, et son chapeau jouet des vents.

La journée qui suivit fut entièrement consacrée aux cônes volcaniques. Ce superbe groupe offre un spectacle singulier, faisant de l'Auvergne non-seulement « un véritable musée d'histoire naturelle, » mais un paradis pour le géognoste français, comme les monts de l'Eifel, autour du Lachersee, pour le géologue allemand.

Ces pics n'ont pas tous vomi des laves, mais tous ont éprouvé l'effet des feux souterrains, et portent des matières scoriacées. Les volcans en activité devaient y être bien nombreux, pour que leurs éjaculations aient pu couvrir d'une couche si considérable les monts restés toujours inactifs. De toute la pléiade, à savoir le Chanturgues, le Gravenère, le Puy de Charade, le Puy Noir, le Chaumont, la Tête de la Serre, le Pariou, etc... ce dernier nommé est sans contredit le plus intéressant, car son cratère, d'une profondeur de trois cents pieds environ, est admirablement conservé. On remarquera des différences notables entre le massif des monts Dore, dont les produits sont essentiellement composés de basaltes, mêlés de trachytes, et les deux cônes volcaniques du petit Puy-de-Dôme et du Pariou, qui sont formés de scories modernes. Les coulées de lave sont faciles à observer jusqu'au sommet des vallées, où elles forment des digues énormes. Au-dessous de ces digues, on trouve des coquillages d'eau douce, tels que des planorbes et des lymnées, des œufs d'oiseaux aquatiques et des ossements d'hippopotames. Les volcans de l'Auvergne étaient donc en pleine activité, après que les eaux de la mer se furent retirées pour céder leur place aux lacs et aux marais. Le département qui nous occupe, présentait ainsi un tableau d'îles vomissant des gerbes incandescentes, et d'étangs qui, en éteignant les coulées, leur donnaient cette forme épatée qu'elles affectent à leur embouchure.

Depuis quelle époque ces volcans sont-ils éteints? On l'ignore; mais un campagnard m'assura que certains pics dégagent, même de nos jours, une légère fumée dans les temps humides, ce qui n'aurait rien de surprenant puisque le foyer des fournaises communique encore une si grande chaleur aux sources thermales des environs. Donc, étant donné le soulèvement des Pyrénées après l'époque crétacée, des Alpes occidentales après le terrain tertiaire moyen, des Alpes orientales postérieur au dernier étage des terrains tertiaires, enfin des volcans éteints de la France centrale après le diluvium, ne serait-on pas fondé à croire que les lames du feu souterrain, principalement dirigées vers notre Europe occidentale, modifièrent la configuration de la surface de la France et de la Suisse, et firent disparaître ces glaciers, dont nous ne retrouvons aujourd'hui que les traces sur les Alpes, le Jura, les Pyrénées ?

— Mais, interrompit Edmond s'adressant à Christophe, à propos des fossiles dont nous sommes riches, tu ne m'as pas dit, dans nos précédents entretiens, si le globe était habitable à toutes les époques, dans la création successive des couches.

— Non. Les couches premières-nées sont vierges de fossiles, et par une bonne raison. Le monde organique en était à ses rudiments : des moisissures, des mousses, une bourre épineuse, et des animalcules d'une simplicité analogue. D'ailleurs le foyer incandescent, que nous admettons au centre de la terre, était trop à proximité, pour que la *vie* pût réellement éclore sur les premières strates, que les bouillonnements de l'océan de feu modifiaient sans cesse. Les fossiles ne font guère leur apparition qu'aux terrains supérieurs.

— Mais alors, que peut dire et faire le savant sur les premiers âges géologiques, s'il n'a point de repères ?

— Ce qu'il fait ? Des conjectures, des déductions, des systèmes. — Théories et controverses, chocs d'idées, éclairs d'esprit, qui peu à peu dissipent les ténèbres —

et telle hypothèse s'élève parfois à la hauteur d'une vérité. La science alors a fait un nouveau pas.

— Quoi! la géologie serait-elle une science purement hypothétique?

—Non, non. Elle est encore à son berceau, pour ainsi dire, mais armée cependant de certitudes. De couche en couche, elle descend par degrés vers le noyau de notre planète, elle pose des jalons, toujours dirigée par une exactitude parfaite de raisonnement. Née d'hier, que ses progrès sont rapides! Elle a terrassé déjà les adversaires de la révélation mosaïque, donné des preuves irréfutables, résolu des questions jugées insolubles. Sa verte jeunesse me répond de son avenir : un jour, elle pourra refondre l'histoire des premiers peuples, anéantir les fables dont notre mémoire est farcie, corriger des dates problématiques qui paralysent l'étude, en un mot porter la lumière sur les temps primitifs et sur les secrets de la nature. Honneur à sa patience, honneur à son génie — les deux marchepieds du succès!

II

MARGHERITA

Voici un petit drame, dont j'ai recueilli le thème à table d'hôte. Il a pour théâtre l'un de ces nombreux étangs que j'appellerais volontiers les « ampoules » de la Méditerranée, et pour héroïne, la descendante d'une famille corse, campée sur ses bords depuis deux siècles, loin du pays natal, pour des raisons demeurées dans le secret.

..... Jacopo Stefani vivait de la pêche. C'était un beau vieillard de soixante ans, alerte, ingambe et vigoureux encore comme un jeune homme, veuf à peine de quelques mois, et dont une fille adorable peuplait la solitude.

On nommait celle-ci Margherita : jeune vierge dans la tendre fleur de l'âge. Un vrai bijou ! — Fluette et chétive donc : si bien que le père, la comparant à ses trois fils, robustes gaillards mariés sur le littoral, se prenait à douter parfois qu'elle fût son sang ; et en dépit de lui-même, son baiser devenait froid, quand cette pensée lui mordait le cœur.

« Une sainte femme pourtant que feue Stefana !... » — ordinaire réflexion qui terminait les accès de doute du bonhomme, et sur laquelle, secouant la tête d'impatience, vous l'eussiez entendu s'écrier : « — Visionnaire ! »

Or donc, une jeune fille nubile, jolie comme Margherita, n'est pas sans adorateurs. Deux surtout brillaient au premier rang : l'un par les préférences manifestes du père, l'autre par les sympathies de la donzelle — au dire du public... car à tous les soupirants, sa réponse invariable était : Nenni.

Mais un nenni cousu d'un sourire, si bien que vingt fois par jour j'eusse soupiré, pour entendre sortir de ses lèvres ce nenni souriant.

Le premier s'appelait Rac, le second Paolo.

Rac se faisait fort de vaincre, et portait haut l'étendard de guerre. Paolo plus timide cachait son ambition, rougissant comme une cerise toutes les fois que d'aventure il rencontrait Margherita. En attendant, les deux rivaux se détestaient à plein cœur.

..... Un jour, le vieux Stefani dit à Margherita :

« Rac est un honnête garçon, il t'aime; je ne serais pas fâché de l'appeler mon fils. »

Elle baissa la tête.

— Qui ne dit rien consent, grommela le pêcheur.

Seule, Margherita se prit à songer. Le songe a des ailes d'oiseau. Il effleure tout au vol : l'avenir, le présent, le passé d'abord. Elle songeait...

Une nuit — il y avait quatre mois environ — raccommodant les filets vieux, Margherita veillait solitaire, éclairée par une lampe chétive qui brillait à la fenêtre, comme une étoile pâle à l'horizon... Tout à coup dans le silence, au pied de la muraille, une voix chanta — tout un chant passionné! C'était Paolo. Elle reconnut le ménestrel et rougit. La ballade épuisée, le ménestrel disparut dans l'ombre. Mais sa dernière note vibra longtemps à l'oreille de Margherita...

Ce n'était pas encore de l'amour.

Une autre fois, baignant dans la Méditerranée ses pieds roses, elle aperçut un nid d'alcyons parmi les algues marines. « Que c'est joli! » s'écria-t-elle, « si je pouvais l'avoir! » Vœu téméraire! car sur dix nageurs habiles, neuf peut-être eussent péri parmi les herbes perfides. — Perfide comme l'onde, a dit Shakspeare. — Margherita soupira d'impuissance, puis la chaleur aidant, elle fit un somme.

Au réveil, le nid pépiait sur ses genoux; et Paolo,

derrière elle, jouissait discrètement de sa surprise et de sa joie. Elle lui sauta au cou, et l'embrassa comme un frère...

Ce n'était pas encore de l'amour.

Une autre fois enfin, le vieux Stefani s'était aventuré trop loin sur la mer. A l'heure accoutumée de son retour, Margherita trépigne d'inquiétude, puis à tire d'aile s'envole vers la plage.

Rien à l'horizon! Les vagues, avec des tonnerres sourds, bondissaient comme des cavales indomptées. Bientôt, le ciel noir de nuages fondit sa masse liquide, et l'eau tomba par cataractes, mêlée de foudres et d'éclairs...

Margherita prend la fuite. Elle court longtemps comme un cerf aux abois, sans trouver d'abri, folle de frayeur, aveuglée par l'orage. O misère! Les sentiers s'étaient convertis en torrents, la plaine n'offrait aux regards qu'une immense nappe d'eau... Où voguer? où fuir?... Elle tombe à genoux, baignée jusqu'à la cheville, et prie parmi ses larmes.

Soudain, se dressant de toute sa taille, elle jette dans les airs un de ces cris désespérés dont les notes aiguës glacent d'épouvante. Ce cri reste sans écho... Margherita, brisée, retombe et ferme les yeux... Cependant la passion de vivre se réveille : elle se traîne à l'aventure, au risque de tomber dans un étang qui l'enveloppe de son suaire humide....

...Mais, inespéré secours! Voici venir Paolo, qui soulève la jeune fille sur ses épaules. Il trébuche, qu'importe? — La sauver ou périr avec elle!

Il va, chargé du précieux fardeau, palpitant d'effroi, d'espérance avec, sondant le sol du pied pour éviter les crevasses perfides, épuisé de forces, tournant çà et là dans un cercle vicieux — car, rien pour s'orienter : partout un rideau de ténèbres!

...L'amour le conduisit.

Une fois, près d'aborder au village, le ciel s'éclaircit tout à coup, le soleil darda ses rayons; Margherita rouvrit les yeux, s'écriant : — Mon père!

— Enfant, lui dit Paolo, j'ai vu de mes yeux le vieux Stefani, battu par l'orage, aborder sur l'autre rive. Sois tranquille!

— Merci!

Cette nouvelle fut comme un baume sanitaire. Elle sembla se réveiller d'un songe pénible, et sourit joyeusement, mais sans l'entière connaissance de soi-même, comme le nouveau-né sourit aux rayons qui jouent sur son berceau. Et la route fut continuée côte à côte, parmi les doux propos coupés de fréquents mutismes. Tels, Paul et Virginie descendaient les mornes de l'Ile de France.

On atteignit enfin le seuil de Jacopo — le terme fatal. Tête baissée, Paolo s'en allait : Margherita l'arrête par la main, et suspend à ses lèvres un long baiser suivi d'un long rire...

Ce n'était pas encore de l'amour.

Mais son père lui a parlé de mariage, et voici que son imagination travaille : mille idées bourdonnent dans sa tête comme une ruche d'abeilles. Ce profond amour inavoué qu'elle avait dans le cœur, sonne une bruyante fanfare, dont chaque note se traduisait : « Paolo ! »

Elle court vers son père, et lui dit : — J'aime Paolo.

— Folle ! s'écrie le vieillard. Paolo est un enfant taillé sur ton modèle : des formes grêles de jeune fille !

— Le bonheur n'est pas dans la force, il est dans l'amour.

— Rêves ! Il est avant tout dans le râtelier. Or, nous vivons de la mer. C'est une dure nourricière ! On n'achète ses faveurs qu'au prix de fatigues incessantes, qui tordraient ton Paolo comme un brin d'osier.

— Peut-être !

Jacopo rugit. Bon, mais despote, Margherita n'osa lui tenir tête.

— Ecoute ! reprit-il après une courte réflexion. Mon seul but est ta félicité, tu le sais bien. Nier l'expérience de l'âge, pour lui préférer le caprice du cœur, ce serait démence !

Une larme mouilla les yeux de Margherita.

— J'obéirai, soupira-t-elle.

— Non pas, mignonne ! Suis-je donc un tyran ?

Nous en appellerons au jugement de Dieu. C'est un jeu de hasard que le mariage. La carte du père s'appelle *la sagesse*, celle des jeunes filles l'*instinct*. Or, crois-moi, l'instinct et la sagesse sont deux cartes folles, que Satan se plaît à marquer de sa griffe tour à tour, et l'une et l'autre ont perdu bien des parties dont toute une destinée était l'enjeu... Le plus sage serait peut-être de te laisser aller au gré de ton cœur : mais je ne puis m'y résoudre. L'amour est un vêtement qui s'use, les regrets tardifs sont superflus. Et puis, ce Paolo a du sang de tigre dans les veines. Jeune homme, il est rêveur comme un vieillard. Tel était son bisaïeul ; tel son trisaïeul ; et tous deux, selon la tradition, poignardèrent leur femme dans un accès de jalousie... Que Dieu prononce donc ! Nous ouvrirons la lice à nos deux prétendants.

Et avec un sourire :

— Te rappelles-tu les livres que nous lisions aux veillées d'hiver ? Tu seras le prix du vainqueur, comme dans les tournois antiques.

— Votre volonté soit faite ! consentit Margherita, dont un soupir étouffé souleva la poitrine.

Le père reprit :

— C'est dans quelques jours que les oiseaux de passage franchissent au vol nos étangs. A ton futur mari de te conquérir une dot ! Chasse et pêche tout ensemble : car l'adresse et la force, entends-tu, voilà l'unique trésor des pêcheurs côtiers.

Et Margherita, comme un automate :

— Ainsi soit-il !

Vint l'heure du *tournoi* naval. Les étoiles scintillaient encore au ciel ; à peine si du côté de l'orient l'horizon semblait rouler une bande d'écume blanchâtre, que déjà quantité de barques flottaient sur le lac. Paolo devançait tous ses compagnons : instinct de l'amour, qui poursuit la solitude.

Quelle noble tête, dorée de cheveux blonds ! Quelle aristocratie dans les traits ! A tous les étages de la société, la nature se plaît, dans sa richesse, à créer des types de distinction.

Rac voguait dans son sillage, comme l'épervier sur les traces de la colombe. Il pestait dans l'âme, et plus d'une fois ses ongles mordirent sa poitrine, comme fait maint joueur dans la fièvre d'un échec qui démolit ses châteaux de cartes — et d'Espagne. Car il passait pour le plus adroit du canton, et (fatalité !) ses filets remontaient sans cesse vides ou à peu près. Ses yeux enflammés dévoraient Paolo, dont les nasses lui semblaient abondantes. Il est un dieu pour les amours ; — les ivrognes ont bien le leur !

Cependant l'Aurore, de son pinceau chargé de céruse, badigeonnait le dôme gris-noir des cieux, et Rac espérait sa revanche, distinguant au loin une nuée de cigognes ou d'oiseaux de même acabit, laquelle se hâtait à fond de train vers ses eaux.

Il attendit immobile : mais dérision ! La nuée décrit une courbe, et passe sur la tête de Paolo.

Le soleil souriait d'or... Deux coups de feu retentissent, à une seconde d'intervalle... Paolo, penché sur sa proie, jette un cri terrible, et se roule au fond de sa barque. La barque flotte à la dérive, tandis que Rac avec un juron ricanait :

— Il a du plomb dans l'aile !

Un cri perçant avait répondu au cri de Paolo : c'était Margherita sur la rive, évanouie. Rac, toujours immobile, avait été rejoint en un clin d'œil par vingt frères côtiers, et l'on chuchotait dans les groupes :

— Qui peut répondre d'une balle égarée ?

Ce fut un épisode, fugitif comme les vagues. Rac se disait, avec un éclair de joie :

— Satan lui-même n'y a vu que du feu !...

A quelques jours de là, Jacopo Stefani entretenait sa fille :

— Tu avais raison, Margherita. Paolo, somme toute, eût fait un excellent mari. Pardonne à mon erreur ! Il ne faut pas juger sur les apparences , vieil adage que l'on met rarement en pratique... — Mais qu'y faire ? Donne-lui vite une dernière larme, et sois l'épouse de Rac. Je me fais vieux : quel bonheur ! si j'embrassais avant de mourir mes petit-fils.

Margherita se soumit. Le soir, elle dit à Rac :

— Nous voilà fiancés : bientôt je serai votre femme.

La femme ne doit avoir de caprices que ceux de son mari. J'use donc mon reste de liberté : détachez votre barque, et ramons vers l'étang du Grand-Cerf.

C'était l'étang fatal.

Rac eut un sourire :

— Vos caprices, dit-il galamment, me seront toujours sacrés.

Et Margherita se laissa baiser la main.

...La nuit tombait vite; la lune de ses flots d'argent inondait le lac; une légère brise frissonnait parmi les peupliers. Rac faisait force de rames. Margherita chantait une élégie baignée des larmes de son cœur. On approchait du sanglant théâtre.

Un remords se trémoussa dans la conscience de Rac. Pour le vaincre, il monta debout sur la poupe, et fit un rire aigu...

Prompte comme l'éclair, Margherita saisit une gaffe à deux mains, et la lui assène sur la tête. Il plonge dans le gouffre, étourdi de ce coup violent.

Le contact de l'eau froide lui rend connaissance. Il éternue bruyamment, dessille ses yeux aveuglés, et fend les vagues comme une flèche, altéré de vengance.

La barque, indocile aux bras d'une femme, suivait le courant, de l'allure d'une mouette blessée. Déjà Rac en saisissait le bord de sa main droite. Margherita terrifiée ne songeait même plus à se défendre.

— Dieu est contre moi, dit-elle.

Rac tenait l'esquif à deux mains, la vierge sanglotait une prière, et la lune dormait pâle sur un oreiller de nuages...

Quand elle éclaira de nouveau, Rac à cheval sur l'esquif riait d'un rire féroce.

Soudain, voici qu'un bras nerveux le tire par la jambe pendante et le replonge dans le gouffre. Deux cris se croisent à travers l'espace : — Margherita ! Paolo !

Ce dernier, blessé à l'épaule, recueilli par un pêcheur à l'extrémité de l'étang, avait voulu guérir dans l'ombre du silence, pour guetter l'heure propice de la *vendetta*. La guérison n'était pas complète. Qu'est-ce qui le précipitait au-devant de sa bien-aimée ? Le hasard ou le pressentiment peut-être.

Quoi qu'il en soit, rien de plus lugubre que ce duel à mort parmi les flots !...

Rac, comptant sur sa force d'Hercule, cherchait à étreindre son rival dans l'étau de ses bras. Mais Paolo fuyait à la nage, en dépit de sa blessure qu'il semblait oublier ; et plus agile que Rac affaibli par ses précédents efforts, il lui portait par intervalles des coups terribles, évoluant avec prestesse pour charger et fuir tour à tour. Margherita priait à genoux, argentée par la lune...

Rac ne résistait plus que mollement : Paolo triomphait. Margherita se penche au bord de l'esquif pour l'encourager de la voix. Tout à coup, Rac fait un suprême haut-le-corps, la saisit par le bras, et se laisse couler à fond, satisfait de mourir vengé. Trois fois ils reparurent à la surface, trois fois ils s'abîmèrent dans le gouffre, conjoints, indissolubles, et l'eau décrivit enfin sur leurs têtes une dernière spirale, en guise d'oraison funèbre.

III

DE PERPIGNAN AU SOMMET DU CANIGOU

Quels tapageurs que tous ces portefaix et garçons d'hôtel, qui vous assiégent au débarcadère! O la cacophonie: « Hôtel du Luxembourg! — Hôtel des Ambassadeurs! — Hôtel du Nord! —Hôtel du Midi!—Hôtel de l'Europe! — Hôtel du Petit-Paris!... » Et tous ces valets se renvoient des bordées d'insultes, — bousculant ci, bousculant là, tirant ce voyageur par son paletot, l'autre par son bissac, un troisième par le bras, — en dépit de vos plaintes, en dépit de vos colères, dont ils se raillent!...

Jaloux d'échapper à cette persécution souverainement détestable, qui s'opère au grand jour, sous les lunettes du commissaire de police, — je glisse comme une anguille à travers la foule, au risque de perdre mes compagnons de route.

— L'hôtel du Petit-Paris, s'il vous plaît ? demandai-je au milieu de la ville.

On me couvre de huées et de sarcasmes. Je poursuis toujours à travers des rues étroites, contournées comme des couleuvres, bordées d'insipides maisons à la brique monotone et aux cailloux roulés, et le nom du Petit-Paris saillit encore sur mes lèvres avec un point interrogatif.

— Pécaïré ! Mais ce n'est qu'une auberge, Monsieur — qui n'est pas digne de vous, — l'auberge des campagnards et des savetiers en goguette !

— Que vous importe ? Indiquez-moi le chemin, si vous le savez.

— Oh ! Monsieur, je m'en ferais scrupule. Permettez plutôt que je vous conduise à l'hôtel des Ambassadeurs — un vrai palais celui-là, où l'on vous traite *aux petits ognons.*

— J'abhorre les ognons. Montrez-moi le Petit-Paris ; il est bientôt temps.

— Oh ! Oh ! rien de plus simple. La cinquième rue à droite, la troisième à gauche, vous longez le boulevard, et tout droit devant vous jusqu'au but.

— Vous êtes bien complaisant !

— Tout à votre service, Monsieur...

L'hôtel en question n'est pas évidemment aussi

16

confortable que celui du Louvre à Paris, mais il vaut mieux que sa réputation, beaucoup mieux, soit dit à sa louange ! Il n'est pas non plus exclusivement le rendez-vous des goujats : la société qu'on y rencontre est fort acceptable. A preuve, un jeune docteur bordelais de mes amis, qui me reçut à bras ouverts. Celui-ci était accompagné d'un gentilhomme d'Ecosse, que j'avais eu l'honneur de voir à la Haye deux ans auparavant. Un bizarre personnage que ce M. Jock Carr : taille de tambour-major, avec un soupçon de bosse sur l'omoplate ; nez de perroquet, épanoui comme une pivoine sous un pont de lunettes vertes, où brillent des yeux glauques ; perruque grise sur l'occiput, pour laisser resplendir un front de génie sur le premier plan ; bouche franchement lippue, à travers laquelle pointent deux canines d'un ivoire jaune ; avec cela, harnaché d'un sac à bandoulière rouge, qui retombe du côté droit ; sur le côté gauche flotte un dictionnaire anglo-franc, au bout d'une ficelle bleue ; enfin sa dextre est armée d'une canne à nœuds farouches, avec une tête d'ours ; — au demeurant très-bon homme, dans la noble acception du mot.

Notre soirée se passa très-gaîment parmi les danses espagnoles. Que de grâces dans les boléros ! quelle suave originalité dans le jeu des castagnettes ! Les papillons ne sont pas plus légers ni plus gracieux. Il ne manque, semble-t-il, à tous ces danseurs que des ailes pour prendre leur vol dans l'espace. Peut-on rien rêver de plus séduisant que ces danses capricieuses, qui paraissent des improvisations de génies aériens, que ces méandres chorégraphiques tracés par de jolies ballerines, fleurs vivantes pour qui l'on croirait faite la rosée du matin ? Pourquoi faut-il que si souvent cette beauté ne soit qu'un fard, et que la sylphide, dépouillée du costume théâtral, redevienne un bipède comme le commun des martyrs, affamé de roastbeef et d'appétits grossiers, sans la moindre auréole poétique !

Minuit sonnait comme nous rentrions à l'hôtel. Parvenus au rez-de-chaussée :

— Chut ! fis-je à mes deux compagnons. A moins que les oreilles ne me cornent, au spectacle succède le spectacle.

— Qu'est-ce donc ?

— Attention ! je lève la toile, ou pour mieux dire, j'ouvre la porte...

Le grand Jock Carr nous avait précédés de quelques minutes, et pour monter dans sa chambre, il voulait un flambeau.

— Gârrçone ! criait-il avec un accent qui trahissait le cru d'Aberrdeen, donnez oun tchandel, rrapid, oun tchandel !

Celui-ci dormait comme un loir.

L'insulaire, impatienté d'une seconde interpellation demeurée sans réponse comme la première, lui caressait l'échine du bout de cette canne que vous savez.

Le pauvre sire restait muet, — si ce terme convient à la toupie d'Allemagne en rotation. Et l'autre :

— Gârrçone ! gârrçone ! oun tchandel, et dépêchez-vos, ou je cogné vos avec cette pétite badine.

Hélas ! le ron-ron persistait, de plus en plus accusé. Pareil au cheval arabe qui piaffe avant le combat, le fils du Nord, de ses lourds souliers, battait le sol, et criait de tous ses poumons.

Ses cris ne restèrent pas sans effet sur le dormeur : car je l'ouïs pousser un profond soupir, comme si le réveil allait éclore presto... Au soupir un mouvement succéda, bon augure ! Mais, simple conversion de droite à gauche....

Sur quoi, lon-lan-la
Lon-lan-la
Le ronfleur reronfla.

— Ah ! misérabel gârrçone, a-ho ! vos tojors dorrmirr, je étant bésoin d'oun tchandel — a-ho !...

La canne tomba légèrement sur les épaules du dormeur : mais elle ne fit, comme l'archet du maëstro, que marquer la mesure de l'éternel ron-ron — la jeunesse a le sommeil bien tenace !

Nouveau coup d'archet — plus dur.

Le drôle ouvre un œil à demi, se gratte l'épaule, lève un peu la tête, allonge une jambe, étire un bras...

— A-ho ! bourdonne l'exotique, satisfait de son triomphe...

Ephémère ! — car la tête roule de nouveau sur le plancher-lit, comme un gros potiron.

Au troisième coup, le dormeur en geignant balbutie quelques mots décousus ; ses lèvres clapotent, trois souffles de bœuf s'exhalent de sa bouche... et la basse continue sa partition.

Jock exaspéré :

— Moa coper vos en pièces, stioupid gârrçone, si vos non donnez oun tchandel, rrapid, rrapid ! enntenndez-vos ?

Et la canne s'agitait, menaçante. Je lui arrêtai le bras : misère ! il l'eût fendu net !... En dépit néanmoins, sur le dos du valet le coup sonna — mais amoindri.

N'importe ! le valet sursaute, et sans connaissance de personne ni de cause, tombe sur l'agresseur avec la rapidité de la foudre, et avant que nous eussions pu le saisir à bras-le-corps, il lui dévide quatre ou cinq coups de poing joliment éveillés. Puis s'arrêtant tout à coup :

— Oh ! Ah ! pardon, Monsieur, pardon de mon erreur ! N'ai-je t'y pas cru que c'était mon collègue Jacques !

— A-ho !... Vos oun mal gârrçone, et rrapid sur votrré génoux, démandez pour la eskiouse !

— Des excuses, Monsieur, je vous les renouvelle, et sincères ; — mais à genoux ? Non-da !

— Vos, si tant irrévérencious ! rrapid sur votrré génoux, rrapid, mal édiouqué gârrçone !

— Sur mon génou, Monsieur ? — oh ! pour cela, berniqué ! bernique !...

La canne allait intervenir, grimaçante avec ses nœuds de calibre. Il nous fallut dépenser bien de l'éloquence, pour désarmer le gentleman qui persistait dans sa réparation, comme l'autre dans son refus. Le docteur survint dans l'intérim et nous prêta main-forte. Jock fléchi prit enfin son flambeau des mains du drôle, qui lui dit en guise de consolation :

— Vraie bougie de l'Etoile, Monsieur, la fleur des bougies.

— A-ho ! je strrangulai vos démain, stioupid gârrçone ; je strrangulai vos !

Et il monta d'un pas fébrile, nous derrière lui, tandis que le valet marmottait dans ses dents :

— Moi qui dormais si bien ! que là *crique* le croque avec son tchandel... a-ho ! a-ho ! !...

Le lendemain soir, mes deux compagnons et moi, nous allions gaîment à la diligence, tranquilles sur nos places, puisque j'avais donné des arrhes pour retenir l'impériale.

— Mais... mais, me fit Edmond devant le bureau, le conducteur se serait-il gaussé de nous ? Les trois places du haut nous appartiennent, à votre dire, et je vois deux semblants de gentilshommes en possession du faîte !

Je m'élance sur le troisième marchepied :

— Messieurs, désolé de vous déranger : mais ces places sont à moi.

— Certainement z-elles sont à vous, car j'ai z-été témoin z-*auriculaire* de vot' débours au d*u*recteur. Et point ne voulons vous mécaniser : nous irons donc dans le ventre z-à la *bagache*.

Je redescendis satisfait, mais non suivi des beaux parleurs. Voilà tout au contraire qu'une longue file d'assaillants escaladent notre impériale. Nous ouvrons de grands yeux. Edmond, qui les comptait, fit bientôt sonner à mon oreille : onze, douze, treize, quatorze... quatorze ! Est-ce enfin le dernier ?

Et Christophe philosophiquement :

— Plus on est de fous, plus on rit...

— Conducteur, conducteur ! m'écriai-je colère, prétendez-vous nous berner aujourd'hui ? J'ai payé les trois places de l'impériale, et nous ne sommes pas assez benêts pour nous contenter des trois dix-septièmes d'icelle.

Pour toute réponse, la figure rubiconde me fit signe de regarder encore. Nos places restaient vides, et les quatorze impérialistes s'étaient entassés sous la bâche, hurlant et jurant comme des païens... Je n'en pouvais croire mes yeux.

A Soler, la diligence s'arrêta pour cueillir sur la route trois piétons, qui s'ajoutèrent aux quatorze précédents. Puis successivement, à Saint-Féliu et à Millas, échelonnés sur la route à trois ou quatre lieues de Perpignan, le conducteur fit de nouvelles recrues.

— Voilà qui peut, lui dis-je enfin, s'appeler une bâche miraculeuse.

— Oui, Monsieur, je l'estime ainsi. Bonne et bonasse, car elle en a coiffé jusqu'à trente-deux ! Il est vrai que ce jour-là, les gendarmes me firent un joli petit procès. Que voulez-vous ? C'est absolument comme au jeu de l'écarté : je perds aujourd'hui, demain je gagne; et tous comptes faits, mon gain surpasse mes pertes. Mais je suis volé, car on m'a dit que nos chefs songent à mettre, dès le mois prochain, le holà sur mon procédé.

— Une fâcheuse nouvelle, en effet.

— Dame ! c'est enlever de mon jeu tous les atouts : il n'y a plus de danger que je fasse *la vole !* Mais voici Villefranche, là-bas, tapie dans son trou.

— Vaut-elle la peine d'être visitée ?

— Médiocrement, à vrai dire, si l'on excepte les Cova Bastères.

— De jolies grottes ? je crois.

— Vastes surtout. Vauban jadis y mit la griffe, pour fortifier la ville et creuser dans la montagne des magasins d'approvisionnements, où l'on arrive par un escalier de cent trente-deux marches, taillées dans le roc vif.

— Merci, conducteur... S'il vous plaisait d'arrêter? car nous ne sommes pas curieux de vous suivre en Espagne; on nous attend au sommet du Canigou.

Inutile de dire que notre départ fut acclamé de bénédictions par les *sardines* de la bâche. C'était toujours un allégement, si minime qu'il fût. Une heure après nous arrivions au Vernet, à l'hôtel des Thermes Mercader.

Une courte digression sur les eaux curatives en général trouve ici sa place naturelle. Elles jaillissent surtout dans les pays volcaniques; leur source doit être profonde dans les entrailles de la terre, pour conserver à la surface cette haute température. Dès la plus lointaine antiquité, la médecine les utilisait comme curations. Chaque source était sous le patronage d'une divinité. Archigènes les trouvait bonnes pour les maladies de vessie; Gallien pour la gravelle; Senèque pour les yeux, les poumons, les ulcères; Pline avait foi dans l'efficacité des eaux sulfureuses pour les nerfs, des eaux alumineuses pour les paralysies; Aëtius proclamait les unes et les autres souveraines contre la lèpre et la gale. On le voit, c'était une véritable panacée. — Au moyen âge, Charlemagne les consacra par sa puissante initiative, en leur ouvrant un bassin à Aix-la-Chapelle. Elles périclitèrent à sa mort, les chrétiens « ne s'occupant que de la santé et de la propreté de l'âme. » Henri IV, malgré tout le prestige de sa popularité, ne put leur rendre la vogue. Elles n'étaient cultivées que par les maladies hideuses : d'où plusieurs bains, dans les Pyrénées entre autres, sont encore nommés « bassins des ladres, des pestiférés, des lépreux. »

Sous le rapport de leur composition chimique, on peut les diviser en cinq classes principales : 1° ferrugineuses, 2° alcalines, 3° salines, 4° hydro-sulfureuses, 5° acidules-gazeuses. Les unes pétillent comme de l'eau de Seltz, les autres charrient des flocons noirs ou blancs, la plupart ont une odeur très-prononcée de soufre, de foie, de choux, d'œufs pourris. On les boit, ou l'on s'y baigne, selon leurs propriétés chimiques, selon le genre de maladie. On les traduit même parfois en douches et en bains de vapeur.

De nos jours, elles sont à la mode. Valide ou malade, on les fréquente en foule. C'est de bon ton, comme Longchamps dans sa fleur de prospérité. Elles ont leurs croyants et leurs sceptiques. Montaigne niait leurs vertus : je me permettrai de nier leurs vices, accordant même, selon l'opinion du docteur Bertrand, que l'exercice forcé des malades doit triompher maintes fois des maladies, surtout avec le concours des fêtes, des danses, des multiples distractions.

Dans certains pays, les eaux thermales sont une vraie providence pour les pauvres; à Chaudes-Aigues, par exemple, où telle source est si bouillante à l'orifice, qu'elle fume longtemps encore après son immixtion dans l'eau de la rivière. Un paysan de l'endroit m'a certifié que les indigènes vont avec une casserole, du pain, de la graisse et du sel, *tremper leur soupe* à la source privilégiée; que les pieds de veau, que les têtes de porc y perdent instantanément leurs poils, et qu'enfin les œufs y sont cuits en trois ou quatre minutes.

Revenons au Vernet. Le séjour en est délicieux. Les

hôtels y sont de vrais Eldorados. Bonne table, salons décorés avec une certaine élégance, billards, pianos; des baignoires en marbre blanc, un vaporarium, des salons sulfuraires ou salles respiratoires; jolies terrasses bordées de jardins anglais, sites pittoresques dans la vicinité; en un mot, tout le confort désirable.

Pendant notre rapide inspection, le cuisinier appelait un guide et faisait les préparatifs nécessaires à notre ascension du Canigou. Le guide jugea commode de prendre son âne pour porter les provisions et de nous dépêcher en avant, puisque nous avions la fantaisie de nous livrer à la chasse. Singulière fantaisie! car il n'y a, dans ces parages, que des izards, qui ont peur des gens civilisés, et des perdrix blanches trop malignes pour s'approcher jusqu'à portée de fusil. Aussi, un indigène, me voyant l'arme sur l'épaule, — je n'avais pourtant pas l'air trop fier là-dessous,—me lança-t-il ce sarcasme :

— Moussu, pourquoi prendre ce joujou-là? Je vois écrit sur son canon : « Vous ne tuerez point. »

J'aperçus en ce moment trois perdrix qui volaient vers un chaos effrayant de rochers sur lesquels se dresse l'abbaye de Saint-Martin. Je descendis avec la prestesse d'un izard : mais, soit qu'elle se fussent cachées dans les précipices verdâtres, soit qu'elles eussent pris vol vers une gorge voisine, j'en fus pour mes frais d'espérance et de fatigue. Comme saint Martin n'est pas le patron des chasseurs, je ne pouvais lui en vouloir; j'allai donc lui faire une visite de politesse dans son antique abbaye. Elle est en ruines : mais encore grandiose d'aspect. L'esprit, étonné du ravage des siècles, évoque naturellement le nom de son fondateur. C'est le comte Guilfred, un des héros de la chevalerie, lequel immola des milliers de Maures « à la grande gloire de Dieu et de ses saints, » entre autres lieux, dans les gorges d'Angoustrina. Epouvantable tuerie ! Il avait ce jour-là manœuvré pour que l'armée mauresque s'encaissât tout entière dans les défilés. Mais son fils engagea trop tôt le combat : un tiers des Maures prit la fuite. Le comte, exaspéré des victimes qui lui échappaient, nage avec son cheval dans un fleuve de sang, se précipite sur son fils, l'égorge de sa propre main, et l'offre à Dieu comme un holocauste, à la place des fugitifs. O le saint homme, ô le pieux chevalier !...

Guilfred s'imaginait bien avoir conquis toutes les indulgences : mais le pape fut d'une autre opinion. Il le condamna, sous peine d'anathème, à fonder un monastère sur le théâtre même de son crime, et à vivre sous la bure, dans les rigueurs de la pénitence. Le comte obéit. C'était en l'an mille. On prétend que sa dernière retraite fut la cellule où sont gravés ces deux vers incorrects en caractères gothiques :

QVISQVIS. HEC. SACRI. SVBITIS. PENETRALIA.
TEMPLI.
VITAM. HVNC. COELI. BEATAM. HABET.
ATQUE. QVIETEM.

J'appelai Saint-Martin, j'appelai le comte Guilfred; —aucune ombre ne sortit de terre. J'étais seul, et bien seul. « Mes compagnons, pensai-je enfin, doivent déjà danser sur les cimes; il est temps de les rejoindre. »

Ne pouvant aller directement sur le flanc opposé, je poursuivis à gauche, malgré les prophéties de mort pour l'insensé qui ose suivre cette voie. Sans doute on n'y saurait flâner en amateur comme aux Champs-Élysées : mais avec les premiers principes de gymnastique, il est encore aisé de se suspendre aux racines des arbres, de s'accrocher aux pierres des ravins. Si les dents des rocs vous mordent les doigts jusqu'au sang, si elles font à vos habits des caresses cruelles, n'y prenez garde, grimpez toujours.

Cependant mes amis, se rappelant le dicton populaire :

> « Monter, monter le Canigou,
> C'est dévaler dans un beau trou, »

tirèrent par intervalles quatre ou cinq coups de fusil, dont les notes vibrantes me parurent un appel inquiet. Je répondis par le même procédé, pour leur faire entendre que j'étais vivant, très-vivant ; et cinq heures après notre sortie du Vernet, nous arrivions tous sains et saufs, bien que par des voies différentes, à ce qu'on appelle la Cabane.

C'est un groupe de trois huttes de pierres, bâties là par les bergers contre le froid de la nuit, contre l'orage du jour. Les deux premières étaient au pouvoir de six ou sept charbonniers : que venaient-ils chercher dans le voisinage du ciel? La troisième servait de halte à trois futurs docteurs de Montpellier,—des désœuvrés comme nous.

Edmond fit la grimace aux bicoques.

— Guide, demanda-t-il, comment passe-t-on la nuit dans ce désert?

—On mange un peu, répondit l'autre, on boit beaucoup, et l'on chante à plein gosier jusqu'à une heure. A deux, on continue l'ascension.

— C'est triste, car vos cimes doivent être glaciales; qu'en dites-vous?

— N'ayez souci. Je vous garantirai du froid : la forêt est riche en combustible.

— Mais n'y a-t-il pas un *veto* sur le bois?

— Chut! le garde-champêtre est boiteux des deux jambes, depuis tantôt une semaine.

— Bah!

— De la gaieté donc! et comme la nuit approche, si nous festoyions d'abord? Car m'est appert que l'appétit vient en... marchant.

Sur cette invitation, nous nous assîmes en triangle autour de notre guide, regardant avec des yeux de convoitise charnelle se dénouer la serviette, qui mit à nu un bon gigot, un poulet et un quartier de jambon, que l'âne débonnaire avait apportés majestueusement pour effaroucher la famine. Les étudiants, de leur côté, mangeaient de l'appétit des louveteaux, et buvaient mieux, — comme des gouffres de cascades. Une fusion s'opéra bientôt entre eux et nous; on fit échange de politesses et de vivres; plusieurs toasts furent portés, politiques et autres, — bachiques surtout. La joie perlait au front de tous les convives.

Or, le festin menaçait de devenir interminable :

— *Utile dulci*, clame une voix.

Et d'autres pêle-mêle :

— On demande la traduction ! — Le grec est proscrit! — La tête du savant !

— Je fais amende honorable, reprend ce dernier, mais je persiste dans mon conseil. La nuit sera froide : au bois donc ! si vous m'en croyez.

— Au bois, au bois !

— Narguons le garde-champêtre !

— Cueillons des fagots !

— Brûlons le Canigou !

— Le bois au pillage !

Il était prudent, en effet, de profiter des derniers sourires du jour. Toute la bande fut donc vite sur pied, y compris le baudet. Les charbonniers, nos voisins, nous prêtèrent une hache, et notre provision fut assez promptement faite. Ce ne fut pas toutefois sans certains efforts ; car, comme il est expressément défendu de couper des branches, nous dûmes faire table rase des arbres, pour les dépouiller ensuite près des cabanes.

Le bûcher flamba bientôt après en plein air, éclairant le vallon d'une lueur d'incendie; et nos guides se prirent à chanter la fameuse chanson du Canigou, de cette voix langoureuse et passionnée tout ensemble, que les Espagnols savent si bien adapter à leur musique. Chacun de nous paya son écot lyrique, et les ballades, les élégies, les cantilènes de toute nature s'épanouirent dans l'air. O la solennité d'un chant sur les cimes! Les paroles même faites pour la joie, les plus frivoles, les plus gaies dans l'apparence, y prennent je ne sais quel parfum de douce tristesse. La terre apparaît à la pensée comme un lieu d'exil prosaïque, monotone, fatal. Dieux tombés que nous sommes, selon l'expression d'un poëte, cette tristesse ne serait-elle pas la nostalgie du ciel ?

Cependant onze heures sonnent (dans nos poches), et chacun de nous se lève, comme mû par un fil sympathique, pour entonner en chœur l'air bien connu de Naegeli :

> « Bonne nuit, bonne nuit!
> Du berger l'étoile luit;
> A cette heure tout s'apaise,
> On respire mieux à l'aise,
> Plus de peine, plus de bruit;
> Bonne nuit, bonne nuit! »

et nous courons vers *notre* cabane, pour nous livrer au sommeil.

Après avoir rampé par le trou qui sert de porte, un cri d'horreur retentit de toutes les bouches : la paille, sur laquelle les bergers du voisinage avaient couché toute la belle saison, était littéralement menue comme poussière.

— Je ne puis m'allonger sur ces débris, dit Edmond, car bonne maman m'a recommandé, avant le départ, de ne pas me jeter dans les dangers.

— Ni moi non plus, allègue Christophe, par les mêmes motifs, corroborés encore des vives sollicitudes de chère grand'tante.

— A défaut de paille, soupire un des jeunes docteurs, ces insectes deviendraient carnivores — mainte expérience le prouve — et je tiens à ma petite personne. Riez de mon faible, mais je vous cède la place.

— Moi t-aussi !

— Moi z-idem !

— Et moi z-avec ! Mais où t-aller ?

— Près du feu donc ! s'écrient les guides.

— Bien dit ! n'était qu'à ce brasier monstre on se rôtit le devant, tandis que le derrière gèle.

— Ce n'est que çà ?

— C'est bien assez !...

Et les voilà courant derechef — nous ébahis — vers la forêt, dont ils reviennent, au nez de la prudence, chargés de branches de sapin. Bénie soit l'ingénieuse idée de ces braves serviteurs, grâce à laquelle nous sommes bientôt abrités sous des collines de verdure !

Malheureusement, il s'élève une bise violente, qui souffle sur nous toutes ses colères. Repoussée par les flancs, elle s'engouffre en spirale dans la gorge où est assise la cabane, faisant valser les flammes dans toutes les directions. Nous tournons en vain comme des mulets autour d'un puits irrigateur : les caprices du vent qui fait rage, la fumée qui tournoie, les flammes qui nous assiégent, font de ce séjour un enfer. Nous résistons encore, vidant notre carquois de patience et de génie. Mais, à bout d'expédients, et bistrés comme les membres de l'Alpine Club, de glorieuse mémoire, nous capitulons enfin, décidés à évacuer la place avec armes et bagage.

Edmond donne le signal de la désertion. Foulant aux pieds les instances maternelles, il va se jeter sur la paille de la cabane. Nous attendons, anxieux, le résultat de l'épreuve. Un quart d'heure se passe, et l'intrépide jeune homme ne revenant pas, je vole à lui, craignant de ne plus trouver qu'un squelette. O bonheur ! il dormait. Quoi de mieux à faire que de l'imiter ?... J'entendis bientôt les voix de nos jeunes docteurs, variées par celle de Christophe. Ils commentaient avec effroi la fable de La Fontaine intitulée *Le Lion malade*, les derniers vers surtout :

> « ... Dans cet antre
> Je vois fort bien comme l'on entre,
> Mais ne vois pas comme on en sort. »

Un silence succéda, de brève durée sans doute. Moi de sommeiller, — eux d'accourir avec des tisons flambants, pour nous coudre dans le linceul des morts, s'il n'y avait plus de salut. La fumée de leurs torches me réveilla, parmi les convulsions d'une longue toux.

— Pitié! m'écriai-je; arrière vos brandons!

Ma prière ne provoqua que des rires. Aveuglé, suffoqué, désespéré, je me précipite vers la porte où se tenaient les intrus, que je ne voyais point. D'un coup de tête, je lance un des docteurs à quatre pas, culbutant les autres, du même choc, contre les pierres de l'entrée. Edmond m'avait suivi machinalement, étranglé comme moi par une quinte intermittente.

Dehors je lui dis, moitié rieur, moitié colère :

— Ils nous ont enfumés comme des jambons de Bayonne, et pris nos places! Êtes-vous d'humeur à les laisser en paix jouir de leur usurpation?

— Sus aux bandits! fit-il pour réponse, et prêt à courir.

— Couvons d'abord notre vengeance.

— Oui; la précipitation conseille mal.

Nous laissons les drôles s'installer à souhait sur la paille. Puis au bout de quinze ou vingt minutes :

— Ils doivent dormir, me dit Edmond; je n'entends plus de bruit.

— A l'œuvre donc, à l'œuvre!

Tout aussitôt, nous traînons contre le seuil un grand fagot de branches. Le feu pétille vite, aidé de la bise qui lui prête ses poumons. En quelques secondes les flammes, pareilles à des drapeaux flottants, s'élèvent au-dessus de la porte, barrant le passage aux assiégés, comme jadis, aux Français emprisonnés dans le Kremlin, l'incendie de Moscou. La fumée s'engorge ondoyante dans la cabane, et nos *Bayonnais* toussent, toussent à leur tour, au point de faire croire à un tremblement de terre. Nous guettions le mot de grâce avec avidité! Mais les Français « meurent et ne se rendent pas. » Force nous fut de retirer le fagot, les flammes et la fumée : la plaisanterie pouvait tourner au tragique...

O les jolis charbonniers !!

— Voulez-vous conclure la paix ? leur dis-je. Il y aura moyen peut-être de nous loger tous.

— Ceci demande réflexion.

— C'est-à-dire guerre. A vengeance, vengeance et demie, n'est-ce pas ? Mais prenez garde. Pas de représailles, ou je vous grille net.

— C'est bon, c'est bon !

— Songez que je vous offre la paix ; et, comme gage de mes intentions pacifiques, je me recouche sur la paille, — mais une paix armée.

Silence universel. Je me tins donc prêt à toute aventure, flanqué d'Edmond, et de Christophe qui s'était joint à nous.

L'armistice fut court. Nos trois docteurs vont et viennent, fermant avec des pierres les moindres issues du toit et des murs, et bourrant d'un fagot de bruyère le trou qui sert de cheminée. Ces préparatifs faits, ils courent en triomphe se munir de bûches flambantes.

Pendant ce temps, nous sortons en tapinois, comme de vrais renards, à travers les broussailles dont la porte est obstruée, remettant tout dans l'ordre, pour que rien ne trahît notre évasion. Puis à plat ventre derrière la cabane, nous prêtons l'oreille :

— Çà chauffe !

— Par Esculape, quel feu de saint Jean !

— Que doivent penser les izards du voisinage, s'il en est qui mettent d'aventure le nez à la fenêtre de leur gîte ?

— Souffle, ma bise; souffle, mignonne. Qu'ils se rôtissent comme des marrons ! s'ils ne veulent pas crier merci.

— Ohé, les dormeurs ! ohé, les malins !

— Chut !... mais rien ne tousse... quel appétit de sommeil !

— Dites donc, les braves ! comment va la santé ? Trouvez-vous le brouillard sain ?...

— Mais, saperlotte ! ils sont muets comme des soles. Voyons, voyons !

Plusieurs cris de stupeur et d'effroi se succédèrent, tandis qu'ils repoussaient le brasier violemment, pour se ruer dans la cabane.

— A nous, Edmond ! à nous, Christophe ! articulai-je à demi-voix.

Et nous sommes vite en besogne, replaçant les sapins devant le trou. Hélas ! notre hilarité nous trahit. Les docteurs se retournent, et, avant que le blocus fût complet, ils s'élancent au travers des flammes mal allumées encore, — égratignés à peine au visage, mais roussis des cheveux.

— E finita la comedia ! s'exclame un guide bel-esprit; signez la paix gourdes en main, et dépêchons de partir, le coq a déjà chanté ses matines.

— Si nous chantions les nôtres ?

— Oui, un hymne à la paix !

— Non, la chanson du Canigou !

— Vivat ! un solo de guide, et les refrains en chœur...

Nous escaladions parmi les chants joyeux, fringants comme l'alouette à l'aurore, quand soudain portant mes regards sur le cher philosophe, je l'aperçois pâlir et grelotter sans souffler mot.

— Mais endossez votre second habit, lui dis-je.

— Je l'ai oublié au Vernet.

— Malheureux ! vous allez vous geler. Tenez donc, prenez le mien.

— En amont ! en amont ! clame la bande; toutes voiles au vent, de l'exercice contre le froid !

Et chacun de s'escrimer à la fatigue. Mais en dépit, le givre glaçait nos membres, et au pied de la dernière montée, nous étions bleus. On essaya d'une halte derrière un roc abrité des vents, la gourde circula dans les mains, — inutiles précautions ! Le froid nous traitait en maître, nos dents claquaient, s'entrechoquant comme des castagnettes, et pour comble de malheur, nos pieds engourdis semblaient refuser le service. Christophe, transi malgré son double vêtement, voulait se coucher sur le sol, comme le contrebandier du col Gérard. Je le poussai par les épaules, aidé de son frère : il obéissait mécaniquement, pareil à l'enfant privé de volonté par l'excès de sommeil. Les chansons avaient tari, la bise froide ayant, pour ainsi dire, scellé toutes les bouches. Soudain Christophe prend son élan; le fusil sur le dos, il grimpe, il grimpe avec rapidité, comme si le désespoir lui donnait des ailes.

— Tournez à gauche! lui criaient les guides.

Nonobstant, il prend la droite, et nous le perdons bientôt de vue, d'autant que la couleur de son costume se confondait avec celle des rocs.

A proximité du sommet, je fus saisi d'horreur devant l'effroyable précipice qui s'ouvrait perpendiculairement sous nos pieds. En même temps, un cri retentit comme un glas funèbre.

— Le jeune homme est perdu!

— Qui a prononcé ce mot fatal? De qui parle-t-on? Qui est perdu?

— Où est le plus jeune de vos amis?

— Christophe! Christophe!

L'écho seul répliqua : Christophe!...

J'étais fou de désespoir. Sautant de roc en roc, plongeant les yeux dans toutes les crevasses, interrogeant tous les précipices, j'allais comme un insensé, hurlant : Christophe! Christophe! !

Un gémissement répondit enfin. L'infortuné venait à nous, sans chapeau, les habits en haillons, la figure ballonnée, les yeux démesurément gros, les mains sanglantes. Nous crûmes à quelque chute rapide et longue. Point! Le froid seul était coupable de ces bouffissures. J'enveloppai presto sa tête de deux foulards, dont je serrai les nœuds pour lui rendre sa forme normale, et le poussai devant moi sans *tape-dur*, mais énergiquement, pour combattre ses nouveaux accès d'inertie.

Cependant, avec le premier rayon du soleil, revint notre belle humeur; et du sommet du Canigou, nous fîmes un salut cordial à tout ce que nous voyions de pays sous nos regards. N'attendez pas une description grandiose. Rien de pareil aux panoramas des Alpes..., mais au loin, la plaine immense, coupée de villes et de villages, capricieusement semés par la main des hommes pour la récolte du Temps, cet infatigable faucheur! L'œil est surpris peut-être de rayonner dans un lointain si vaste, mais il n'est pas émerveillé comme au Rigikulm, comme à la Dent-du-Midi, comme au Faulhorn.

IV

LES GROTTES DES PYRÉNÉES

Aux Alpes, sans contredit, la palme sur les Pyrénées! C'est à peine si les sommets de ces dernières s'élèvent de sept à huit cents mètres au-dessus de leur piédestal, tandis que les géants alpins montent jusqu'à plus de deux mille cinq cents. La hauteur seule, j'en conviens, n'est pas un titre de beauté; mais les Alpes, outre leur taille, ont d'immenses champs de neige, d'abondants pâturages, des lacs et des glaciers — orgueil superbe, diadème royal qui manque aux cimes pyrénéennes. Celles-ci ont bien des pâturages: — mais précipiteux, maigres, inondés de rocailles. Des neiges: — mais sur des escarpements inaccessibles, sur les gorges septentrionales les plus élevées; inéternelles d'ailleurs, si ce n'est dans quelques rares cavités impénétrables au soleil et sur les plus hauts sommets. Des lacs : — mais sans majesté comparative. On les prendrait plutôt pour des citernes creusées aux flancs des montagnes. Des glaciers : — mais ternes, mais pâles relativement; ils n'ont jamais ce magnifique bleu qui fait la gloire du Rosenlaui; ce sont généralement de simples névés. D'ailleurs, les lacs et les glaciers pyrénéens ne sont pas enchâssés dans un cadre pittoresque, comme ceux des Alpes. Les premiers règnent dans une solitude morte, pour ainsi dire; les seconds ont des ceintures de villes, de villages, de châlets, et des colliers de verdure, de prés fleuris, d'arbres fruitiers.

Est-ce à dire toutefois que les Pyrénées doivent être traitées avec dédain? Non certes! elles ont aussi leurs attraits et leur pompe. Par endroits, des forêts splendides, suspendues aux flancs des croupes, avec la majesté d'un manteau de pourpre sur les épaules d'un empereur; ici, des cirques immenses, couronnés de gradins gigantesques, labourés de cascades et de torrents; là, des grottes magnifiques, peuplées de merveilles, et qu'on croirait sculptées dans le bloc informe par des fées-artistes, riches de puissance et d'imagination. Je dirais donc volontiers, pour trancher d'un mot le parallèle, après plusieurs voyages dans ces montagnes rivales, que les Alpes sont aux Pyrénées ce que le génie est au talent. L'enthousiasme qu'excite l'un.

exclue-t-il le plaisir admiratif que l'on doit à l'autre?

J'ai nommé les grottes comme une des pyrénéennes beautés, résolu de montrer les principales à mes deux compagnons de route. Notre voyage, depuis le sommet du Canigou, peut donc s'appeler à juste titre, non pas une course au clocher, mais une descente aux grottes.

Le Vernet et Villefranche repassèrent sous nos yeux comme des amis coudoyés tout à l'heure, auxquels on fait à peine un nouveau salut du regard, sans perdre de temps à leur serrer la main.

Montlouis nous fit admirer sa citadelle à quatre bastions, fièrement assise par Vauban sur un rocher perpendiculaire du côté de la France, sentinelle d'avant-garde qui observe tous les mouvements de l'Espagne avec sécurité, de son piédestal de quinze cent cinquante mètres. Le général Dagobert dort sur la grande place de la ville (une ville de 300 habitants!) sous une pyramide de pierre.

Bourg-Madame eut l'honneur de nous loger une nuit dans ses murs, de concert avec maître Jambon, notre digne hôte. Un nom qui ne jure pas avec le métier, et prédestiné, sur ma parole. Car nos restaurateurs, à Villefranche, à Montlouis, comme à Bourg-Madame, comme encore dans deux ou trois villages égrenés sur nos pas, étaient tous des Jambon! De bonnes gens aussi, pour l'honneur de la vérité.

Le lendemain dès l'aube, nous étions sur le territoire

espagnol, à Puycerda, ville malpropre s'il en fut. Une abbaye qui tombe de vétusté; des fortifications aussi peu respectées par le temps; une église quasi imperméable à la lumière, où l'on remarque le grotesque tableau de l'Enfer, œuvre d'un Démocrite à coup sûr, car ses damnés portent en foule ou la mître ou la couronne; voilà le bilan de Puycerda, jadis capitale de la Cerdagne.

Dans la vallée française de Carol, ainsi nommée par Karl-le-Grand, en souvenir d'une victoire remportée là sur les Maures, on nous fit gratis l'exhibition d'un phénomène bipède. Voix de basse, barbe de vieux sapeur, mains de forgeron, des yeux de lynx, un buste d'athlète, métier de maquignon. — Quoi d'étonnant? — Mais des habits de femme. — L'habit ne fait pas le moine. — Je vous l'accorde, en façon d'adage; non pas peut-être dans la conjoncture; car le cas est douteux. Des paris se forment entre voyageurs : comment trancher la question? Rien de plus simple : on s'adresse aux voisines; vous admettez bien la compétence des femmes dans la matière? Or, le témoignage invoqué déclare unanimement que le maquignon, c'est une maquignonne. Peu flatteur pour le beau sexe : mais pour un échec, il a tant de triomphes!

Après Carol, je nommerai sur nos pas la ville d'Ax, dont les thermes jouissent d'une certaine réputation (loin de moi la pensée de lui nuire!) Notre halte fut courte : le temps de prendre haleine avant d'aborder la grotte de Bédeillac, à quelques lieues plus loin, la plus importante des Pyrénées, avec celle de Gargas, dans la Haute-Garonne.

A propos d'icelles en particulier, comme de toutes en général, répétons qu'on attribue les premières crevasses du sol à l'explosion des gaz qui, aux époques lointaines, s'échappaient en abondance de la terre. Il est aisé de concevoir, en effet, que les éruptions volcaniques, soulevant les montagnes par secousses, plaçant et déplaçant l'assiette des terrains, aient aussi créé des vides intérieurs, comblés à la voûte, lesquels vides se sont encore agrandis plus tard, soit par le phénomène du retrait des matières minérales, soit par l'affaissement du sol inférieur, soit par l'érosion lente, mais continue, des eaux souterraines.

Ces vides ont formé, selon leur importance et leur configuration, ici de simples crevasses dans le roc, des culs-de-sac ; là des précipices et des abîmes ; ailleurs des *ponts naturels* et des *roches trouées*, des *fours à cristaux*, si semblables à nos fours à cuire ; des *grottes* et des *cavernes*, c'est-à-dire de vastes salles, à parois et à voûtes, reliées entre elles par des passages plus ou moins étroits. A la voûte des grottes sont généralement suspendues des concrétions, masses coniques ressemblant à ces glaçons allongés et aigus, vulgairement *chandelles de glace*, qu'on voit, en hiver, attachés à nos gouttières. Ce sont des *stalactites* (du grec *tomber goutte à goutte*) ; elles ont été formées par les eaux qui, après avoir dissous les substances calcaires « au moyen de l'acide carbonique surabondant dont elles sont imprégnées, les laissent cristalliser quand cet acide peut s'évaporer. » Les gouttes glissent sur la première formation qui, chose remarquable, ressemble presque toujours à un tuyau de plume, et en augmentent le volume jusqu'à en faire des masses énormes. En s'accumulant elles se poussent, et celles qui ne sont pas absorbées par la stalactite, tombent sur le sol, où elles forment de nouvelles concrétions, appelées *stalagmites*. Après de longues années, les deux pointes opposées finissent par se joindre, et dès lors les grottes ont des piliers d'une hauteur parfois prodigieuse.

La grotte de Bédeillac a une entrée grandiose. On dirait le portail, en forme de dais, d'une gigantesque cathédrale. Nombre d'hirondelles voltigeaient à l'entour, si peu farouches, que je pus en prendre une au vol et la porter à cinquante pas plus loin. O la douce mélancolie dans l'amour de ces oiseaux pour les solitudes et pour les ruines ! Ailleurs, elles m'ont dit : « Aimez ce qui tombe, parce que la plus belle portion de la vie de l'homme gît très-souvent dans les souvenirs. Espérez aussi. Fécondes sont les ruines : ce que vous appelez une tombe, c'est au contraire un berceau ; la mort est le germe de la vie. » Ici, elles me disent : « Aimez les solitudes, parce qu'elles portent conseil. La conscience, si souvent hypocrite ou muette dans le tumulte des villes, parle au solitaire le langage de la franchise et sonne Dieu dans le silence de son cœur. Espérez ! car si la solitude provoque dans votre âme une pensée pieuse, Dieu, de cette pensée, fera naître l'amour du bien, que couronne l'éternelle félicité, comme le feu jaillit des veines du caillou. »

A l'intérieur, Edmond fut tellement émerveillé par la vue du plafond qui s'arrondit en dôme et offre une foule de girandoles, qu'il courait en avant, loin de nous et dans les ténèbres.

— Mais attendez, lui criai-je, que le guide vous éclaire. Nous ne cheminons pas sur le macadam de Paris. Le sol est bossué de stalagmites ; gare aux cabrioles ! Ignorez-vous que dans plusieurs grottes on rencontre, çà et là, des réservoirs très-profonds, des rivières fort rapides, des abîmes insondables ? Gare donc aux bains intempestifs, gare aux courants perfides !

— Guide, réclame Christophe, n'avez-vous que cette méchante bougie, dont la flamme ne rayonne pas à six pouces de circonférence ?

— Un instant ! mon jeune maître. A trente pas d'ici, j'ai tout ce qu'il me faut, dans un creux. Une vraie botte de torches.

— Courez-y donc, s'il vous plaît, car l'étoile qui brille pâlotte dans votre main, me fait rêver de sépulcres et de fantômes.

Nous fûmes bientôt armés de brandons, et la grotte s'éclaira d'une lueur indécise et rougeâtre. Plus on pénètre avant, plus les stalagmites deviennent nombreuses, et il nous fallut escalader d'immenses blocs pour pénétrer dans la seconde galerie. C'est près de là qu'on admire la *Tombe de Roland,* stalagmite couchée sur le sol, dont la forme et la grosseur figurent parfaitement un mausolée. Le guide, sur notre invitation, monta sur une éminence pour élever sa torche; mais il nous fut impossible de distinguer la voûte. Cinq cents mètres plus loin, nous avions sous les yeux les plus capricieuses bizarreries de la nature : c'étaient de magnifiques ramifications arborescentes, des guirlandes artistement sculptées, des rideaux ornés de draperies légères, des pyramides surmontées d'aiguilles, de superbes colonnades d'albâtre; ici, des chapelles gothiques avec deux capucins, un autel, un confessionnal, la chasuble du prêtre, la robe de l'évêque; là, une masse énorme appelée la *Cloche* qui, sous les coups du guide, rendit un son lugubre, des buffets d'orgues, des arcades doubles, des ailes de cathédrales soutenues par des colonnes et ornées de festons magnifiques. Il ne faut pas regarder de trop près, si l'on ne veut contrarier le jeu de l'imagination.

La beauté des cristallisations sans nombre, l'explosion d'une traînée de poudre, à laquelle le guide mit le feu, et qui retentit d'arcade en arcade comme un sourd roulement de tonnerre, tout contribuait à nous émouvoir dans ce monde fantastique, lorsqu'au milieu du plus profond silence éclatent soudain — dirai-je un concert vocal? — des sons rauques, sauvages, discordants, qui semblaient venir des infernales régions. Etrange fut l'effet produit sur nous, d'autant que nous ne pouvions distinguer aucun musicien. C'était le frère du guide qui avait voulu nous ménager une surprise. Pour compléter notre ébahissement, nous vîmes arriver une femme qui, à la lueur des torches, nous montra une taille de géante et une face cuivrée. Elle semblait sortir d'un gigantesque chou-fleur collé sur des parois lézardées et à saillies grimaçantes.

On m'avait conté que jadis, lors des persécutions religieuses, cette grotte avait servi de refuge à une famille protestante, dont les filles ne sortaient que la nuit, pour voler des chèvres, des agneaux ou autres vivres indispensables. Leurs vêtements tombés en haillons, leurs visages devenus hideux de maigreur et blafards, loin du soleil, parmi d'éternelles ténèbres, prêtaient à ces malheureuses vierges des apparences de spectres, épouvantails des bergers.

Or cette femme, me dis-je, serait-elle un rejeton de l'intéressante famille? N'oubliez pas, lecteurs, à cette interrogation, que notre esprit, abîmé dans le spectacle des merveilles souterraines de la nature, était mirifiquement disposé à toutes les fables, à tous les mystères, à tous les contes de revenants, à toute la pléiade des héros légendaires.

— O qui que vous soyez, commençai-je, mortelle égarée dans cette solitude...

— Ce n'est point une mortelle, interrompit Edmond, c'est une fée!

Et fléchissant le genou :

— O fée Tibirane! dit-il, puisque le hasard nous jette sur tes pas, daigne nous regarder avec tendresse de tes yeux, plus brillants que le cristal, car ils sont faits d'un rayon du soleil; nous sourire de tes jolies lèvres, dont l'incarnat éclipse les doux pépins de la grenade, et au travers desquelles brillent, à la place des dents, les plus fines perles conquises dans le trésor des mers!... Exauce-nous, comble nos vœux!

— Enonce-les, dit Christophe, les fées n'aiment pas les énigmes.

— Or les voici, fée Tibirane :

Ou dix canettes de Strasbourg, car nous sommes altérés comme des lions du désert, et notre bidon ne contient qu'un liquide tiède et insipide...

Ou dix bouteilles de limonade gazeuse...

Ou dix sodas, si tu le préfères...

Ou bien encore...

Mais Tibirane s'était rapprochée sensiblement du guide, jusqu'à brûler ses jolies lèvres à la torche d'icelui.

O déception!... La fée n'était qu'une mendiante, longue et sèche comme ces balais appelés « têtes de loup. » Qu'est-ce qui l'avait attirée sur nos pas? La curiosité peut-être, ou l'espoir d'une aumône. Déçus dans nos vœux, nous voulûmes du moins satisfaire les siens. Elle vit les grottes en détail, elle vit le contenu de notre bissac; et une modeste collecte, faite parmi nous, tomba dans ses mains, sous une rosée de bénédictions.

Nous sortîmes des grottes sans rien emporter de ses cristallisations, à l'étonnement du guide, car les amateurs, paraît-il, ne se piquent pas tous de la même réserve, et l'on peut signaler sur les lieux maintes déprédations regrettables. Si l'on n'y prend garde, toutes les curiosités de ce genre disparaîtront, pièce à pièce, au pillage. Et qu'adviendra-t-il? C'est que les départements favorisés par la nature perdront alors un fleuron de leur diadème; c'est que la France verra s'éteindre un des rayons de sa beauté.

Qu'on me permette, en manière de transition, quelques lignes sur les Cagots, auxquels me fit penser l'extrême laideur de notre fée Tibirane. Ils étaient jadis répandus dans toute la chaîne des Pyrénées. On en voit encore ici et là quelques rares échantillons : ils sont frêles, pâles, rachitiques. Jusqu'à la révolution de 1789, on les abhorrait sans miséricorde, les tenant pour lépreux, hérétiques et cannibales. On les traitait en vrais parias, contraints de se parquer, comme des troupeaux, dans les quartiers qu'on leur imposait, et de porter sur leurs habits, en signe de réprobation, un morceau d'étoffe rouge, figurant ou un pied de canard, ou un pied d'oie, ou une coquille d'œuf, selon les localités.

Le nom de Cagot a donné lieu à plusieurs étymologies. Quelques savants le font dériver de *canis gustus*, nourriture de chien; d'autres le prétendent synonyme de Cas Goths, chiens de Goths. Une dénomination injurieuse, comme on le voit, n'importe l'origine vraie parmi les deux mentionnées. La dernière a plus de probabilité : cette race proscrite paraît descendre, en effet, des familles visigothes qui, chassées d'Espagne, se réfugièrent en masse dans les gorges pyrénéennes. « Ces familles, dit Cénac Moncaut, s'y sont perpétuées jusqu'à nos jours, frappées d'un stigmate d'infamie, et généralement d'un abâtardissement physique qui les a fait confondre avec les crétins et les lépreux. » Ce malheur nous semble immérité : les Cagots, selon nous, n'avaient d'autre tort que d'être des colons émigrants, vus de mauvais œil par les premiers possesseurs du sol. Leur rachitisme s'expliquerait par la vie d'ilotes à laquelle on les condamna, car on leur interdit l'approche des marchés, la plupart des industries humaines, en un mot les relations sociales d'où découlent le commerce, la prospérité, la vie.

Il reste bon nombre de témoignages de ce pariatisme. On m'a souvent montré, dans de vieilles églises, une porte étroite munie d'un bénitier cagot, la chapelle spéciale et les débris des siéges particuliers réservés à ces *chiens*, auxquels, par un reste de pudeur, on n'avait osé interdire l'exercice du culte. A Castillon, on voit le champ du Cagot; à Lourdes, le cimetière des Cagots; à Biarritz, la *Cardagne* (quartier) des Cagots; à Saint-Béat, le *Goûté* (égoût) des Cagots.

En Bretagne, où ils étaient jadis épais, la profession de tonnelier, celle de cordier quelquefois, étaient les deux seules qu'ils eussent la permission d'exercer. Aussi les Bretons jettent-ils encore de nos jours le mépris sur les tonneliers, en les appelant *cagots*. La misère, née de cette espèce d'interdiction du droit de vivre, les fit la proie de maladies purulentes, sous l'empire desquelles leur race finit peu à peu par disparaître complètement.

Lorsque ces infortunés avaient à se plaindre d'un excès d'injustice de leurs voisins, les parlements exigeaient sept témoins d'entre eux pour contrebalancer le témoignage d'un chrétien. De là le proverbe, aujourd'hui sans signification pour le grand nombre : *sept chiens valent un chrétien*.

Cependant, de pic en pic, de val en val, de grotte en grotte, nous étions arrivés à Bagnères de Luchon, coquette petite ville où Esculape et le Plaisir vivent porte à porte, dans les termes d'une étroite intimité. Le joyeux vallon dans sa ceinture de pierre! Au loin, des sommets de granit enguirlandés de neiges perpétuelles; çà et là, de hargneux escarpements, des gorges sombres tapissées de sapins; l'harmonie sauvage des cataractes. Plus près, des jardins ombragés, des bosquets touffus, des prairies vertes, des terrasses factices, en un mot la coquetterie presque et le grandiose des Alpes. Mêlez à ce spectacle les échos du tonnerre, les zigzags de la foudre, l'illumination des éclairs, et comme moi vous vous écrierez : Pourquoi faut-il que la civilisation de nos grandes villes soit venue s'appendre, comme un tableau maussade, dans ce cadre sublime ! Car Luchon semble le séjour estival de tout ce que la France a d'illustre, de riche, d'heureux et d'aimable, le rendez-vous de la fashion parisienne, de la vie élégante, de l'étiquette, en un mot de tout ce qu'on veut fuir quand on voyage. Dans les montagnes, servez-moi des montagnards, servez-moi les merveilles et les horreurs de la nature, — mais non les vanités, le luxe et les pompes de Paris ! O jolies Parisiennes bouffies de crinolines, et dont les toilettes s'épanouissent somptueusement dans d'élégantes calèches ! O dandys et lions transplantés de vos serres chaudes avec vos gants paille, vos chevaux fringants et votre badine prétentieuse ! O les cafés, ô les casinos, les bals, les concerts, les théâtres, — vous me gâtez, je vous le dis avec franchise, vous me gâtez mes Pyrénées ! Laissez-moi fuir loin de vous, vers mes montagnes, vers mes solitudes, vers mes grottes !...

La grotte de Gargas est à neuf lieues de Luchon. L'entrée, située du côté sud de la montagne, était si étroite, qu'un homme de moyenne taille n'y pénétrait qu'avec difficulté. Jugez des ventrus ! La commune se crut donc obligée de pratiquer une autre ouverture, à l'ouest. Depuis lors, les voyageurs visitent en foule cette œuvre d'art de la nature, rivale de la grotte de Bédeillac. Entrons à notre tour... Le cicérone débite déjà son chapelet avec force pantomimes.

— « Silence!... C'est une véritable église. Voilà les orgues : elles vont sans doute préluder bientôt aux cantiques qui célèbrent les gloires de Dieu... Là-bas, c'est le trône épiscopal : verrons-nous l'évêque apparaître? Est-ce bientôt l'heure de l'office? Non, car l'autel qui se dresse devant nos regards est muet : les cierges n'y brûlent pas encore... Ah! la chaire!... Suis-je le jouet d'une vision? Ne distinguez-vous pas une ombre agenouillée : le prédicateur peut-être, recueilli dans son sermon?... Là-bas, ces coquilles incrustées dans les parois? Des bénitiers apparemment!... Tiens! un lit de noces, dans le sein du temple! Que signifie ce symbole d'hyménée? — Ah! l'hyménée de l'âme avec Dieu, qui s'accomplit par la prière!.. »

— Guide, je vous donnerai une petite pièce de plus, car sans vous, il m'eût été impossible de découvrir tant de miracles.... Mais quel est ce cri?

— Au loup! au loup! au loup!

— Soyez sage, Edmond, si vous ne voulez qu'on vous tire les oreilles : la surprise nous a fait sursauter d'effroi! C'est un mauvais jeu pour les nerfs...

— Bah! vous trembleriez devant ce loup de pierre!

— Laissez-moi l'aborder de plus près.

— Point; restez à distance. Sinon, vous l'effaroucheriez, et le drôle s'éclipserait, à notre dépit...

Et Christophe :

— Admirez encore cette chaire, avec son escalier tournant et percé de fenêtres. Voyez comme à chaque spirale reparaît éclatante la torche du guide... Bon ! le voilà au sommet : ne dirait-on pas un dieu qui trône sur un dais de nuages ?...

— Oui, soupirai-je, toutes ces merveilles sont ravissantes. Quel dommage que les stalactites soient si rapprochées ! N'est-il pas à craindre qu'un jour elles ne forment plus qu'un seul bloc de cristallisations ?

— Guide, n'a-t-on jamais la fantaisie d'illuminer les diverses branches de cette grotte ?

— Oh ! que oui ! Mais à l'occasion des grandes fêtes seulement. Une vraie féerie ! monsieur...

— A propos quelle est, s'il vous plaît, la chronique du géant Gargas, l'antique habitant de ce séjour ?

— Selon les uns, Gargas était un seigneur féodal, cruel à l'excès, qui des grottes avait fait des prisons, où il torturait ses ennemis. Selon d'autres, ce Gargas était un ogre, parent de l'enchanteur Merlin. Ogre ou seigneur, la mort faisait large ripaille de son vivant !...

Quoi qu'il en soit des fictions populaires, il est incontestable qu'on trouve encore çà et là, dans les diverses grottes qu'il m'a été donné de parcourir, des tessons de poterie et des ossements humains, double vestige d'une vie antérieure dans ces solitudes. Beaucoup de ces dernières apparemment ont dû servir de refuge aux pauvres huguenots, traqués comme des bêtes fauves, et précédemment aux Albigeois, égorgés sans pitié par Simon de Montfort. L'histoire ne voit généralement que la surface des calamités humaines : combien plus hideux serait le tableau, si l'on pouvait déchirer tous les voiles. Pour en revenir aux chroniques légendaires, il en est peu qui n'aient un fondement de vérité. Tels faits historiques de nos jours serviront de texte aux légendes de l'avenir. Est-il vraisemblable, par exemple, que nos petits-fils ne forment pas un ogre de Blaise Ferrage, un monstre trop authentique pour la honte de l'humanité, enregistré qu'il est dans les annales des tribunaux de Toulouse?

Ce Ferrage était de son métier maçon, très-petit de taille, mais osseux, vigoureusement charpenté, d'une force prodigieuse, la tête énorme et profondément enfoncée dans ses puissantes épaules. Hérissé d'instincts sanguinaires et de passions brutales. Venu l'on ne sait d'où. Marié, selon la chronique, mais sans qu'on sût où était passée sa femme. Or, il avait élu domicile dans la grotte de Gargas, infestant le voisinage comme les dragons fabuleux de l'antiquité et du Moyen-Age. On le voyait quelquefois de loin — malheur à qui de près! — armé d'une carabine, d'un pistolet et d'un immense coutelas. Il traînait dans son antre les femmes et les filles des environs, et ses passions lubriques assouvies, il les dépeçait en quartiers pour les dévorer. Un vrai cannibale! On compta jusqu'à trente victimes martyrisées de la sorte. Ce n'est pas qu'il ne fût traqué : mais il glissait dans les mains des gens d'armes comme une couleuvre. Une nuit, ces derniers crurent le surprendre dans sa tanière : ils y pénétrèrent l'un après l'autre à plat-ventre ; on ne les revit plus. Il allait et venait, en dépit du cordon de sentinelles dont il était ceint : avait-il le don des lézards, qui glissent dans la moindre fente des murailles ? Un beau jour cependant, — jour faste ! — sa force et son adresse sataniques furent déjouées : pris, garrotté, conduit à Toulouse, jugé par le parlement, on le décapita le 13 décembre 1782.

V

DEUX JOURS AU PIED DU VIGNEMALE

Cauterets est délicieusement situé parmi trois hautes montagnes, qui laissent entrevoir derrière elles d'autres crêtes plus hautes encore. Autour de lui rayonnent une foule d'établissements thermaux, coquettement disséminés dans un cercle qui n'excède guère deux kilomètres; rayonnent également nombre de promenades charmantes, de sites pittoresques, de panoramas gracieux, qui le font digne, à tous égards, de l'immense concours de visiteurs dont il est tous les ans honoré.

« Je n'aime pas la foule ! » s'écrie chacun de nous. et, dès sept heures du matin, nous partons de Cauterets, longeant le sentier raboteux, étroit et difficile, qui borde le gave occidental de la Raillère, le plus sauteur de tous les torrents.

Deux heures après notre départ, nous avions sous les yeux la belle cascade du Cérizet qui, à mi-chûte, se brise contre une proéminence du roc, pour retomber en tourbillons dans la gorge, où elle s'engloutit, écumeuse, courroucée. D'autres cascades puînées provoquent encore l'admiration en dépit de la première : vous prêtez un regard flatteur aux arcs-en-ciel qui se jouent sur leurs nappes, tandis que l'oreille écoute, avec un certain charme mêlé d'effroi, la complainte lamentable des roches heurtées sans cesse, battues, rongées par les vagues.

Plus loin le pont d'Espagne ; c'est-à-dire quelques sapins jetés d'un bord à l'autre, sur une longueur de dix mètres, au-dessous duquel tombe le gave de Gaube, dans un gouffre effrayant de profondeur, d'où perpétuellement jaillissent des gerbes de poussière d'eau, blanches comme neige ou pailletées par le soleil. A l'entour, comme les ombres dans un tableau, des massifs de sapins plusieurs fois centenaires, sombres d'aspect et bien dignes de peupler ces solitudes, où la pensée se complaît dans les lugubres créations, — solitudes grandioses, mais pleines d'épouvante. Il faut, certes, porter bien haut le culte de l'art, pour imiter mademoiselle Sarrazin qui, trois mois durant, y séjourna seule, avide d'étudier le paysage et de prendre à la nature le secret de son coloris.

Parvenus au lac de Gaube, nul de nous n'éprouva le plaisir qu'on nous avait dit d'espérer. Nous étions muets devant cette immense nappe d'eau, non d'admiration, mais d'un certain malaise. Rompant enfin le silence :

— Monsieur le philosophe, une petite leçon, je vous prie. Rendez-moi compte de notre commune tristesse ?

— Il est souvent difficile d'expliquer les causes des effets. Ici, toutefois, j'invoquerais le contraste des torrents furieux, des cascades bondissantes qui se sont succédé sous nos regards, et de ce lac qui semble dormir le sommeil lugubre du trépas. En outre, la nature est empreinte ici de je ne sais quel cachet de sauvage nudité. Tout à l'entour, des pics-squelettes, qui n'ont de beauté que leur extrême laideur. C'est peut-être du grandiose, mais trop sombre. Imaginez un tableau de la Mort : l'artiste qui veut se faire admirer, n'aura garde de ne pas faire sourire dans quelque coin l'éclosion de la vie.

— Mais vous parlez d'or, mon bien-aimé Platon !

Il laissa tomber le compliment comme une pierre trop lourde, et, s'adressant à un étranger dont les saluts affectueux nous consolèrent de la monotonie du spectacle :

— Quel est, je vous prie, ce sépulcre de marbre, jeté sur ce roc désert comme une pensée douloureuse ?

— C'est celui de deux époux, engloutis naguère dans les eaux verdâtres du lac, qui n'a pas moins de quatre cents pieds de profondeur. — Un jeune couple dans la lune de miel.

— Morts avec leurs illusions ! commenta Christophe. Faut-il les envier ? faut-il les plaindre ?

— Il faut vous rafraîchir !

Ce cri sortait d'une buvette quillée sans prétention sur un dos de granit. Le propriétaire apparut bientôt sur le seuil, son bonnet à la main, plein de courtoisie. On obéit à son invitation, et les verres replacés en cadence sur la table :

— Rien de plus simple, Messieurs, pour quiconque a bon jarret et souliers ferrés, que d'aller à Gavarnie par le Vignemale. Sentier très-distinct, imperdable. Six heures à peine de marche.

Edmond se prononça pour la route carrossable de Pierrefitte et de Luz. Christophe voulut tenter l'aventure, et naturellement je lui servis de second. Nous voilà grimpant tous deux, lestes de bagage et de soucis. Deux heures après, nous avions admiré la Spumouse (cascade écumeuse), escaladé une succession de chaussées naturelles, et traversé le « dédale de buttes herbeuses, de roches calcaires et granitiques, et de bassins, » mentionné par M. La Boulinière. Bref, nous étions à la base du glacier occidental du Vignemale. Cirque affreux où le torrent de Gaube a été couvert par de formidables éboulis. Le mont colosse, écrasé sous le poids des glaces et de la neige éternelle, sourdement miné par les eaux, rongé par le temps qui désagrége tout, s'éboula jadis (peut-être lors du terrible tremblement de terre dont parle Grégoire de Tours), et la moitié du roi des Pyrénées françaises jeta sur le sommet de la gorge un manteau de trois cents pieds d'épaisseur. Le reste montre des plaies encore béantes, et profère de sinistres menaces, avant de s'ébouler aussi lambeau par lambeau. Le glacier lui-même ne me parut pas de bonne humeur ce jour-là : il craquait du faîte à la base, comme impatient de se précipiter dans la vallée. Je voulais m'éloigner à la hâte, moins effrayé que maussade de ses colères, mais le philosophe était absorbé dans l'étude géologique, martelant les pierres, scrutant les couches et les débris. A chacun de mes appels, il répondait avec flegme :

— Venez donc voir, Monsieur ! venez voir !

— Prenez garde ! Christophe, le temps s'écoule, et nous sommes encore loin de destination.

Toujours insensible, toujours invariable dans son refrain.

Cependant à quatre heures, jetant un rapide regard sur les différents pics du voisinage, et suivant avec scrupule les directions données par le buvetier du lac de Gaube, nous gravîmes le flanc escarpé qui se trouvait à notre gauche, au nord. Un temps propice à souhait ; nous pensions arriver vers six ou sept heures à l'hôtel de Gavarnie. Mais les affreuses cimes ! mais le chaos effroyable de rocs anguleux ! Voir les sommets, les mesurer du regard, et misère ! être contraint de recourir à de longs circuits pour les escalader ! A l'ouest, deux pics séparés par une gorge, où la nature s'est plu à entasser des monceaux de rocailles, informe prison sous laquelle le torrent des neiges supérieures éternellement bouillonne et rugit ! La chaîne des Pyrénées n'offre peut-être pas un passage plus redoutable pour le malheureux qui a la folie de franchir cette ancienne porte d'Espagne, aujourd'hui comblée. — Arrivés enfin sur la crête, après deux heures d'inexprimables souffrances, nous fûmes tout à coup plongés dans une mer de nuages. Cependant le regard voyait transpercer, au-dessus, le sommet menaçant et décharné du Vignemale — la Pique-Longue — immobile contemporain de tous les âges et froid spectateur de tant de drames. Au-dessous, régnaient trois vallées inondées de vapeurs, bordées d'affreux précipices, quelques aiguilles déchiquetées, et plusieurs échancrures, jugées profondes à la couleur même du brouillard.

Angoisse cruelle ! De quel côté diriger nos pas incertains pour descendre dans la vallée orientale du Vignemale, sans nous précipiter dans un abîme ? Après de nombreuses hésitations et d'inutiles recherches à l'est du Poey-Mouron (Mont-Brûlé), nous prîmes, en face de nous, la seule voie qui nous parût praticable. La nuit vint bientôt, — nuit affreuse, nuit de douleurs physiques et morales... Le brouillard s'épaissit, les précipices redoublèrent d'horreur, et notre passage de dangers. Vous représentez-vous deux infortunés, transis de froid et de faim, perdus dans un labyrinthe de rochers à pic, où les clous de leurs souliers avaient peine à mordre ?... A rétrograder, mêmes périls, car le lac de Gaube était déjà fort loin, le sentier complètement invisible. Or, fuir Charybde pour tomber dans Scylla, le joli gain ! La mort était devant et derrière, à droite et à gauche, également imminente : à quoi bon reculer ? Avançons !

Mesurer chacun de ses pas ; poser un pied tremblant sur un quartier de roc, qu'on peut à peine voir et qu'on sent basculer ; lancer des cailloux en avant pour connaître si l'on doit poursuivre, — quelle longue agonie ! Combien de fois, en entendant nos cailloux rouler dans le précipice, nécessité fut de contourner des rocs escarpés, pour faire quelques pas de plus ! Encore si nous eussions pu allumer du feu, afin de passer la nuit sur ces affreuses cimes ! Mais, hélas ! il n'y a que des pierres gigantesques, tombées des monts supérieurs dans ces âpres solitudes. Outre les rafales, le silence lugubre n'y est troublé que par le torrent de l'Estom, qui gronde d'abord sous une arche naturelle de deux kilomètres de longueur, et bondit ensuite à l'air libre, comme une hyène déchaînée. Ravin stérile et sauvage entre tous : les lavanges y ont été trop vastes, pour que la nature puisse jamais le féconder.

Comble de désolation ! la pluie vint nous surprendre, — menue, mais glaciale. Humide, glissante, plus effroyable devint la vallée; les rocs plus inabordables, le torrent plus terrible, le brouillard plus intense.

En vain nous cherchions à nous encourager, souvent par des mots affectueux, souvent par des sarcasmes amers : le désespoir semblait vaincre, et nous n'avions individuellement d'autre perspective que celle de glisser sur une pente humide, ou de périr dans une anfractuosité. Nous franchîmes pourtant les crêtes les moins raides, grâce à cet admirable instinct de vivre qui survit parfois à la raison. Il était déjà dix heures, lorsqu'après avoir traversé les glaciers et les horribles débris des pics avoisinants, le son d'une clochette vint rallumer la dernière flamme expirante de notre espoir. C'était celle d'une vache couchée sur le bord du torrent. Mais en vain nous appelâmes au secours; l'écho seul redit nos malheurs aux izards du voisinage, qui disparurent en poussant un petit cri aigu et sardonique. Les vaches, presque invisibles à deux portées de bras, nous regardèrent avec un étonnement profond, j'allais dire d'un air niais et stupide; néanmoins la présence de ces pauvres animaux abandonnés sur la maigre pelouse nous encouragea. Le vacher ne pouvait pas être loin; son oasis devait être accessible; il y avait quelque part un sentier. Hélas encore ! nous ne pûmes découvrir ni l'un ni l'autre. Continuons à longer le torrent, bordé toujours de rocs énormes et de nombreux précipices.

Les difficultés devenant presque insurmontables,

j'avais décidé de le franchir à tout risque, pour voir si l'autre rive serait plus praticable. Je prenais élan sur mes jarrets, lorsque mon compagnon m'attira violemment à lui :

— Prenez garde! s'écria-t-il; au-dessous de vous il y a un gouffre, si j'en juge par la couleur du brouillard.

Je reculai pour jeter une pierre. Nous étions suspendus sur un de ces étangs qui ont généralement plusieurs centaines de pieds de profondeur, — le lac d'Estom!

— Côtoyons le bord prudemment, dis-je à Christophe;... c'est notre planche de salut.

Nous n'allions pas vite, croyez bien. Une heure après, nous avions parcouru deux cents mètres à peine. Mais, ô joie! une lumière rayonnait à nos regards; une cabane de bergers s'ouvrait devant nous. Du lait, du pain noir, la seule richesse des montagnes, mais avec la plus cordiale hospitalité. La faim fut vite satisfaite; puis, pendant que nous pansions nos légères blessures, ces braves montagnards nous racontèrent quantité d'histoires de sorciers, d'ours, de revenants, d'esprits célestes, d'esprits infernaux. Aux légendes succédèrent les drames horribles, — les périls des voyageurs imprudents, leurs chutes, leurs trépas.

— Savez-vous, malheureux! répétait par intervalles le plus vieux de ces pâtres, savez-vous que si la sainte Vierge et tous les saints du paradis ne s'étaient pas concertés pour vous secourir, vous ne seriez jamais arrivés ici ? A preuve que moi-même, qui connais cette maudite vallée tout aussi bien que mon chapelet, j'ai failli, l'année dernière, y périr comme Amalric, le chasseur d'izards !... Tenez, deux voyageurs, MM. Couturier et Coquillard, l'un catholique, l'autre protestant, entreprirent, il y a deux ans, la même course que vous. Or leur guide, ignorant la route ou les voyant hors d'état de poursuivre, les abandonna et revint à Cauterets. Au bout de quelques jours, on retrouva deux cadavres sous la neige. Le premier voyageur était mort de froid; quant au second, il s'était suicidé dans le délire du désespoir !...

Le lendemain, à cinq heures, l'un de nos hôtes nous reconduisit sur le pic principal, au sommet duquel commence l'énorme champ de névé que nous avions évité la veille. Parvenus à la crête, notre guide stupéfait s'arrêta court. Je traduisis ainsi ses réflexions mentales : « Je me suis évidemment trompé; ils ne peuvent guère dévaler ici, mais si je laisse voir mon erreur, la récompense ne sera que médiocre. De l'audace, beaucoup d'audace, et ils seront bien obligés de me croire. »

— La route n'est pas royale, nous dit-il, mais c'est la seule. Attendez quelques minutes. Ce roc vous semble effrayant : soyez sans crainte; je vais à la recherche des échancrures, des herbes, des mousses; nous en trouverons assez pour descendre.

Nous nous étions assis dans l'entr'acte, évoquant quelques souvenirs des Pyrénées.

Un jour, la duchesse d'Abrantès, mollement étendue sur un riche divan, lisait un livre de voyages, dont l'auteur prétendait que le sommet du Vignemale était complètement inaccessible. Soudain la belle duchesse fait un bond..., elle a résolu de s'acquérir de la gloire.

Effectivement, une semaine après, notre héroïne gravissait, vive et légère, les raides pentes du géant. Or, arrivée au bord inférieur du premier glacier, elle s'aperçut que « la folle du logis » l'avait singulièrement induite en erreur sur les difficultés de l'ascension. Nulle envie d'aller au-delà : mais encore fallait-il redescendre.

« Pour cela, dit Depping, le guide Martin trouva un expédient : c'était d'étendre sa veste sur la neige, de s'y asseoir avec la duchesse, puis, son bâton ferré à la main, de glisser rapidement jusqu'au bas de la montagne. Malheureusement, il avait mal pris sa direction, et était tombé dans une gorge étroite, où la neige durcie l'empêchait seule de rouler dans le gave d'Ossone. — La jeune duchesse se repentit alors de sa témérité et pria Dieu avec ferveur de la tirer de là. A l'aide de crampons et de cordes, les guides entreprirent cette œuvre difficile, et l'on put enfin descendre sans accident dans la vallée. »

Notre guide revint au bout d'une heure, en s'écriant :

— J'ai trouvé ce qu'il nous faut.

Quelle trouvaille ! Figurez-vous un rocher granitique de deux cents mètres de hauteur, légèrement convexe au milieu et perpendiculaire en bas, de telle sorte qu'il nous était impossible de mesurer approximativement la profondeur totale du gouffre béant. Les brins d'herbe, les mousses qui hérissaient le rocher, devaient nous servir d'échelons, et les légères aspérités du roc, de garde-fou !

Pendant une heure éternelle, nous fûmes constamment en danger de mort, si troublés, si émus, que toute description m'est impossible. Ce n'est plus dans ma tête qu'un tournoiement de rocs et de crevasses, d'abîmes insondables; et quand il m'arrive d'y songer parfois, le délire vient, je rêve tout éveillé, dans les douleurs du cauchemar.

Arrivés au fond de l'abîme, notre guide improvisé disparut tout penaud, après nous avoir recommandé de gravir la montagne qui nous cachait la vallée de Gavarnie, et de suivre toujours le sentier *de gauche*.

— Vous serez arrivés dans une heure, ajouta-t-il.

Donc nous croyions toucher au terme de nos souffrances. Il n'en était rien pourtant. Car, tandis que nous nous désaltérions à l'eau du glacier, savourant à grands traits le plaisir de nous trouver sur un terrain où les pieds n'avaient plus à se demander ce qu'il adviendrait de la tête, survint un chasseur.

— Avez-vous vu des izards? s'écria-t-il d'aussi loin qu'il pût nous distinguer.

— Oui.

— Combien ?

— Six ou sept.

— Où donc ?

— Près de la neige.

Puis, comme préoccupé de notre réponse :

— Malheureux ! nous dit-il avec une volubilité méridionale, pourquoi vous confier à un homme qui n'a jamais quitté le fond de sa vallée ? Bénissez le ciel d'avoir échappé à la mort sur cet affreux rocher ! Si maintenant vous suivez cette voie, vous êtes perdus de nouveau. Descendez par cette pente, gravissez cette berge, glissez sur les cailloux roulants, enjambez la dernière brèche, longez le torrent, et si vous n'allez pas toujours *à droite*, vous n'arriverez jamais à Gavarnie; vous périrez inévitablement, comme tant d'autres, dans quelque anfractuosité. Pécaïré ! que les aigles et les vautours vous disséqueraient avec plaisir !

J'allais ouvrir la bouche, lorsqu'il disparut comme un trait dans la direction que nous avions eu la sottise de lui indiquer. Je le rappelai inutilement.

— Bah ! s'écria mon compagnon d'infortune devant cette apparition de mauvais présage, il plaisante; prenons à gauche, et nous serons à Gavarnie dans une heure.

Je suivis machinalement.

Le torrent franchi, le sommet de la gorge atteint, nous nous crûmes en droit de nous féliciter de notre choix, car un sentier s'offrait à nos yeux; c'était le sillon de quelque troupeau, venu sans contredit du val opposé. Hélas! le bonheur est comme la tourbe, qui donne de la fumée, puis de la cendre. A onze heures du matin, nous errions de nouveau complétement égarés dans un dédale de roches, dont la seule vue glace d'horreur et d'effroi. J'avais le cœur oppressé de cette longue série de désappointements, tandis que mon camarade, doué de la plus riche dose de placidité, n'était contrarié que de ne pas avoir pris son fusil pour tuer les aigles qui planaient sur nos têtes.

Je ne crois point à l'existence, pour l'homme, d'une étoile bonne ou mauvaise, mais bien d'esprits bons et d'esprits mauvais, qui se disputent le pas pour le conduire. Multiples sont les armes de ces derniers, comme multiple l'arsenal des vices qu'ils ont forgés pour nous. Ils voulaient m'abattre cette fois sous le découragement, qui est le frère aîné du blasphème, lorsque je m'assis sur un roc, et je m'écriai :

« Mes angoisses ne peuvent être plus cruelles : mais vous ne triompherez point, esprits diaboliques! La résignation et la force ne naissent-elles pas souvent de l'excès même du désespoir, comme il arrive au soleil de s'échapper tout à coup radieux des crêpes d'un nuage sombre? J'espère : nous sortirons d'ici tôt ou tard ! Imbéciles ! je ne suis pas assez savant pour mourir dans un gouffre comme Plantade, et mon ami n'est pas digne de tomber dans un puits comme l'astrologue de la fable. Soyez donc nargués, mauvais esprits ! nargués aussi, rochers et précipices, qu'aujourd'hui j'abhorre !.. »

Je me relevai satisfait de mon éloquente improvisation. Quant à Philosophe, il n'avait pas prononcé la plus petite syllabe de terreur. Archimède, occupé à tracer sur la poudre des figures géométriques pendant le sac de Syracuse, ne me parut ni plus stoïque, ni plus grand (1).

Pour abréger, de longues recherches dans toutes les directions finirent par nous mettre face à face d'un pâtre espagnol.

— Parlez-vous français ? lui dis-je.

— No, Señor.

— Nous sommes perdus ! ajoutai-je avec force gestes.

— Bos perdidos !

— Oui, nous cherchons Gavarnie.

— Oh ! Gabarnio ! len, len (très-loin) !

— Conduisez-nous jusqu'au gave.

(1) Cette philosophie lui porte sans doute bonheur ; car au moment où j'écris ces lignes, j'apprends qu'il vient de choir, à Pompéïes, nonobstant mon pronostic, dans un puits de quatre-vingt-dix pieds, sans la moindre égratignure !

— Coumpreni pas, Señor... (Un mélange d'espagnol et de patois d'Oc).

Je fis à mon tour un salmigondis de trois langues : castillan, français et gascon. Piètre succès ! Le pâtre ouvrait de grands yeux.

— Coumpreni pas, Señor, coumpreni pas...

Essayons de la pantomime pure. Je pris une pièce de deux francs, avec laquelle je montrai le fond de la vallée :

— Moi, à vous ! dis-je en accompagnant ma parole de signes.

— Si Señor, si Señor ! si, si !

Il rassembla ses moutons, et revint pour nous faire comprendre qu'il voulait trois francs, ou qu'il nous livrait au *demonio*.

Mon cœur bouillonnait comme le gave de l'Estom.

— Oui, oui, trois francs; quatre, si vous l'exigez !

Nouvelles négociations mimiques. Il ne voulait partir que lorsque les quatre francs seraient dans ses griffe. En revanche, pour nous rassurer sur son honnêteté, le misérable, à plusieurs reprises, passa le doigt sur son cou, jurant tout son alphabet que le demonio pouvait lui trancher la tête, s'il ne nous conduisait pas jusqu'au torrent. Impuissants efforts de notre part pour lui faire entendre que nous n'avions nullement besoin de ces terribles protestations, capables de faire frissonner le plus cuirassé des rhinocéros. Qu'il se crût obligé par ces serments envers lui-même ou envers nous, il tint parole, luttant de force et d'adresse sur les plus affreux précipices, pendant plus d'une heure, au terme duquel siècle nous étions sauvés...

O le pâtre bien à propos tombé des nues! Notre générosité dut le satisfaire, car il nous donna sa houlette, en signe de respect et de gratitude, jurant derechef que si jamais le hasard nous ramenait dans ces parages, nous pouvions le sommer hardiment : il nous appartenait gratis.

— Grand merci! m'écriai-je, frémissant de crainte et fou de plaisir.

A Gavarnie, on comprit au premier coup-d'œil tout ce que nous avions souffert. Nos habits n'étaient plus que des loques; les souliers de Philosophe faisaient piteuse figure, avec leurs débris de semelles et de tiges liées aux pieds par des ficelles, car le cuir, déchiqueté par les rocs, avait disparu lambeau par lambeau sous le canif; enfin, à notre air affamé et hagard, on devinait sans peine que nous avions bu un demi-litre de lait et mangé trois onces de pain noir... en trente-quatre heures!

J'ai rapporté de ce passage une fièvre intermittente de terreur, qui me reprend chaque fois que mon imagination, battant l'essaim de ses souvenirs, me fait flotter de nouveau sur l'abîme. Voici les deux détails les moins vagues que j'aie conservés.

Je m'étais cramponné une fois à une légère aspérité du roc; or, mon pied venant à glisser, je restai suspendu entre la voûte céleste et une pointe calcaire en forme de broche menaçante. Le sang se figea dans mes veines.... Quelques secondes, et j'allais être nécessairement traversé de part en part, pour devenir sur le roc la pâture de l'horrible vautour ! Une prière jaillit comme un éclair de ma poitrine : fervente, vous devinez ! tout en exécutant un exercice de gymnastique dont je serais empêché de tracer la figure, mais qui eût fait honneur à nos meilleurs maîtres, — même aux Américains de l'Hippodrome.

Une autre fois, je grimpais sur un fragment de rocher, hérissé seulement de quelques brins d'herbe, lorsqu'un papillon d'une espèce commune vint voltiger autour de moi. — Quel mystère et quelle consolante image dans cette gracieuse apparition ! « Ce papillon, me dis-je, se joue des rochers, des précipices; et moi, créé à l'image de Dieu, je rampe comme un ver sur cette terre ingrate, tremblant comme une feuille agitée par l'ouragan !.. — Ah ! il viendra, m'écriai-je avec exaltation, il viendra ce jour où Dieu me donnera des ailes, à moi aussi, pour voler dans les royaumes de gloire, de vaste et suprême intelligence, de suprême et céleste amour ! Il viendra ce jour où le moi spirituel, vêtu d'une enveloppe plus parfaite, incorruptible, forte et glorieuse, ira de monde en monde, de merveille en merveille, pour voir ce que l'œil n'a point vu, pour entendre ce que l'oreille n'a point entendu, pour boire à ces fontaines d'intarissable allégresse que Dieu réserve à ses enfants !... »

VI

ASCENSION DU MONT PERDU

PAR UNE VOIE NOUVELLE

Croyez-vous les adages, lecteurs ? — Celui-ci ? par exemple : « Chat échaudé craint l'eau froide. »

Quant à moi, je les tiens généralement pour faux et mensongers. A telles enseignes que le lendemain de nos aventures sur le Vignemale, où la mort avait tant de fois grimacé devant nous, une pensée invincible me dominait : l'ascension du Mont Perdu et de la Maladetta par des voies non frayées. Si je devais donc améliorer le catalogue des proverbes populaires, je remplacerais le précédent par cet autre : — Qui a grimpé, grimpera.

Mes compagnons voulurent en vain me dissuader de cette témérité.

— Dût la lune tomber sur Milan, selon l'énergique expression du grand Bonaparte, j'irai, leur dis-je, planter mes souliers ferrés sur la nuque du colosse.

C'est qu'il y a dans l'air des montagnes, comme on l'a répété mille et une fois, dans leur orgueil hautain qui semble dire : « Mon front restera vierge, tu ne souilleras que mes orteils, » dans les obstacles de ces rochers nus sur lesquels serpentent de hasardeux sentiers, dans le prestige des cascades où se jouent les arcs-en-ciel, dans cette beauté des neiges qui scintillent comme des lacs de diamants, dans l'étreinte du danger lui-même, il y a je ne sais quoi de fascinateur et d'irrésistible. La pathologie a oublié la fièvre des ascensions.

Donc, le guide Nicolas qui, comme ses confrères, est à la piste des izards l'automne, des ours l'hiver et des voyageurs téméraires l'été, me proposa de me conduire au sommet du Mont Perdu par la Brèche, se portant fort de me ramener à Gavarnie dans deux jours.

L'idée me prit de faire le rodomont : un passe-temps — rien de plus.

— Votre proposition, lui dis-je, n'a rien de merveilleux. C'est de la compétence du guide le plus novice, du plus vulgaire touriste. J'irais bien sans vous à la Brèche de Roland ou à l'Oule de Héas.

Le bruit courut soudain, avec force commentaires, qu'un singulier voyageur voulait faire la grande ascension sans suivre la seule voie pratiquée, et bientôt arriva maître Laurent Passet, auquel je dis :

— Je voudrais aller voir un ami à Saint-Sauveur, rentrer ce soir à Gavarnie, partir demain matin pour le sommet du Mont Perdu, et revenir à la nuit, car après-demain c'est dimanche, et j'ai l'habitude de me reposer ce jour-là.

Laurent m'écouta froidement parler, puis m'examina quelques secondes avec une profonde attention, sans répondre.

— Vous avez une étrange manière de procéder avec les honnêtes gens, lui fis-je observer.

— Notre-Dame-de-Héas ! s'écria-t-il.

Nouvelle pause et nouvelle investigation. Sur quoi :

— Vous êtes robuste ! c'est bien. Mais avez-vous pris soin d'attacher des ressorts magiques à vos guêtres ?

— Qu'à cela ne tienne ! monsieur le railleur. Je suis bien décidé d'ouvrir aux futurs ascensionnistes l'Estazou la Barrada, et vous apprendrez, à vos dépens peut-être, que je ne vais pas à la chasse sans fusil.

Mes bravades ne mordaient pas sur cet homme. Pourtant, son regard devenait confiant ; son ton fut câlin.

— J'ai ouï parler de votre chasse à l'izard et de votre expédition du Vignemale. Je conjecture assez bien de l'entreprise... A vos ordres donc; — si vous êtes Ramond-le-Petit, je serai Rondo-le-Grand !

Nous quittions l'hôtel vers trois heures du matin, laissant à genoux, dans les larmes, la digne femme de Laurent; et à quatre, nous étions à l'entrée du cirque de Gavarnie.

Certes, je me garderai bien de vous le décrire, et pour de nombreuses raisons... Huit jours avant mon départ, j'avais fait emplette, sur les quais de Paris, de deux gros bouquins relatifs aux Pyrénées, lesquels s'étaient donné le mot pour ne me parler que de Gavarnie, en détails des plus fastidieux, tandis qu'ils gardaient un ignare silence sur le Mont Perdu, le Vignemale, la Maladetta, le Puignal, le Lanoux, que je désirais grimper, et le Piméné, où j'espérais faire une riche cueillette de cristaux. — A la gare, lorsque le train dut quitter Paris, au lieu de ce souhait : — « Bon voyage ! » — monotone, mais toujours aimé lorsqu'il part du cœur, mes amis me cornèrent pour dernier adieu leur insipide : « Allez voir Gavarnie ! Ecrivez-nous de Gavarnie ! Surtout n'oubliez pas Gavarnie ! »

— Gavarnie ! Gavarnie ! Que la cascade emporte leur Gavarnie !

A Clermont, à Rhodez, à Montpellier, à Perpignan, j'avais à peine mentionné le mot de Pyrénées, que les voyageurs me suppliaient en gesticulant, si je ne voulais être couvert de honte à mon retour, de ne jamais rentrer dans la capitale de la civilisation, sans avoir vu Gavarnie ! — Après mes escalades du Canigou, du Puigmal et de quelques autres pics, très-hauts et très-intéressants, me paraît-il, un baigneur des thermes d'Ax me regarda d'un certain air de pitié, parce que je n'avais pas vu Gavarnie ! — A Bagnères de Luchon, je dus subir un hors-d'œuvre interminable sur le cirque de Gavarnie, sur les cascades, et les glaciers, et les rochers, et le gave, et la cabane, et le village, et le pont, et la grandeur, et la majesté, et la sublimité du cirque de Gavarnie ! — A Cauterets, le pays des malades imaginaires, où notre santé nous rendait visiblement importuns, ce fut encore la même ritournelle : « Gavarnie ! le sublime spectacle de Gavarnie !... La composition des roches de Gavarnie avait attiré l'attention des plus grands géologues et de presque tous les savants du monde, Elie de Baumont, Brongniart et sir Charles Lyell en particulier... La vue de la cascade de Gavarnie avait fait évanouir les duchesses d'Angoulême et d'Abrantès, et la comtesse de Brionne. Le pont de neige de Gavarnie avait abrité le duc de Nemours et des essains de princes russes dont je ne sais pas écrire les noms... » Gavarnie ci, Gavarnie là ! Tous emphatiques discours terminés, avec accompagnement de tam-tam et de grosse caisse, par cette phrase célèbre, que lord Bute n'a probablement jamais prononcée : « Si j'étais encore au fond de l'Inde et que je pusse soupçonner l'existence de cette merveille, je partirais sur-le-champ pour visiter Gavarnie. » — Et tous en chœur :

— La grande, la belle chose ! — Dzim, boum-boum, hourra Gavarnie !...

L'hyperbole eut une conséquence fatale : je trouvai le village maussade et le Cirque médiocre. Je le crois bien ! j'étais décidé à tout trouver laid. La cascade a beau être une des plus belles de l'Europe, elle put à peine attirer mes regards. Elle a mille trois cent pieds d'élévation, je lui en donnai trois cents. Elle est à gauche du spectateur, je l'aurais voulue en face. Les murs de l'aire demi-cyclique pourraient être pris comme emblème de l'immuable stabilité, je crus qu'ils allaient s'écrouler sous le poids des ans et de la décrépitude. La route m'avait paru monotone, le gave fangeux, les rochers sans grâce; au pied du Cirque enfin, je trouvai les trois bandes de neiges permanentes trop irrégulières, d'une blancheur peu virginale, le pont lui-même gauchement placé parce qu'il était à ma droite. Que vous dirai-je ? On m'avait promis tant de miracles ! Aussi pour admirer dignement ce chef-d'œuvre naturel, ai-je dû y revenir six fois, le matin et le soir, le jour et la nuit, par le beau et le mauvais temps. Sa grandeur, pour parler la langue de M. Cuvillier-Fleury, ne m'a été « révélée que par l'étude, la réflexion, et même par la puissance du calcul... »

Revenons à notre ascension.

Les voyageurs qui suivent la route ordinaire, obliquent sur la droite de la Cantine, franchissent le gave, montent à la Brèche par les Ets-Sarradets, font le tour des remparts du Cirque, et vont coucher dans la misérable hutte de Gaulis. Le lendemain, ils font l'ascension du Mont Perdu par le *versant méridional*, et reviennent à Gavarnie sur leurs pas.

On le voit, c'est le chemin de l'école.

La route de Ramond part de Héas, suit le val d'Estaubé, oblique vers les « énormes murailles qui soutiennent le Mont Perdu, » gravit les raides pentes du col de Niscle, oblique de nouveau du nord-est au sud-ouest, et conduit à quatre ou cinq terrasses, empilées les unes sur les autres de manière à former un escalier dont les marches, un peu géantes, sont en partie comblées de débris ou de neiges qui permettent l'accès de ces murailles, autrement inaccessibles.

Pour moi, mon but était simplement d'essayer la ligne droite : gravir l'Estazou, passer à la base septentrionale du Cylindre, et enfourcher l'arête qui joint celui-ci au Mont Perdu. Je pris donc à gauche du Cirque et franchis une partie de l'Estazou avant le lever du soleil. Autant que je pus en juger à la clarté des étoiles, les premiers rochers, sur lesquels je dus grimper à la façon de *Martin* lorsqu'il *monte à l'arbre*, sont du calcaire grossier, d'un blanc sale. Puis viennent des schistes cassants et ordinaires, qui forment de près les figures les plus bizarres et les plus grimaçantes. Ces dents feuilletées, aiguës, irrégulières, superplombantes, nous obligèrent à affecter des postures bien dignes, certes, de rivaliser de laideur avec les caricatures les plus grotesques du *Charivari*. Tantôt nous étions bossus comme des dromadaires, tantôt nous rampions comme des lézards; une fois, nous avions le tronc et le cou complètement tordus; une autre, la tête était tellement refoulée entre les épaules, que toute trace de cou disparaissait; une troisième, nous marchions d'une main et d'un pied — les deux autres traçaient dans l'espace des dessins fantastiques, évoluant comme les bras des anciens télégraphes, ou comme la grande épée du célèbre Don Quichotte, à la bataille mémorable des moulins à vent. Riez, si cela vous plaît, de nos contorsions. Nous étions loin de rire, nous, sentant que plus la forme serait charivarique, plus nous courrions la chance d'échapper aux gouffres ouverts sous nos pieds. Aussi nous tordions-nous, sans vergogne pour l'humaine dignité.

Nous allions évidemment à tâtons, sur un sol jugé jusqu'alors inaccessible, et bien souvent nous nous crûmes obligés de grimper des saillies perchées sur l'abîme, tandis que nous apprenions après coup qu'on eût pu facilement les éviter. Il en est une entre autres qui me donna la *chair de poule*. Figurez-vous un rocher de calcaire grenu, décharné à droite, à gauche, à la base, et si convexe que le corps, pour ne pas rouler jusqu'à la cabane du Cirque, devait s'arrondir sur l'horrible corniche, en forme de demi-cercle ou de croissant. A cette vue :

— Laurent, dis-je à mon guide, il me coûterait de retourner en arrière ;... mais vous avez une femme et des enfants : je ne voudrais pas que ma folle tentative fît une veuve et des orphelins.

Il parut se recueillir dans de muettes réflexions, d'où s'échappa le nom d'Amalric.

— Amalric est mort parmi des roches semblables, balbutia-t-il.

— Qui était-ce ? Un guide peut-être ?

— Amalric était mon filleul, un grand chasseur d'izards, de son vivant.

— Y aurait-il indiscrétion à vous demander quelques détails ?

— Non ; seulement l'endroit n'est pas propice.

— A plus tard alors. Mais que décidez-vous ? Je désire n'exercer sur votre esprit aucune influence.

— Montez ! cria-t-il, montez toujours... A la grâce de Dieu !

Je me hissai donc sur cet affreux arc-boutant, cramponné à une aspérité d'un centimètre d'épaisseur, le pied droit posé sur l'épaule de mon guide, cherchant à la tête du roc une légère fissure de salut. Efforts inouïs ! Ma main fiévreuse ne rencontrait pas la moindre lézarde... Epuisé d'énergie, les nerfs détendus, j'allais me précipiter...

— Courage ! clama le guide.

Me ramassant alors sur moi-même, comme le tigre avant de fondre sur sa proie, je franchis d'un seul bond le casse-cou, faisant rouler sur la tête de Laurent quelques-uns des débris auxquels j'avais momentanément confié mon existence.

— Bravo ! fit-il. Mais je suis crânement fort, allez ! J'ai soutenu la roche pour qu'elle ne vous emportât pas à Gavarnie. La vieille sorcière, en dévalant, m'eût écrasé comme un crapaud, sans dire gare ! C'est qu'elle branle bien au manche. Gageons que l'année prochaine une avalanche ou de nouvelles débâcles l'auront balayée !

Ce disant, il s'attachait les reins avec une corde, et je lui prêtai main forte, en le tirant de mon sommet.

— Ah ! çà, lui dis-je, croyez-vous que nous ayons à rencontrer encore des roches semblables, avant d'arriver au niveau de la Fourche ? Je ne vois pas comment, par exemple, nous pourrons affronter ces grandes dents qui surplombent sur nos têtes.

Il resta muet, comme s'il n'eût pas compris ma question.

— Regardez la Brèche, dit-il enfin. Roland — un fier garçon que celui-là ! — se trouvait un jour dans une position tout-à-fait analogue à la nôtre. Voyant que son cheval de bataille ne pouvait pas franchir l'espace qui le séparait de la vallée, il prit son épée *flamboyante*, et fit dans la montagne une fente de cent vingt pieds d'ouverture sur trois cents de profondeur.

— Oui, je vois la Brèche : mais nous n'avons pas la fameuse Durandal du paladin... Il faut donc, à votre réponse évasive, ou rétrograder ou marcher coûte que coûte.

— La retraite est impossible : les dents, ébranlées par nos secousses, culbuteraient avec nous.

— Eh bien, marchons ! Le proverbe dit : « Fais ce que dois, advienne que pourra. »

Un joyeux drille que Passet — plein de naïves plaisanteries pour vous donner du cœur. Dès qu'il me voyait gratter les fissures pour mieux me cramponner :

— Pas tant d'hésitation ! s'écriait-il, vos izards de la Maladetta passeraient là sans broncher. Vous savez si bien les faire fuir... En avez-vous gaspillé de cette poudre !...

Et autres plaisanteries analogues, qui provoquaient un feu croisé de quolibets, sous l'explosion desquels s'évanouissait l'idée du péril.

Nous parvînmes bientôt à une zone couverte de débris roulants, dont le trajet fut long, car, à plusieurs reprises, il nous arriva de glisser trois ou quatre mètres en arrière, et à chaque glissade il fallait dix minutes pour reconquérir le terrain dévalé. Une fois entre autres, Laurent s'était écrié :

—Voilà le Mont Perdu, présentons-lui nos respects;

et comme la contrée m'est un peu connue de l'autre côté, courons en toute hâte au-devant de Son Altesse...

Le plaisir de voir déjà le grand mont me fit oublier que mon pied reposait sur un sol perfide, et je redescendis comme une lavange, jusqu'à ce qu'une grosse pierre me prêtât secours.

De descentes en montées, nous étions à sept heures au sommet de l'Estazou, que Laurent baptisa « pour me plaire » du nom de Débarrada (ouverte) ; et tout en déjeûnant, il put juger de l'erreur que nous avions commise. Au lieu de gravir l'échelle près du Cirque, c'eût été plus avantageux de commencer l'ascension en face du village de Gavarnie.

Quoi qu'il en soit, armés de nos bâtons ferrés et de souliers mignons (j'avais emprunté les miens d'un roulier de Gèdres), nous nous laissâmes glisser, en déviant toujours à droite, sur cet immense linceul de neige durcie qui couvre toute la vallée comprise entre l'Estazou, le Lac, le Cylindre et le Mont Perdu. Les crevasses nous obligèrent à de nombreux zigzags, mais exécutés avec la célérité de la foudre.

Dans les passages les plus raides du glacier qui vient de la base nord-ouest du Cylindre, Laurent dut faire des entailles avec sa hache, et si vastes étaient mes souliers, que nous perdîmes un temps considérable à leur creuser des sillons. Bientôt même l'inclinaison devint tellement rapide, que ni les clous de ma chaussure, ni mes ongles, ni le bâton ferré, ne purent mordre dans la

20

glace. Les sillons de Laurent ne pouvaient suffire : je pris donc la hache moi-même, pour les multiplier et les agrandir en façon d'ornières.

— Quelles entailles ! murmurait le guide ricaneur. Ce sont de vraies oules (1). On peut s'y asseoir. Prétexte à la gloriole de dire à ses amis qu'on a siégé sur un trône bleu d'azur et blanc de neige. — Asséyez-vous donc, Monsieur !... Le siège est frais ; vous en serez quitte pour un rhume *cylindrique*.

Cependant, de gradins en gradins, nous approchions de ce fameux Cylindre qui devait, au dire de Passet, me donner un gros rhume et des jactances de Gascon. Notre grand désir était d'atteindre une roche en forme de toit, sous laquelle la neige était fondue. Rude escarpement émaillé de multiples glissades... sur le penchant de quels abîmes ! Mais triomphe ! nous y voilà parvenus, — au prix de quelle lutte ! Est-ce enfin le Capitole ? Non, c'est la Roche Tarpéienne. On ne peut se tenir debout sur cette perfide corniche. Le corps doit se voûter jusqu'à former un angle droit avec les jambes, et dans cette posture commode, il faut contourner le roc, le dos appuyé contre la paroi, tandis que l'eau ruisselle du faîte et nous inonde de ses larges gouttes, ce qui est loin de faciliter notre gymnastique... Si vous êtes altérés de nouveaux détails, je vous dirai que l'eau était glaciale, que ma tête alla heurter quatre ou cinq fois

(1) Chaudrons.

très-violemment contre l'affreuse toiture, et que je dus imposer silence à la douleur pour continuer ma lente rotation, me rappelant que le moindre faux pas serait mortel, car il me précipiterait dans la crevasse du glacier.

Entre le Cylindre et le Mont Perdu se trouve une arête formidable, que l'on peut comparer à un immense coutelas ébréché, ou plutôt au cou d'un cheval monstre, hérissé d'une effroyable crinière. Du côté du premier mont, l'inclinaison est très-douce, et l'on peut y poser le pied sans crainte. Mais on se trouve bientôt devant une forêt de dents aiguës, sur lesquelles il faut tour à tour marcher, gravir et ramper avec beaucoup de prudence, sous peine de perdre l'équilibre et d'aller gesticuler en Espagne. A nos pieds, du côté nord, commencent à se dérouler des nappes de neiges éternelles, qui se transforment bientôt en immenses gradins d'une glace qui est la plus belle des Pyrénées. Vu de notre position, l'un de ces glaciers (il est presque perpendiculaire) offre une crevasse que j'estime profonde... L'autre, du côté du sud, penche sur un précipice... Ne regardez pas ! il est insondable. — Faisons une courte sieste, brave Laurent !

Je ne connais rien de plus capricieux que l'ensemble des monts qui nous avoisinent. Contentons-nous de parler des principaux. Le Cylindre paraît plus haut que le Mont Perdu, lequel a pourtant cinq cents mètres de plus. Simple effet d'optique : c'est que l'un n'apparaît que dans le lointain, presque horizontal à nos regards, comme une succession de cônes écrasés, tandis que le Cylindre, dont nous foulons la base, se dresse sur nos têtes, comme une tour hardiment élancée vers le ciel.

Sur ces affreuses cimes, n'en déplaise à Ramond, je ne trouve aucune plante, aucune mousse, aucun lichen. D'izards et de vautours, pas ombre non plus... Or, rien d'effrayant comme cette solitude morte. Peuplons-la d'êtres imaginaires; prêtons-lui la vie.

— Laurent, voyez-vous là-bas le Vignemale? C'est le vieux Saturne, courbé sous le poids des siècles et des malheurs. Je le reconnais à ses ailes gigantesques et à sa barbe blanche. Il plane ordinairement au-dessus des nuages, parce qu'il suppute les années en présidant, près du soleil, au mouvement mathématique des heures, au cours périodique et régulier des saisons. Regardez le gave : il sort de ses flancs et se tord à ses pieds comme un crocodile affamé de voyageurs. Le Mont Perdu, c'est Jupiter, près de Saturne qu'il a détrôné. Jaloux de consolider son usurpation, il a fait construire cette forteresse qu'on appelle le Marboré... Qu'est-ce que ces pics sévères, que ces crêtes hérissées qui nous entourent ? Peut-être les cinquante têtes et les cent bras que le géant Briarée met au service de Jupiter, pour le défendre au besoin contre les conspirateurs, si l'acariâtre Junon, dans un accès de jalousie, cherchait des rivaux à son royal époux. — Quant au Cylindre... quel dieu peut-il bien représenter ?

— Notre-Dame-de-Héas ! s'écria le guide. Mais vous battez la campagne, Monsieur ! Quelle drôle de fièvre !...

— Ah ! je vous embarrasse. Comment l'appellerez-vous, celle-là ?

— Mais, du même nom que le rhume : une fièvre cylindrique.

— Ce bon Laurent !... Si nous repartions ?...

Nous aboutîmes bientôt à une console de trois décimètres de largeur. Du sang-froid ! car il faut poursuivre sans que la main trouve où s'accrocher ! Autour de nous, une ceinture de gouffres, où il faut se garder de plonger l'œil trop complaisamment, car le vertige est fatal !... Je redoutais le moindre souffle, n'avançant que ligne après ligne, comme si les clous de mes souliers, par un contact trop brusque, devaient me faire perdre l'équilibre. Laurent s'impatientait de mes lenteurs.

— Mais, avancez donc ! Un carrosse pourrait ici rouler à grand train comme sur les murs de Babylone !

Cette phrase, évidemment dictée par quelque touriste, me surprit et m'encouragea. Cependant je désirai m'éloigner de ces dents branlantes, préférant aller rejoindre le glacier, que Laurent redoutait, non sans raison. Il voulait m'attacher avec une corde pour que je fusse plus hardi — partant plus rapide — dans la descente. Mais, apercevant au-dessous de moi certain rocher fendu en plusieurs blocs : « Quels beaux points d'appui ! » m'écriai-je... Et me laissant glisser le long de la crête, j'expérimentai le bloc le plus ultérieur avec le bout de mon pied. A peine atteint, il roula d'abîme en abîme, et comme j'ai l'enfantine passion de voir bondir les rochers, je me félicitai naturellement de cette aventure. J'essayai d'un autre : — mêmes résultats, décourageants sans doute au point de vue de mon itinéraire, mais très-flatteurs pour mes goûts excentriques...

Je me dis alors : « N'attaquons pas les blocs en détail, mais le *noyau* lui-même du rocher. » Et je me laissai choir de mes deux pieds et demi de hauteur. Une fois chu, je m'assis incontinent, cherchant des yeux à quelle saillie ou à quelle fissure je me confierais pour exécuter ma descente à la force des bras. Cette manœuvre ébranla mon escabeau, que je sentis craquer, puis glisser lentement, avant de bondir dans le gouffre !... Rejeter mes bras en arrière, enfoncer mes doigts dans une aspérité bienvenue, ce fut, on le devine, l'affaire d'une seconde. Je flottais dans l'air comme un danseur de corde, lorsque Laurent me saisit au vol par les épaules; et, bénissant Dieu, dans ses bras, de mon nouveau salut, j'étais prêt à poursuivre. Mais si l'esprit est prompt, la chair est faible.

Car un moment après, j'éprouvai une sorte de défaillance, due sans doute à la trop vive tension de mes nerfs. Les bras refusent tout-à-coup de me soutenir, et je reste adossé, comme cloué sur un arc-boutant. Dans l'intervalle, le guide avait fait un circuit, et se trouvait descendu à la base de mon piédestal. Ne pouvant m'aider physiquement dans le péril de mon espèce de syncope, il essaie du remède moral de quelques sarcasmes : il jure qu'il va me porter comme un bébé au sommet, il chante la complainte du *Marmot Perdu*, il déclare solennellement ne comprendre goutte à mes étranges façons de demoiselle, puis s'avance vers moi pour me demander, d'un air froidement nargueur, si je suis affligé de la coqueluche. — Je voulus rire ; mais je n'esquissai qu'une grimace.

— Bien, bien, faites un somme tout debout ; votre *estomac* vous dira bientôt de marcher.

Je tentai de secouer ma torpeur. Point de succès. Et Laurent :

— Corne-d'izard ! vous n'êtes pas flambant, papa !... Mais tenez, prenez-moi le biberon : un petit coup à ma santé et à celle du vieux Cylindre !

Effectivement, une goutte de vin me rendit la force, et nous franchîmes la dernière partie du « cou de cheval. » Alors se présenta devant nous une *bosse* hétérogène, qui me sembla du premier coup-d'œil inabordable. Elle est tellement convexe du côté occidental, la neige y a pris une telle apparence de porcelaine luisante, que je ne pus me défendre de jeter un regard d'inquiétude sur Laurent, lequel me répondit par un gros rire. Puis il fit de légères entailles dans la neige durcie, et d'une voix mignardement flûtée :

— Mais c'est un vrai chemin de petite marquise !...

Nous dansions, peu d'instants après, sur la nuque du Mont Perdu. J'ouvris avidement la bouteille dans laquelle les ascensionnistes déposent leurs cartes. Il y en avait peu, car on prétend qu'un guide jaloux, irrité de n'y trouver son nom qu'une seule fois inscrit, fit disparaître naguère le contenant et le contenu. Cette bouteille, étiquetée « Xérès, » était donc à peu près neuve. Voici le contingent des noms qu'elle m'exhiba : Martineau de Clairac, les frères Darley et Henry Russell.

Ce dernier est un amant passionné des montagnes, bien connu dans les Pyrénées pour avoir plus d'intrépidité que de chance (luck). Sur l'une de ses cartes, je remarquai cette phrase si triste : « Venu ici pour ne rien voir ! » A tout grimpeur de rochers, ces quelques mots, insignifiants aux yeux de la foule, impliquent mille amertumes, mille angoisses, une perte considérable de temps, d'argent et de peine, une espérance trompée. « Venu ici pour ne rien voir ! » Chez vous, hardi M. Russell, cela veut dire : « Sorti d'un lit chaud et moelleux à deux heures du matin, j'ai vu la nuit et senti le froid. Mes pieds ont été trempés dans l'eau glaciale du Gave et meurtris contre les roches ;

j'ai roussi mes souliers dans la neige et frangé mes guêtres dans la glace, espérant d'être récompensé plus tard. J'ai grimpé la Brèche à la clarté des étoiles et par le froid le plus intense, j'ai franchi cent obstacles au prix de la fatigue, j'ai glissé sur des nappes péniblement éblouissantes, sur des cailloux roulants qui ont dénombré tant de faux pas, tant de terribles chutes, — et cela, bercé toujours par les mêmes illusions. J'ai gravi des échelles, des rochers droits, — murailles presque inaccessibles; — je me suis suspendu à des dents tremblantes pour jouir de la magique splendeur d'un tableau; tout à coup le brouillard m'a enveloppé, et je n'ai vu que le brouillard. Mais, comme le dit M. Taine dans son *Voyage aux Pyrénées* : « Joie et » transports ! je me promets, pour la cime, la vue » d'une mer de nuages.

» Arrivée : vue de la mer de nuages. Par malheur, » je suis dans un des nuages. Aspect d'un bain de va- » peur quand on est dans le bain. »

Cela veut dire encore, chez vous, *dear* M. Russell :

« Mon intrépidité m'ayant poussé *sans guide* sur ces parages inhospitaliers, je me suis égaré, j'ai failli mourir de faim, de lassitude et de froid près de la Brèche de Roland. J'ai pu cependant le lendemain revenir à Gavarnie, et le spirituel Taine a tracé pour moi ce post-scriptum :

« Bénéfices : rhume de cerveau, rhumatisme aux » pieds, lumbago, congélation, bonheur d'un homme

» qui aurait fait trente-huit heures antichambre dans » une antichambre sans feu. »

Enfin, cher M. Russell, quand, grâce aux médecins — non, mais aux médecines, — vous avez pu marcher dans la chambre sans béquilles, votre livre de dépenses, consulté par distraction, vous a gazouillé : « Infructueuse réascension du Mont Perdu : 84 fr. 85 c. ! »

Le croiriez-vous, lecteurs? M. Russell a grimpé quatre fois ce sommet avec les mêmes succès. « Venu ici pour ne rien voir ! » Le Rigi ne m'a-t-il pas toujours fait semblable moue?

Non pas le Mont Perdu, je le dis bien haut à sa louange, car, selon l'expression de mon guide, « le soleil avait allumé ce jour-là tous ses quinquets. » La nature était resplendissante de lumière et d'éclatante beauté. Nous voyions, indistinctement sans doute, jusqu'à la Méditerrannée d'une part, jusqu'à l'Océan Atlantique de l'autre. A nos pieds étaient les trois quarts de l'Espagne et le tiers de notre France bien-aimée.

Une réminiscence : — j'étais en 1856 sur un des plus hauts sommets des Montagnes-Noires, dans le Tarn. La chaîne des Pyrénées, de cet observatoire, ressemblait à une suite de triangles irréguliers et bleuâtres, dont la hauteur allait en augmentant vers l'est; on aurait dit que ces montagnes surgissaient de l'Océan et allaient se précipiter dans la Méditerrannée.

Vue du Mont Perdu, la chaîne ressemble au premier

abord à une multitude de gigantesques fourmilières, jetées pêle-mêle les unes près des autres, les unes sur les autres, — anfractuosités grimaçantes, ravins écorchés, qui reportent l'esprit vers les époques géologiques. On s'étonne alors de la puissance formidable qui a pu, par un ébranlement intérieur, briser la charpente du globe, soulever ces pics granitiques, schisteux, calcaires, et éparpiller dans tous les sens les énormes « écailles de la cassure. » Les preuves de ce cataclysme sont si frappantes, que, comme le dit Ramond, « on voit des vallées dont les angles saillants et rentrants correspondent si parfaitement, que si la force qui les a désunis venait à opérer en sens contraire, leurs coteaux s'uniraient sans qu'on pût en apercevoir la soudure. »

O l'aimable et naïve explication de la Fable! Ecoutez :

« Hercule, dit M. Cénac Moncaut (1), rencontra dans le cours de ses pérégrinations, sur la limite de l'Espagne et des Gaules, la nymphe Pyrène (nymphe du feu!) dont il devint éperdument épris.

» Ce devait être un effrayant et gigantesque amour, que celui de ce demi-dieu qui parcourait la terre pour exterminer les monstres. Au milieu des éclats de sa passion, l'objet qui l'allumait lui est enlevé par un événement tragique... A l'aspect du corps ensanglanté de son amante, Hercule pousse des clameurs et des

(1) Histoire des Pyrénées.

menaces dignes du héros dont la massue vaut presque la foudre de Jupiter.

» Il l'ensevelit avec des larmes, et pour lui élever un mausolée que les hommes et le temps ne puissent détruire, il entasse rocher sur rocher, montagne sur montagne, et forme ces immenses pyramides, qu'il nomme les Pyrénées.

» La nymphe du feu, dormant sous la chaîne de montagnes qui lui sert de tombeau, n'est-elle pas la traduction poétique, rapetissée aux proportions de la mythologie grecque, du grand cataclysme dont la géologie nous a révélé la raison et les lois ? »

De la poésie retombons à la prose. Notre retour n'est marqué que par deux incidents dont la mention sera brève.

Il fallait redescendre la bosse, ce qui n'est pas difficile d'après le procédé de Laurent : on met un pied devant, un pied derrière, et appuyant sur le bâton ferré, on donne au corps une légère impulsion, pour arriver au premier escarpement de l'arête. Il ne faut pas oublier évidemment de suivre la ligne droite, car si l'on obliquait à gauche, les rocs vous diviseraient en fragments horribles, que les précipices sont toujours prêts à engorger ; si l'on obliquait de l'autre côté, ce serait pis encore : les dents de glace feraient fonctions de vrais rasoirs... Laurent joignit bientôt l'exemple au précepte, et, confiant dans ses espardilles armées de crochets, il partit comme la foudre. Mais la ficelle, qui maintenait l'espardille autour de la jambe droite, s'étant rompue, notre glisseur arriva au but la tête la première, avarié quelque peu, quoiqu'il s'en défendit.

Voici le second incident. L'honnête guide s'irrita bientôt contre les crochets innocents et contre moi, qui lui payais largement ma dette de satires. Or, comme une descente semblable à la première s'offre à la base nord-est du Cylindre, il me défia de dépit à une joûte. J'acceptai. Une, deux... et train express vers la vallée! Au beau milieu, j'allais être vaincu, lorsque la corde du pied gauche se rompt à son tour, et mon noble rival de gesticuler des bras, des jambes, de la tête, jusqu'à la première croupe, où nous trouvâmes ses instruments et les restes de nos vivres, épars sur la neige.

Sans autre encombre, nous rentrions à l'hôtel à quatre heures quinze minutes. Etonnement de tous les voyageurs, indignation des guides, jaloux de leur confrère Laurent! Je dus même subir un examen et prouver que je n'avais pas été la dupe du digne Passet, car personne, m'assura-t-on, n'avait fait le trajet en un si court espace de temps.

Il me reste à faire une observation importante : c'est que les impressions ici consignées, pour l'escalade du Mont Perdu, sont telles que je les ressentis en allant. A mon retour — soit parce qu'une grande partie de la route m'était connue, soit parce que le succès m'avait donné plus de confiance et d'audace, soit enfin, soit surtout, parce qu'en déviant à droite vers le Piméné, l'on évite la plupart des mauvais passages, — je m'aperçus que les difficultés sont moindres qu'on ne le pense, et les périls moins nombreux que je ne l'avais cru en allant.

Désormais l'ascension peut donc se faire en un jour, si l'on ne reste qu'une heure et demie sur le sommet. Je crois qu'il ne serait pas sage de vouloir l'effectuer en un moindre laps, car je fus sérieusement indisposé le lendemain, et mon guide, plus exposé à la fatigue par suite du bagage qu'il portait, en fut malade pendant deux jours.

Néanmoins, ce dernier vient de m'écrire que deux voyageurs, contrariés par le temps dans leur tentative d'ascension *directe* du Mont Perdu, ont fait le vœu de me ravir, au printemps prochain, cette misérable couronne de grimpeur. Eh bien, bonne chance! Avis surtout de prendre garde aux crevasses, plus perfides peut-être qu'ailleurs par la grande inclinaison des glaciers, et aux schistes cassants, s'ils ont comme moi la niaiserie de passer près du Cirque, — car ils pourraient bien devenir la proie des vautours... Ce serait dommage.

VII

LE CHASSEUR D'IZARDS

J'ai fait approchant une vingtaine d'ascensions, couronnées presque toutes, en l'honneur de mon guide, d'un petit festin dont la cordialité formait le principal luxe. Ce jour-là donc, deux heures après mon retour à l'hôtel de Gavarnie, j'envoyais une estafette avec le message suivant :

« Messieurs de Rochefort et le touriste du Mont Perdu prient Madame et Monsieur Laurent Passet de les honorer de leur présence. On dînera sans façons à sept heures. »

Nos invités furent exacts, vêtus de leurs plus beaux habits des dimanches, tandis que nous étions râpés (je le dis presque avec orgueil, comme un indice des fatigues courues) à la manière des bohêmes.

Est-ce contraste, est-ce timidité, l'honnête couple semblait empesé dans ses atours, et ne nous aborda qu'avec des pommes d'api sur les joues. Le chapeau du digne Laurent évoluait dans ses mains avec la rapidité des gobelets dans celles d'un prestidigitateur.

— Dame ! balbutia-t-il, faites excuse, mes beaux Messieurs ; c'est que nous n'avons pas l'habitude des cérémonies...

— Ah ! vous nous fâcherez, Laurent ! Traitez-nous comme des camarades, comme des amis honorés de ce titre, car, en fait d'habitudes, vous avez les plus méritoires de toutes : celles du courage et du dévouement. Le vernis des belles manières ne vaut pas toujours la rude écorce d'un cœur bien né.

Il me tendit la main pour toute réponse, et se tournant vers sa femme :

— Allons, madame Passet, fais ton compliment.

— Notre-Dame-de-Héas ! commençait-elle...

Je l'interrompis, et la faisant asseoir près de moi :

— Votre cœur se lit dans vos yeux et n'a pas besoin de paraphrase.

Mais l'excellente femme voulait s'épancher. Et sa fourchette en l'air :

— C'est tout de même égal : faut avoir ben la démangeaison des périls... Quand j'y repense ! Oh !

comme j'ai prié, prié la sainte Madone, prié tout le long du jour, à genoux, et les yeux fixés vers le Mont Perdu !

— Noble créature ! murmurait Edmond.

— Comme j'ai pleuré ! poursuivit-elle. Pleuré per vous, mon bon Moussu, et pleuré per li, le cher amour, ce cher trésor, qui est abîmé de fatigue et couturé de blessures...

J'entendis Christophe qui soupirait :

— La sainte femme !

Soudain Laurent emplit les verres :

— A notre triomphe ! s'écria-t-il.

Et clignotant des yeux :

— Vous rappelez-vous, Monsieur, le biberon, là-haut, derrière le Cylindre ? C'est que vous paraissiez vouloir dévaler sans trompette dans le gouffre !

— Si je me le rappelle ? Comme un songe pénible.

— Je le crois bien. Mais aussi faire l'ascension du Colosse en treize heures ! Faut avoir treize diables... pardon, treize cornus dans les entrailles ! Tenez : rien qu'à cette idée, j'ai la chair de poule, mes oreilles tintent, mes yeux papillottent, j'ai comme le vertige...

— Noyons, noyons les amertumes passées dans la joie du retour, dans l'ivresse du succès. Un toast, compagnons, et dicté par le cœur :

« A la santé de l'excellente madame Passet, dont

les larmes et les prières ont fait les deux tiers de notre réussite. A la santé de son mari, l'Intrépide, que j'estime et que j'aime comme un frère dans le péril !... »

Les pommes d'api fleurirent de nouveau sur les joues du couple honnête. Le mari me remercia par une cordiale poignée de main, tandis que sa femme, rayonnante d'orgueil, susurrait tout bas :

— Notre-Dame-de-Héas !...

Cependant la bonhomie native des deux époux tua bientôt leur timidité circonstancielle. Notre festin fut des plus gais. Laurent vida tout son répertoire lyrique, ne mettant guère entre ses chansons diverses que l'intervalle d'un joyeux toast et de ce court récitatif :

— C'est égal ! les oreilles me sifflent... mes yeux dansent... mes pauvres jambes ont sommeil...

— Le cher homme ! commentait sa femme; n'est-il pas vrai que ce cher amour chante comme un rossignol ?...

Dès que parut le dessert :

— Ah ! çà, Laurent, payez-vous vos dettes ?

— Mais, comment donc !

— Acquittez-vous en ce cas; vous me devez l'histoire d'Almaric.

— C'est une note un peu lugubre peut-être pour la mêler aux joyeux grelots d'un banquet.

Je souris de ce dernier mot emphatique.

— Raison de plus, lui dis-je. Le plaisir est comme l'art, il vit de contrastes.

— Je suis donc prêt à vous obéir.

— A moins, toutefois, que ce ne soit pour vous un souvenir trop pénible.

— Les années, en passant dessus, l'ont amoindri : j'aime, d'ailleurs, à glorifier la mémoire de mon filleul.

— « Il avait, en ce temps-là, reprit le guide, vingt-quatre ou vingt-cinq ans. C'était un bon jeune homme, admiré de toute la vallée, des jolies filles surtout, qui disaient en le voyant passer :

— « Es tan bravé ! Es tan bel !... »

— Mais, un instant, cher orateur; permettez, pour ne plus vous interrompre, que je fasse renouveler ces chandelles de sapin d'Espagne, qui nous éclairent si mal. Un peu plus de feu dans la cheminée ne nuira pas non plus.

Les apprêts terminés, Laurent continua :

— « Un beau jour, Amalric se choisit une compagne. Elle était pauvre, mais active, douce et pieuse comme ma chère épouse. Belle aussi. Le charmant couple qu'ils eussent fait ! Elle n'avait point de défauts. Amalric n'en avait qu'un: la passion de la chasse.

» Il est ordinaire dans nos montagnes; mais nul n'y apportait la même ténacité. Je l'en blâmais quelquefois parce qu'il était trop téméraire. Il devait, m'assurait-il, se corriger après son mariage. Jusque-là donc, fi de la prudence ! Et je lui disais : — La chasse, comme tu la pratiques, est une folie. — Soit, répondait-il, mais bientôt je serai sage. En attendant, laisse-moi noyer à l'aise la vie de garçon dans les derniers accès de ma folie favorite. — Que répliquer ? Sinon : Noie, noie, mon filleul; je n'y vois pas d'inconvénient, si la sagesse doit émerger du naufrage.

» Or, approchait le jour des noces. — « Un chasseur comme moi, s'écria-t-il, ne servirait pas un izard sur la table de l'épousée ? Nous verrons bien !... » — Il partit donc au milieu de la nuit, pour se trouver à la pointe du jour sur les escarpements où paissent les izards.

» L'intrépide ! Il se moquait bien, celui-là, des rafales, et des grincements de la glace, et des mille gouffres qui conspiraient contre son existence. Les montagnes couvertes de neiges permanentes, crénelées de dents perfides — la Maladetta, le Marboré, le Vignemale — étaient sa patrie. Sornettes que le froid et la faim ! sornettes que les privations ! Quant au péril, c'était son élément... Un rayon de gloire dorait à ses yeux tous les précipices, et il y courait comme les phalènes à la lumière, — poussé par l'instinct, plus fort chez lui que la raison.

» Tenez, un jour entre autres, je le vis de loin faire un faux pas et glisser dans l'abîme. Je volai à son secours et le sauvai, Dieu aidant.

— » Laurent, me dit-il, — quoique son parrain, il

me traitait comme un frère — sans toi je périssais dans cette crevasse... Je te dois la vie... prends ma carabine... Aussi bien mon père est mort à la chasse, et j'ai failli l'imiter. Prends donc, je renonce à mon idolâtrie de l'izard. Merci du plaisir — on peut le payer trop cher !

» La conversion me parut sincère. Le lendemain donc, je m'acheminais vers le Vignemale, avec son arme sur l'épaule. Amalric me rejoignit en trois mouvements.

— » Laisse-moi te suivre, fit-il avec des larmes dans la voix, rien que pour te voir tirer.

» Il m'accompagna silencieux, morne et la tête basse, comme un enfant dont on a brisé les jouets. Soudain parut un izard.

— » Laurent, Laurent ! s'écria-t-il, tue-moi, si tu le veux ! Mais par pitié, rends-moi ce fusil ! La passion m'emporte : encore et toujours, toujours chasseur !

» Ce disant, il s'était précipité sur moi comme un tigre, et m'arrachait l'arme convoitée, que je défendais mal, vous le pensez bien. Au soir, il revenait chargé de deux victimes. Le vaillant garçon !...

» Donc, il voulait convier quelque izard à sa noce. Il était parti bien avant l'aube, ai-je dit, accoutré d'une veste de laine marron, d'une large ceinture rouge, à laquelle pendait un poignard, d'un pantalon grisâtre, sous lequel s'étoilaient bien des cicatrices, et d'un béret basque, d'où s'échappaient à profusion les boucles noires de sa chevelure — l'orgueil du bel Amalric. A son cou pendait le havresac de rigueur : un morceau de pain dedans, une bribe de fromage et un flacon d'eau-de-vie. Je voulus le suivre à distance : était-ce un pressentiment ? Il passa devant la maison de sa fiancée, chantant l'hymne d'amour pour qu'elle s'éveillât. La pauvre fille ouvrit en effet sa fenêtre, et ils échangèrent du bout des doigts un baiser — puis dans leurs cœurs une prière fleurit, car les montagnes sont religieuses. »

Passet fit une pause, et tendit son verre.

— Donnez-moi du courage, dit-il.

Nous écoutions tous en silence, avec un intérêt visible.

— « Poursuivons. Je le vis alors se diriger vers l'Oule de Héas, montant, montant toujours, cramponné par intervalles à des saillies de quelques centimètres, tantôt balancé sur les abîmes avec son bâton à crochet, tantôt se laissant glisser sur des cailloux roulants, avec l'assurance d'un acrobate. Je me traînais de loin sur ses traces, malgré ses protestations, car il avait peur d'une chute — non pour lui, mais bien pour moi.

» Or, il allait contre le vent... Tout-à-coup je l'aperçus hésiter, puis interroger le sol à la clarté des étoiles, joyeux d'avoir découvert une piste. Alors il ôta ses souliers, n'avançant plus qu'avec des précautions infinies, tour-à-tour sur les genoux et sur le ventre.

s'accrochant avec les ongles — sur quelles voies, ô mon Dieu !

» Cependant l'aurore se levait, grise encore et blafarde. Les izards étaient à peu de distance. Amalric contourna les rochers, se cachant de son mieux pour échapper à la sentinelle du troupeau. Soudain, je le vois épauler sa carabine ; il vise, fait feu, mais, hélas ! ne frappe l'animal qu'à la cuisse. Or, vous le savez, s'il n'est atteint à la tête ou au cœur, s'il n'a les entrailles déchirées, l'izard fuit, grimpe, grimpe comme un démon sur des saillies où il n'y a de place que pour ses petits pieds, et de pointe en pointe s'abîme enfin dans quelque anfractuosité, pour y devenir la proie du grand aigle ou du glouton vautour.

» N'importe ! Amalric remarque une diminution dans la vitesse de son izard. Il vole à sa poursuite, gravissant comme lui les pentes raides et les talus de schistes cassants. Il enjambe les brèches avec une légèreté que rien n'égale, sinon son audace. Les obstacles ne font qu'irriter son exaltation. Sa corde lui sert pour se balancer aux aspérités des rocs, autour desquels il décrit un arc pour s'accrocher à d'autres aspérités... Le délire attache à ses pieds des ailes et l'emporte dans un vol rapide, aveugle et sourd à toutes les menaces du sol, à toutes les crevasses béantes. Il ne voit rien, sinon l'izard qui saute, glisse, tombe, se relève, pour retomber encore, de plus en plus affaibli par sa blessure.

» Pour moi, j'étais resté immobile : le drame s'accomplissait dans le diamètre de ma vue, car l'animal, cerné à droite par le chasseur, limité à gauche par un précipice, ne pouvait que décrire de capricieux zigzags qui le ramenaient sans cesse à proximité du point de départ.

» Enfin, au bout d'une demi-heure de ce manége, ils se trouvèrent tous deux, par une étrange fatalité, face à face sur deux dents aiguës, séparés à peine de quelques toises, — la dent de l'izard affreusement hissée sur le bord du gouffre. Et les voilà qui s'examinent l'un l'autre, avec des pensées diverses, avant de prendre une détermination concluante. Or, ne croyez pas que l'izard soit un animal timide quand il est réduit aux abois. Quel dangereux antagoniste, au contraire !

— » Si je le tire, semblait murmurer Amalric, il va rouler d'abîme en abîme, et comment l'aveindre? Il sera perdu pour moi. — Si je le quitte, le retrouverai-je demain? Blessé comme il l'est, les aigles et les vautours l'auront dévoré ; et quel dommage ! il est si fort, il est si beau ! — Si je m'élance sur son aigu piédestal, il m'opposera ses cornes pour me précipiter dans l'espace ! Car je dois compter sur sa résistance... O ma pauvre fiancée ! Que dirait-elle, que ferait-elle, si je ne rentrais pas au village ?... Mourir !... Hélas ! c'est près d'ici que périt mon père !...

» L'izard immobile suivait de l'œil chacun de ses mouvements, avec une terrible fixité dans le regard, comme s'il eût compris toute la logique de son raisonnement.

» Je m'étais précipité plein d'épouvante, criant : « Amalric ! Amalric ! de la prudence, abstiens-toi, retourne !... » Cris superflus ! M'entendait-il, ou ma voix se perdait-elle emportée par les vents ?

— « Il est si beau, semblait poursuivre le chasseur, et à si courte distance de ma carabine, presque à portée de mon couteau. Si j'osais... Qu'est-ce que l'intervalle qui nous sépare !... Mais je crains la mort aujourd'hui, — sur le seuil du bonheur, à la préface de l'amour !... — Ah ! ma corde... quelle idée, quel trait de lumière !... Un nœud coulant !

» L'izard regardait, toujours plus anxieux... — A peine les préparatifs terminés, il franchit d'un bond l'espace qui le distançait de son adversaire, et il s'engage entre eux une lutte de quelques secondes, au bord de l'horrible abîme. Scène effrayante, duel forcené, sur une console de quelques centimètres à peine, sans la moindre racine, sans la plus petite touffe d'herbe pour point d'appui, — nue comme un marbre !

» Ah ! que me sert d'arriver essoufflé ! — Dénouement terrible : le chasseur et l'izard, perdant bientôt l'équilibre, roulent ensemble, tombent ensemble pour ensanglanter le même roc, et devenir tous deux, sur une même couche funèbre, la pâture des oiseaux de proie...

Laurent essuya deux grosses larmes, et poursuivit :

— « Eh bien ! Messieurs, voilà le métier que nous adoptons de père en fils. On le commence avec amour, on le continue avec le délire de la passion. Demandez-nous d'y renoncer, et la réponse d'Amalric sera la nôtre : « Tuez-moi, disait-il, mais je suis toujours, toujours chasseur ! » — Nous savons bien que notre sac doit être notre unique linceul mortuaire : mais qui guérit ces fièvres-là ? qui convertit les fanatiques ? — La mort ricane parmi les crevasses, sur les aiguilles, derrière les pics déchiquetés... On la brave; on se console à cette pensée : J'ai tué des ours, j'ai tué des izards ; nargue au trépas, je suis chasseur ! »

J'entendis alors la bonne femme Passet sangloter comme si elle fût déjà veuve. Et les appellations les plus tendres coupaient ses sanglots. Laurent s'abandonnait à ses témoignages de tendresse alarmée, avec les délices de l'enfant que l'on berce sur ses genoux. Philosophe souriait, lorsque versant à la ronde :

— Ceci me rappelle, dit-il, une anecdote bien connue, mais trop opportune pour l'omettre.

« Certain jeune matelot répondait à l'interrogatoire d'un ami :

— Où ton père mourut-il ?

— Il fut noyé dans la mer.

— Et ton grand-père ?

— Dans la mer.

— Et ton bisaïeul ?

— Dans la mer.

— Ah ! que c'est affreux ! Et comment peux-tu, misérable, aller encore sur la mer, qui a englouti tous tes ancêtres ?

— A mon tour, mon brave, lui répliqua le jeune marin :

— Où mourut ton père ?

— Oh ! répondit l'autre d'un air triomphateur, il mourut dans son lit.

— Et ton grand-père ?

— Dans son lit.

— Et ton bisaïeul ?

— Dans son lit, qui est aujourd'hui le mien.

— Oh ! mais c'est affreux ! Comment peux-tu coucher dans un lit ? Ne sais-tu pas que c'est le tombeau de tous tes ancêtres ?

« Ce matelot avait raison. Qu'importe, en effet, de mourir dans un lieu ou dans un autre, sur un élément solide ou liquide, d'être la proie du ver ou du poisson ? Qu'importe aussi que le chasseur meure subitement dans un abîme ou qu'il soit frappé d'apoplexie dans le foyer ? Notre vie n'est qu'un fil que le moindre souffle peut rompre, ici ou là, partout. Un faux pas, une rafale, une crevasse dans le glacier, une fissure dans le roc, une avalanche, les mille caprices de la nature sauvage, peuvent précipiter le chasseur d'izards, la tête la première, dans un gouffre ; c'est vrai. Une tempête, une chute, une fente inaperçue dans une des planches du navire, le feu qui prend, on ne sait comme, dans une des cabines, et tant d'autres accidents inattendus.

inexpliqués, peuvent jeter le matelot dans l'abîme des ondes; c'est encore vrai, toujours vrai. — Mais un vent froid, un verre d'eau fraîche, un pan de mur qui s'écroule, un arbre qui tombe, une chute de cheval, une simple tuile, un pot de fleur sur la tête, une épidémie quelconque et son cortége de fléaux, peuvent conduire à la tombe celui qui vit paisiblement dans son village, ou du moins le livrer à la merci de toutes les vicissitudes de la santé, ce qui est souvent un malheur encore plus cruel. Donc la mort est partout, sous mille formes et sous mille dangers. En vain l'homme veut la fuir : sa prudence même souvent la précipite... Mais que nous fait la mort? Réfugions-nous dans les bras du Christ, qui changera une vie périssable contre une immortelle vie, dans ces royaumes glorieux où toutes les douleurs sont guéries et tous les désirs comblés. »

— Mon cher philosophe, c'est bien parlé; recevez mes remerciements. Quant à vous, Passet, dites-nous ce qu'il advint de la belle fiancée d'Amalric, dont vous avec craint de trahir le nom.

— « Elle s'apelle Carmen, un nom espagnol, vous savez, répondit-il. La pauvre fille pleura trois ans, inconsolée. Nombre d'amoureux lui faisaient la cour, sans qu'elle y prît garde. Elle vivait dans la solitude et dans les larmes... — Etiolée? direz-vous peut-être. Non, mais plus idéale au contraire, plus scintillante; pareille aux fleurs, dont l'incarnat devient plus vif après la rosée.

— Passet !... si vous étiez garçon, je vous dirais amoureux de Carmen ; marié, je vous appellerai poëte.

— Qui ne l'est pas un peu dans nos montagnes? La grande nature est si pompeuse et si éloquente pour quiconque a seulement des yeux et des oreilles !... Or un jour, j'abordai la pleureuse, et je lui dis :

— Veux-tu m'accompagner dehors?

— Volontiers, fit-elle, car vous étiez le parrain, vous étiez l'ami de mon Amalric.

— Que vois-tu dans la campagne?

— Je vois les arbres verdir et naître les primevères.

— Et là, sur notre gauche, qu'aperçois-tu?

— J'aperçois le cimetière, où ne repose pas le corps d'Amalric.

— Et tout auprès, sur cette branche inclinée?

— C'est un nid d'oiseau, si je ne me trompe.

— C'est-à-dire la vie sur le théâtre de la mort. Ecoute, Carmen : si les tombes disent « Douleur ! » les berceaux ne crient-ils pas « Espérance ! » Or, renier l'espérance, c'est commettre un sacrilége envers Dieu, qui en a fait une vertu... J'ai rêvé d'Amalric, et il condamne ta solitude, et je ne fais que lui obéir en te dictant les conseils que tu viens d'entendre. Sèche donc tes larmes, console-toi ; Amalric le veut, Dieu le veut !...

» Elle eut un sourire triste, — mais qui me donna de l'espoir. En effet, aujourd'hui Carmen est mère de trois garçons, dont l'aîné, mon filleul (elle l'a voulu en manière de reconnaissance), approche de sa septième année. Les Pyrénées auront donc bientôt trois chasseurs de plus. »

Le guide se leva alors :

— Un toast à la santé de la belle Carmen !

Un éclair brilla dans les yeux de madame Passet. D'aucuns l'eussent baptisé jalousie; mais nous la connaissions trop bien, pour ne pas le nommer un éclair d'orgueil. Orgueil légitime, s'il vous plaît, car elle nous avait vus écouter bouche béante son mari.

— Ce cher adoré ! s'écria-t-elle, il parle aussi ben qu'il chante... Tous les talents à la fois... Le cher cœur ! Mon trésor aimé ! mon gros amour !...

Et se tournant vers Edmond de Rochefort :

— A vous le dé ! Monsieur, fit-elle joyeusement, tandis que Laurent murmurait :

— C'est égal, mes oreilles cornent,... mes yeux papillotent,... mes pauvres jambes ont sommeil...

Edmond interpellé sembla fouiller sa mémoire.

— Pas d'imaginations ! cria madame Passet; des vérités, rien que des vérités ! Et surtout, je vous prie, plus de tristes aventures, car vous me feriez pleurer toutes les larmes du corps en un jour, et croyez-moi, ce n'est pas bon pour la santé, d'être à sec comme une fontaine tarie.

— Vous serez obéie, Madame, fit Edmond. Mais je suis un triste conteur.

« Donc, sans plus de préambules, je vous dirai qu'il y a quelques années, je connaissais un joyeux compagnon nommé Gaston Lacour de Macalières. Nous avions été condisciples de collége. Un bon enfant au superlatif : mais doué d'une paresse rare et d'une excessive frivolité. Travail nul : ce qui ne l'empêcha pas de concourir pour l'Ecole polytechnique, par pure obédience au baron son père. L'échec ne le surprit pas. Il rentra dans sa famille, bien résolu de ne plus grimacer l'étude, et de faire sonner la vie comme un grelot de jouissances.

» Ceci posé, je n'ai d'autre ambition que de vous citer deux anecdotes, heureux si je n'ai pas le talent de les déflorer trop.

» Un jour, il rencontra près de la ville certain mioche qui trottinait derrière un âne lesté de fagots. Gaston s'approche, coupe les cordes, fait rouler à terre la charge, enfourche le baudet à rebours, en agite la queue comme un éventail, et hop, au galop !... Le pauvre enfant s'essoufflait sur ses traces, criant comme un aveugle auquel on eût volé son bâton. Soudain la pluie tombe à verse. N'importe ! Gaston, de la voix et du pied, éperonne sa bourrique, entrant dans la ville avec les airs du triomphateur Alexandre à Babylone. Les gamins s'ameutent et lui font cortége : « Vive monsieur Gaston ! admirez l'équipage de monsieur Gaston !... » Les rues se remplissent, les seuils des maisons sont encombrés. Jamais mascarade n'obtint un pareil succès. Las enfin de courir et las d'ovations, le comédien descend de son tréteau, et remet 2 francs au malheureux pleurnicheur, qui le suivait en vociférant : « Mon âne! mon âne! mon pauvre âne! »

— Hein! s'écria Gaston, qui tomba comme une bombe chez un ami, les entends-tu rire, nos braves concitoyens? Spectacle gratis... Quelle orgie d'hilarité! Il est vrai que par contre ils sont trempés comme des naïades : mais une fois n'est pas coutume... Au diable les catarrhes, vive la joie!...

» Son père n'entendait pas toujours raillerie. Voulant mettre un terme à ses excentricités, il l'enrôla dans l'armée d'Afrique en qualité de simple *pioupiou*. Gaston y devint l'idole de son régiment, le boute-en-train de mille jovialités. Riche comme un nabab, généreux comme un autre Alcibiade, il eut bientôt toute une armée de séïdes.

» Austère n'était pas alors la discipline sur la terre d'Alger. Chaque jour était marqué par de nombreuses escarmouches, et à qui risquait gaîment sa vie pour l'honneur du drapeau français, il fallait bien, dans les entr'actes des bivacs, laisser un peu d'aise libre et de sans-façon. Je ne vous dirai pas ses prouesses, ni le nombre d'ennemis qu'il se plut à sauver dans le branle-bas d'une victoire. Signalons pourtant une espèce d'inconséquence : c'est qu'il voulut, avec la passion d'un collectionneur d'estampes, faire une abondante cueillette d'oreilles de Bédouins — coupées vives bien entendu, mais non d'un guerrier couché sur le sol ou prisonnier. La cueillette n'était méritoire qu'à titre d'exploit, c'est-à-dire les armes à la main de part et d'autre. Il en récolta, dit-on, plus de trois cent cinquante, *manu propria*.

— Pouah! fit madame Passet avec un geste de dégoût.

— Beaux trophées! s'écria son mari. Un collier rare, qui ferait, je crois, belle figure dans une corbeille de noces. L'amour ne dédaigne pas les héros!

« Sur ces entrefaites, Gaston reçut un congé de six mois : une politesse de son père qui le croyait amendé. Amendé? — mais sans aucun doute. A preuve l'histoire du renard. Toutefois un dernier mot d'abord de ses libéralités.

» Un beau matin, Gaston partait pour la chasse, lorsqu'un pauvre gueux l'aborda, tout rampant, près de la grille du château.

— Monsieur le baron, articula-t-il d'une voix geignante, je prie tous les jours la sainte Vierge qu'elle vous fasse capitaine — colonel — général!...

— Gobe! fit le général en herbe, lui jetant un louis-philippe.

— Mon Dieu! s'exclama, derrière lui, madame la baronne de Lacour, vieille grand'tante, connue dans le pays pour son extrême avarice, tu veux donc nous ruiner, malheureux Gaston?

— Hé! hé! reprit ce dernier, hélant le pauvre; revenez vite! j'ai oublié de vous donner un pain pour madame votre épouse.

— Gaston! Gaston!... s'égosillait la baronne en courant après la grosse miche qui roulait vers le mendiant.

— Hé! bonhomme, attends! une serviette pour envelopper ton pain.

— Mais Gaston! Gaston!!

— Holà, ho! ne cours pas si vite! et de la viande donc? Le pain sec est indigeste.

« Le pauvre revint tout honteux, et reçut un gros jambon de Bayonne. La douairière levait les mains au ciel :

— Tu nous ruines, Gaston! Tu vas nous mettre au même rang que ce vilain! O prodigue, prodigue écervelé!

— Houp! l'homme au jambon! un petit temps de galop, reviens! Aurais-tu le cœur à manger sans boire?

Et appelant le sommelier :

— Roule jusqu'à la grille une pièce de bon vin de Bordeaux. Ce pauvre diable attend. Il prie pour moi la sainte Vierge.

» C'était trop d'émotions à la fois. La vieille baronne s'évanouit au Bordeaux, et Gaston partit pour la chasse avec son ami Raoul de Mallinval. Nous les rejoindrons tout à l'heure; permettez encore un entremets.

» Dans un groupe d'enfants, s'il en remarquait un qui ne jouât pas :

— Que te manque-t-il ? N'as-tu point de joujoux comme tes camarades ? Cours vite en acheter !

» Et il lui mettait dans les mains une pièce de cinq francs. Que de largesses ainsi répandues ! Une fois, entr'autres, il avisa certaine bande de garçons mal équipés, oisifs et tristes, tandis que d'autres jouaient.

— Je vois bien que vous n'avez pas de billes, fit-il. En campagne ! apportez-moi toutes celles que vous trouverez chez les marchands de la ville. Dites que je paierai... Il y en eut deux énormes sacs : valeur trois louis.

— L'excellent cœur ! observa madame Passet, et comme on devait aimer jusqu'à ses folies !

» A la chasse, toute leur ambition fut de prendre un renard vivant. L'antique Diane leur fut favorable non loin d'ici, et deux jours après, nos deux héros se dirigeaient pompeusement vers Toulouse, suivis d'une meute de cent vingt-quatre chiens, et portant tour à tour sur l'épaule un sac de cuir où se débattait la malheureuse bête.

» Au débouché de la place La Fayette, Gaston ouvre le sac et laisse fuir le renard. Les chiens de courir sus ! L'autre, troublé par la crainte et par le brouhaha de la ville, se faufile entre les jambes des piétons, saute sur les dames et les enfants, navigue d'une rue à l'autre à l'aveuglette, comme à travers les cases d'un échiquier, serré de près par les limiers qui culbutent pêle-mêle et passants et passantes. Au-delà du Capitole, l'étroite rue Malcousinat était gorgée d'un troupeau de moutons. Le renard s'y précipite, saute, tombe, se relève, glisse sous les jambes, escalade les dos, à droite, à gauche, toujours courant... L'effroyable tohu-bohu! Les chiens hurlent sur sa piste, les moutons bêlent, le berger vocifère, la foule s'amasse, le passage est encombré, la police sur les dents ne trouve point d'issue. Cependant, à travers la voie jonchée de moutons cul par dessus tête et remplie de clameurs effarées, le renard comme une flèche vole, et la meute poursuit, aboyant, glapissant, hurlant... En avant!...

» De guerre lasse enfin, l'animal ahuri fait invasion dans la boutique d'un faïencier, et bondit ici et là, dans les spasmes de la frayeur... Les chiens se ruent à leur tour, et, tous aidant, la porcelaine en voit de cruelles... O le fracas! ô le patatras! Les gens de la boutique, atterrés, ou s'enfuient dans la chambre voisine ou gravissent l'escalier du fond quatre à quatre. Et le renard sur leurs trousses, blessé par les crocs pointus! La meute suit comme un torrent, et patati et patata, nouveau bataclan au premier étage. Mais le renard a la peau trouée comme un crible, son sang fuit par ruisseaux; éperdu, pantelant, il fait un dernier bond de la fenêtre en bas. Les chiens, l'un après l'autre ou pêle-mêle, l'imitent. Que de jambes torses! que de côtes brisées! que de cris de douleur qui se croisent dans l'air !.. Toute la ville est sur pied, tout le monde s'agite; les hommes grognent, les Mainteneurs des Jeux Floraux perdent leurs perruques dans l'épouvantement de la bagarre, les femmes pleurent, les enfants piaulent. Un de ces derniers ne peut fuir à temps : violemment culbuté contre terre, il se démet un bras, au moment où le renard rendait le dernier souffle, accablé sous le nombre.

» Il est clair que les délinquants furent saisis et bel et bien écroués. Gaston se tordait de rire. Son renard n'avait pas fait fiasco : quel coup de théâtre ! quel *tolle* prodigieux ! quelle ébouriffante réussite !

» Vers minuit pourtant, la prison lui parut monotone. Il prit son couteau, résolu de creuser une brèche avec l'aide de Raoul. Vains efforts !... Heureusement, la cause fut bientôt appelée devant les tribunaux. Gaston se mit en frais d'éloquence : mais son pathétique discours échoua. La condamnation fut : 1° 30,000 fr. de dommages-intérêts; 2° trois mois de prison. Louis-Philippe toutefois eut égard à leur jeunesse, et biffa ce second article. Gaston, sorti de cachot, fit remettre à l'enfant blessé 10,000 fr. de plus que n'avaient statué les juges. Puis se tournant vers son compagnon :

— Qu'en dis-tu, Raoul ?

— Mais ce ne serait pas trop cher qu'une pareille équipée, si seulement nous avions un Homère pour célébrer nos exploits !

— C'est le ver qui te ronge ? Sois tranquille alors

Nous voilà métamorphosés en héros burlesques, car, malgré l'influence du chef des Macalières, les journaux n'ont-ils pas esquissé nos prouesses ? Un beau jour, cher Raoul, on nous habillera d'alexandrins pompeux, ou tout au moins de vile prose.

— *Sic itur ad astra*, comme disaient nos savants du collége. »

Madame Passet riait de bon cœur, et Laurent, plus tiède :

— A vous, Monsieur, qui êtes si riche en fièvres *cylindriques*, à vous la parole !

— Soit. Mon récit sera court, et sans autre mérite, quelle qu'en soit l'invraisemblance, que la plus scrupuleuse vérité. Ce qui me remémore cette histoire, c'est notre proximité de Lourdes, le pays des miracles et des visionnaires.

— Mais patience ! interrompit Edmond, trinquons à la ronde pour réveiller l'attention ; sur ce, tout oreilles.

— « Or, à l'époque, j'avais treize ans et mille bonnes qualités. Entr'autres, l'amour extrême des cerises du prochain. Si je m'étais contenté du fruit ! Mais j'emportais les branches : de là récriminations toutes débonnaires d'alentour, et sévérité des ordres paternels.

— » Notre verger ne regorge-t-il pas de fruits, me disait l'excellent père; cueille à ton aise, mais respecte du moins ceux des voisins.

» Conseil on ne peut peut plus sage: mais les cerises volées sont si bonnes ! C'est dire que je ne pus résister aux suggestions du diable, et, tout considéré, je jetai mon dévolu sur les cerises de M. Nouville, un intime ami de la maison.

» L'heure était propice, indécise entre le jour qui meurt et la nuit qui naît. Personne dans les environs. J'eus bientôt caché mes chaussures dans une touffe de buis, et me voilà perché, sur la plus haute branche d'un de ces cerisiers énormes, comme on n'en voit qu'au pied des montagnes.

» Tout à coup, portant mes regards vers l'autre extrémité du champ, j'aperçois à deux cents pas mademoiselle Fanny, la fille aînée du propriétaire.

— » C'est bien extraordinaire, pensai-je, que ma belle amie se trouve là, car le soleil doit déjà dormir, depuis le temps qu'il est couché... Mais qu'importe ! Si elle arrive, nous partagerons mon butin. Et, bien que trop éloignée pour m'entendre : — Fanny ! Fanny !

» Mes cris et mes signes furent vains. Je me mis donc à l'œuvre, emplissant mes poches du fruit défendu, lorsque me retournant du côté de ma jeune amie : — « Que vois-je ! Mais elle est colossale !... Plus haute que les noyers !... Fanny serait-elle devenue un ange du ciel ou une fille de l'enfer ?...

» Je fermai les yeux pour les rouvrir quelques secondes après, persuadé que l'image fantastique aurait disparu. Mais au contraire : le fantôme était plus distinct, et je pus en saisir tous les traits démesurément agrandis.

— » C'est un phénomène étrange, murmurai-je ; cependant je ne rêve pas, je suis bien juché sur un cerisier. La preuve en est belle : je mange, donc je... ne dors pas... Continuons !

— Quoi ! clama la bonne madame Passet, vous étiez tranquille comme cela, sans remords et sans peur ?

— » Remords, peut-être. Mais peur de qui ? s'il vous plaît. De Fanny, ma compagne de tous les jours ? D'ailleurs je n'étais pas poltron. Il n'y a de poltrons que parmi les enfants que l'on a la sottise de bercer avec des contes de croquemitaines et de loups-garous. J'avais les yeux bien ouverts, la tête saine et l'esprit non farci de superstitions. Ce fut donc la curiosité seule qui me fit regarder pour la troisième fois vers Fanny. O prodige ! Elle venait de grandir encore ; ses pieds ne touchaient plus le sol ! La robe marron qu'elle portait s'était évanouie pour faire place à des vêtements d'une blancheur éclatante. Ses cheveux d'un noir de jais, déroulés maintenant, tombaient en boucles folles sur ses épaules; sa taille était nouée d'une magnifique ceinture bleue, dont les bouts flottaient à la brise comme de coquettes banderolles... Je restais en extase devant cette créature enchanteresse, lorsque soudain, je sentis la branche craquer sous mon poids, à la suite d'un involontaire soubresaut.

— Ah ! la peur vous gagnait enfin !

— » Pas encore ; mais un frisson glacial. C'est que dans ses yeux venait de s'allumer une flamme de colère, et sur ses traits une vive expression de douleur.

» Le frisson redoublant, je me crus la proie du délire.

— » Fanny ! Fanny ! m'écriai-je ; est-ce bien toi ?

— » Non ! répondit le fantôme, je suis la messagère des châtiments vengeurs !...

» Je fis le bravache et me remis fièrement à cueillir des cerises. Mes yeux, en dépit de moi-même, retournèrent à l'apparition. O horreur ! Le spectre leva ses mains crochues et géantes vers le cerisier, le feu jaillit de ses regards, et je vis des ailes s'agiter sur ses épaules. Il volait vers moi !......

» Glisser du haut de l'arbre en laissant aux branches perfides la moitié de mon pantalon et des lambeaux de ma chair, franchir une haie, franchir un mur, sauter deux torrents, enjamber prairies et jardins, c'est tout ce que je me rappelle, comme aussi le souffle du spectre dans mes cheveux et le glas effrayant de ses malédictions.... Je tombai sur le seuil du logis, inanimé. Quand je recouvrai mes sens, au bout de vingt mortelles minutes, sous les baisers et les larmes de ma mère, impossible de répondre à aucune de ses questions : muet ! j'étais muet ! Le mutisme persévéra trois jours...

» Ceci n'est pas un songe, ni une fiction : explique qui voudra le fantôme ! »

Le silence était complet parmi mes auditeurs, dominés tous par un malaise indéfini.

— Vous êtes un visionnaire de Lourdes ! hasarda Christophe après un assez long intervalle ; et pour secouer l'universelle torpeur : C'est votre tour, madame Passet, fit-il avec le plus gracieux sourire... Oh ! ne prétendez pas l'esquiver !

— Tout au contraire, je me recueille....

— Roule ton fuseau bon train, madame, lui souffla tout bas son mari. Les oreilles me cornent, mes yeux pap... papillotent... mes jambes...

— « Or, il y avait une fois un roi et une roine tout accablés de fatigue et de sommeil.

— » Je souffre bien, disait le roi.

— » Je souffre bien, disait la roine.

» Et tous deux :

— » O bonne fée ! O notre belle protectrice ! Les longs discours t'ennuient ? Un mot seulement, une prière courte : Guéris nos souffrances ! »

» De bonne ou de mauvaise humeur, la réponse de la fée fut brusque :

— » Allez vous coucher ! » cria-t-elle.

Comprenez-vous la moralité de mon apologue, mes beaux messieurs ?

— A merveille !... Bonsoir donc, excellente dame ! bonsoir, M. Passet !... Bonsoir, lecteurs !...

FIN.

TABLE DES MATIÈRES

A PROPOS DE BOTTES

DE PARIS AU PONT DU DIABLE

I

II

III

IV

V

VI

VII

VIII

IX

X

XI

XII

XIII

DE MILAN EN SAVOIE

I

II

III

AUVERGNE ET PYRÉNÉES

I

II

III

IV

V

VI

VII

FIN DE LA TABLE DES MATIÈRES

Imp. H. Picault, à Saint-Germain-en-Laye, rue de Paris, 27.

...LARCHER, avec une préface par M. Émile de Girardin. 1 vol. grand in-18 jésus.

L'année anecdotique, petits Mémoires du temps, par Félix Mornand. 1 vol. grand in-18 jésus.

Catherine d'Overmeire, étude, par Ernest Feydeau, 3e édition, 2 vol. grand in-18 jésus.

Chrétienne et Musulman, par l'auteur de *Perdita*. 1 beau vol. grand in-18 jésus. 3

Contes populaires de la Gascogne, par Cénac-Moncaut. 1 vol. grand in-18. 2

Le chemin de l'Épaulette, histoire de l'Enrôlé volontaire, par M. Aug. Lecomte, chef d'escadron en retraite, officier de la Légion d'honneur, 1 beau vol. grand in-18 jésus, illustré de jolies vignettes dessinées par Worms. 3 50

Le Curé du Pecq, par Gustave Chadeuil. 1 vol. grand in-18 jésus. 3 50

Derniers souvenirs du comte Joseph d'Estourmel, 1 vol. grand in-18 jésus. 3

Les Hommes de Lettres, roman contemporain, par MM. Edmond et Jules de Goncourt. 1 vol. grand in-18 jésus.

Iambes et Poëmes, par Auguste Barbier, 11e édition, revue et corrigée. 1 vol. grand in-18 jésus. 3 50

Indiscrétions et Confidences. Souvenirs du théâtre et de la littérature, par H. Audibert. 1 joli vol. in-18. 3

Les Lions de Paris, par madame la comtesse Dash. 1 vol. grand in-18. 3

Madame Hilaire, par madame Louise Vallory, 3e édition. 1 vol. grand in-18 jésus.

IMPRIMERIE DE H. PIGAULT, A SAINT-GERMAIN-EN-LAYE.